D1132194

Cartas desde El Desierto

Cartas desde El Desierto

MANU CARBAJO

WITHDRAWN

>< PUCK

Argentina – Chile – Colombia – España
Estados Unidos – México – Perú – Uruguay

1.ª edición: marzo 2020

Reservados todos los derechos. Queda rigurosamente prohibida, sin la autorización escrita de los titulares del *copyright*, bajo las sanciones establecidas en las leyes, la reproducción parcial o total de esta obra por cualquier medio o procedimiento, incluidos la reprografía y el tratamiento informático, así como la distribución de ejemplares mediante alquiler o préstamo públicos.

Copyright © 2020 *by* Manuel Carbajo
All Rights Reserved
© 2020 by Ediciones Urano, S.A.U.
Plaza de los Reyes Magos, 8, piso 1.º C y D – 28007 Madrid
www.mundopuck.com

ISBN: 978-84-92918-84-3
E-ISBN: 978-84-17780-93-7
Depósito legal: B-3.674-2020

Fotocomposición: Ediciones Urano, S.A.U.
Impreso por: Rodesa, S. A. – Polígono Industrial San Miguel
Parcelas E7-E8 – 31132 Villatuerta (Navarra)

Impreso en España – *Printed in Spain*

A veces no hacemos cosas que queremos hacer
para que los demás no sepan que queremos hacerlas.

Ivy Walker (Bryce Dallas Howard)
en The Village (2004, M. Night Shyamalan)

Para los que abrazan sin miedo.
Para los que quieren sin prejuicios.
Para los valientes que se cuestionan su futuro
y luchan por que sus sueños formen parte de él.

Los soldados siempre tienen un prólogo

El tren que nos lleva a El Desierto huele a carbón y y a podredumbre. Sus asientos de madera, castigados por el paso del tiempo y la escasa manutención, son un castigo para cualquier espalda. Las más de nueve horas que tenemos que pasar en el interior del vagón, hacen que viajar en el Convoy Errante se convierta en nuestra primera tortura en El Desierto. El árido paisaje que nos rodea no ayuda a hacer más ameno el trayecto. Todo lo que nos envuelve es tierra arcillosa y finas arenas terracotas, que cubren parte de las rocosas colinas por las que avanza el tren. Cuando el terreno se allana, apenas se ve la fina línea del horizonte; tan solo apreciamos un degradado de tonos amarillos y marrones que fusionan el suelo con el cielo, como si una eterna bruma de polvo cercara el lugar.

A las dos horas de viaje, me he cansado de estudiar el paisaje y decido observar a las otras almas que están en este vagón conmigo: delante de mí hay un chico que se ha quitado la gorra y las carnes sobrantes de su nuca se apilan en varios pliegues; a mi izquierda una muchacha duerme abrazada a su petate con las piernas estiradas en su asiento; más adelante, un pelirrojo que no deja de mover la pierna y rascarse los brazos, como si el uniforme le estuviera produciendo alguna reacción alérgica. Porque eso es lo único que tenemos en común las doce personas de este vagón: todos lucimos el mismo uniforme militar amarillo, con sus manchas de camuflaje en un tono más anaranjado y una gorra a juego para protegernos del sol.

Quitando esto, mis compañeros de viaje son unos perfectos desconocidos. Aunque nos juntaron a todos hace varias semanas, cuando supimos que nos habían destinado a El Desierto, casi no hemos intercambiado palabra. No sé el nombre de nadie. Lo único que nos identifica es el número que tenemos en la chapa metálica que nos cuelga del cuello. Un tren con varias docenas de chicas y chicos de dieciséis años de edad, callados. Cada uno con nuestro petate amarillo como compañero de asiento, en el que solo guardamos otra muda del uniforme, la ropa interior y un par de objetos personales. Imagino que con el paso de las horas surgirán temas de conversación, pero el miedo se junta con las pocas ganas de socializar con alguien que, posiblemente, no vayas a volver a ver en el campamento militar. Al menos de manera asidua. Cuando lleguemos a El Desierto, nos pondrán por grupos reducidos, formando así las distintas escuadras. Y en ese momento sí: esas personas serán tus compañeros de vida durante los próximos veintidós meses.

De repente, un agudo y metálico sonido nos pone en alerta. El chirriante grito de los frenos del Convoy Errante va acompañado por una fuerza invisible que nos empuja a todos hacia delante. Los que iban dormidos despiertan de golpe. Otros recogen el petate que se les ha caído al suelo. Yo me limito a observar por la ventana para averiguar la causa de nuestra parada, pero lo único que veo es un arbusto seco rodeado de piedras y arena.

Me quedo mirando al rastrojo como si me estuviera hipnotizando. Una parte de mí se siente ridículamente identificado con la planta: solo, en mitad de la nada y maltratado por el sol y el paso del tiempo, pero a la vez rígido, firme e inalterable. Dicen que El Desierto te convierte en esto: un maldito arbusto. ¿Será una profecía de mi vida dentro de veintidós meses?

De repente, las secas ramas de la planta comienzan a zarandearse ligeramente por culpa de una brisa que ha empezado a soplar. Puedo sentir el crujir de su tronco, aunque no oiga nada por culpa del cristal que nos separa. Observo cómo el viento va siendo cada vez más fuerte, levantando polvo y agitando con más ímpetu al pobre arbusto.

Los altavoces del Convoy Errante comienzan a emitir un sonido grave e intermitente en señal de alarma, a la vez que unas persianas metálicas empiezan a cubrir todas las ventanas del vagón. A medida que la oscuridad va invadiendo poco a poco la estancia, nuestro miedo va creciendo. Algunos se han levantado de sus asientos, alejándose de las ventanas, como si pudieran oler la amenaza que se cierne sobre nosotros.

Cuando decido echar un último vistazo al exterior antes de que baje por completo la persiana, apenas consigo ver el arbusto por culpa de la tormenta de arena que nos está atravesando. El sonido de las piedrecitas que chocan contra el tren provoca un molesto y constante golpeteo metálico. La única luz que entra en el vagón proviene de los pequeños huecos que hay en las persianas. La fuerza del viento se mete por los recovecos del convoy y provoca silbidos agudos que no hacen más que alimentar la terrorífica atmósfera que se ha generado.

Pero, de repente, llega el silencio. Solo lo rompe la agitada respiración de algunos. Estoy convencido de que la amenaza que nos cierne es esta maldita tormenta de arena que nos acaba de pasar.

Hasta que escucho unas pisadas.

Ahí fuera hay alguien que camina hacia el convoy. Puedo oír cómo la tierra cruje con cada paso que dan. Porque no son solo un par de piernas las que vienen corriendo hacia nosotros. Hay varios. Cada vez se acercan más.

Un fuerte golpe sacude mi persiana. Alguien (o algo) ha propinado un puñetazo al metal que nos aísla del exterior. De repente, otro golpe a mi izquierda. Un tercero más adelante. El cuarto viene del otro extremo del vagón. Nos están rodeando. Los rayos de luz que entran por los huecos de las persianas desaparecen de forma intermitente por culpa de los cuerpos que hay al otro lado.

Quieren, desesperadamente, entrar aquí.

Los golpes son cada vez más fuertes y, por la procedencia de estos, deduzco que están trepando por las paredes del vagón para llegar al techo. Algunos de mis compañeros se han escondido debajo de los asientos de madera; otros no pueden evitar contener los gritos de terror.

Los disparos empiezan a sonar. Y, con ellos, los aullidos de rabia. Unos gritos que se me graban en la cabeza y que sé que va a ser difícil borrarlos de mi memoria. ¿Qué es lo que hay ahí fuera? Las criaturas siguen emitiendo sonidos de dolor y cólera a medida que las ráfagas de plomo intentan ahuyentarlos del Convoy Errante. Los disparos empiezan a ceder al cabo de varios minutos. Y lo que a tus ojos pueden parecer segundos, para mí es una eternidad. Supongo que el miedo y el terror es lo que tiene.

El silencio vuelve y ninguno de los que estamos en este vagón hacemos el más mínimo ruido. No sé si por escondernos de las criaturas que nos han atacado o por lo paralizados que estamos ahora mismo.

Un golpe metálico me hace dar un brinco. Las persianas del Convoy Errante comienzan a subir de nuevo. La luz vuelve a invadir poco a poco el vagón y yo, que sigo pegado en el sitio, miro decidido por la ventana. Me vuelvo a encontrar con el arbusto. Quieto. Imperecedero. Como si no hubiera pasado nada. Lo único que lo diferencia de hace unos minutos es que está cubierto de arena y restos de sangre. Gotas y salpicaduras de un color granate que dejan el rastro que han seguido aquellos que nos han atacado.

La locomotora vuelve a rugir y el tren comienza a andar de nuevo. Nadie dice nada. Por los altavoces no nos dan ninguna explicación de lo que ha ocurrido. Y eso me aterra más aún porque significa que estos ataques son habituales. El Convoy Errante está preparado para ellos.

¿A dónde me llevan? ¿Qué otros secretos esconde El Desierto? Lo único que sé es que aún me quedan siete horas para llegar al cuartel.

Y que esto no ha hecho más que empezar.

Un soldado llamado Aitor

Querida Erika:

No sé por dónde empezar. Todo aquí es tan... raro. Tan extraño.
Empezando por estas cartas. ¿Te puedes creer que aquí no exista
ni un maldito ordenador? Bueno, imagino que habrá, pero no
para nosotros. Está prohibido cualquier tipo de tecnología salvo la
que tengamos que utilizar en algún tipo de instrucción. Ni
siquiera a Murillo, nuestro furriel (algo así como un «delegado»
de clase) lo dejan mandar correos electrónicos.

Estoy tan poco acostumbrado a escribir a mano, que agarrar
este lápiz me está resultando la cosa más tediosa del mundo. No
he terminado ni el primer párrafo y ya estoy cansado... Supongo
que también afectará que aquí no paremos. Las pocas horas de
descanso que tenemos se han convertido en lo más preciado.
Siento que llevo aquí una eternidad y, en el fondo, no ha hecho
ni una semana desde que llegué.

¿Qué decirte de El Desierto? Te sorprenderá esto, pero no es tan
malo como lo pintan. No es el infierno que nos decía el tío Julio
(¡me estoy cuestionando si aquellas historias que nos contaba
sobre su «amigo» y este lugar eran reales!). A ver... Hace calor, eso
es indiscutible. Pasamos muchas horas bajo el sol porque lo único
que hacemos aquí es cavar y plantar árboles para reforestar este
sitio. Ya nos lo dijo nuestro Capitán cuando dio su discurso de
bienvenida: «¡Jugaréis un papel fundamental en vuestro futuro!
Lo que haréis aquí será decisivo». No sé cómo de decisivo es esto
de plantar árboles, pero aquí somos todos unos mandados y si a
mi escuadra le han dicho que hay que cavar, nosotros cavamos.

El primer día fue un poco violento, no te voy a engañar. El ambiente estaba muy cargado, todos estábamos muy nerviosos y asustados (aún lo estamos). Nos obligaron a desnudarnos por completo a todos para desinfectarnos en las duchas por los posibles piojos o bacterias que pudiéramos tener. Entre tú y yo, prefiero eso a que me rapen el pelo de la cabeza. Después nos asignaron a nuestra escuadra y todos los oficiales y demás eminencias de este sitio hicieron sus respectivas presentaciones.

Lo de los rangos aquí es el pan de cada día. Nosotros estamos en la base de la pirámide. Presidiendo esa base estaría nuestro querido furriel, Murillo, que es quien tiene contacto directo con nuestro Capitán. Y por encima del Capitán Orduña, está la Coronel Torres, que viene a ser la mandamás de este sitio. En el fondo, hay muchas más eminencias y rangos en medio, pero de momento me he enterado de estas tres: quienes somos nosotros, quién nos manda y quién manda a los que nos mandan.

La verdad es que son simpáticos. Mis compañeros de escuadra, digo. Son buena gente. Tienen sus cosillas, como todo el mundo, y esto no deja de ser El Desierto. Ya sabes a quienes destinan a este lugar. Por eso te digo que, dentro de lo malo, me ha tocado un grupo bastante cabal. O eso quiero creer.

Esta semana vamos a empezar a manejar fusiles y esas cosas. Supongo que por mera precaución y por eso de honrar la memoria de lo que en su momento fue el Semo. Porque, ya me dirás tú, ¿de qué nos sirve saber usar armamento? El abuelo tenía razón en eso: antes se preparaba a la gente para una posible guerra; ahora, la batalla la tenemos con el propio planeta. Pero, volviendo a lo de las pistolas, espero que las viciadas que me pegaba al *Warfare* sirvan. Varios *users* que conozco y que hicieron el Semo me dijeron que les vino de perlas jugar al *Call of Duty*. Pero ya sabes cómo es esta gente... Unos falsos.

Respecto a El Desierto... La verdad es que impresiona verlo. Esto está en mitad de la nada (en su sentido más literal). Lo único que nos une con el resto del mundo es una vía de tren de cientos de kilómetros en la que solo avanza el Convoy Errante. Cuando llega a la estación, lo único que hay además de un andén al aire libre es una cantina (cerrada, por supuesto) y un camino de tierra que te lleva hasta la entrada del cuartel. Sus puertas de metal están custodiadas por varias filas de verjas y vallas llenas de alambres de espino. Pero lo más impactante de este lugar está aquí dentro, Erika.

Todo lo que nos rodea es tan árido que cuando atraviesas el edificio principal para llegar a la parte sur y ves la primera arboleda que plantaron los primeros reclutas, es inevitable quedarse sin aliento. Cientos de arces frondosos y robustos con hojas de color rojo. Desde la azotea del edificio, te da la sensación de estar viendo un enorme lago de sangre. Ya nos lo decía el tío Julio: «¡El Desierto no está hecho para otro color que no sea árido!». Y tiene mucha razón. Hasta los uniformes amarillos que nos han dado van a juego con este sitio.

Imagino que como buena hermana mayor que eres, estarás un poco preocupada por mí. O al menos eso quiero pensar. El caso es que esta primera carta que te escribo es para tranquilizarte y decirte que todo va a ir bien. Que esto no es tan malo. Y, sobre todo, que estoy bien. A ver... No estoy aquí como voluntario. Si pudiera, me iría mañana mismo. Una parte de mí se agobia un poco por estar tan lejos de casa. Pero también te digo, ¿quién se va a querer escapar de este lugar?

Un soldado
en
El Desierto

—¡Aitor! —me grita Murillo—. Apaga la maldita luz si no quieres que te la apague yo.

Resoplo y doblo la carta que estoy escribiendo para guardarla junto al lápiz y la linterna en el petate amarillo que escondo bajo mi cama. Después me acomodo, intentando encontrar una buena postura para dormir. Con cada movimiento que hago, noto como los muelles del colchón chirrían y me golpean la espalda, como si me rogaran que los dejara salir para liberarlos de la tortura de sostener mi peso.

—Joder, Aitor —protesta desde arriba Nerea, mi compañera de litera—. Deja de moverte de una vez.

¿Y qué hago? ¿Fastidiarme y quedarme quieto, como un trozo de piedra, para que la niña no se despierte? Le respondo con un puñetazo en su colchón acompañado de un «buenas noches» y un nuevo movimiento en la cama (hecho adrede, por supuesto) que se sentencia con el portazo que da Murillo.

El silencio se hace dueño de la estancia en la que duermo junto a los otro cinco reclutas de mi escuadra. O al menos, lo intentamos. Porque aún es pronto para asimilar este lugar. Las noches son sinónimo de pesadillas e insomnio para todos. Pero ninguno de los seis decimos nada porque, queramos o no, es el único momento del día que tenemos para lidiar con nuestros pensamientos y con nosotros mismos. Y eso hace que la hora de dormir sea aún más terrorífica.

Pienso en las últimas palabras que le he escrito a Erika: «¿quién se iba a querer escapar de este lugar?». ¡Pues yo! El primero, además. Porque, por muy optimista que haya querido ser con mi hermana, esto es un infierno. El Desierto es el peor de los destinos que te pueden asignar. Los días son soleados, fatídicos y áridos, mientras que en las noches reina el frío y la más completa oscuridad. Me encantaría poder escaparme, pero esto está tan lejos de cualquier civilización que sería imposible llegar a casa. El Desierto es, como bien lo define su nombre, un inhóspito lugar en mitad de la nada.

Aquí mandan a lo peor de lo peor, a los que nadie quiere. A aquellos a los que hay que castigar o reformar. Ya sea porque tenemos antecedentes, somos delincuentes o malos estudiantes. Somos parásitos del futuro. Cualquier persona de dieciséis años que no cumpla con lo que el Estado espera de ella, es enviada a El Desierto a hacer el Semo. Y aunque todos hemos oído hablar de este sitio, lo mitificamos tanto que creemos que no nos va a tocar venir.

¿Conoces esa sensación de creer que no te va a pasar algo que a la gente le pasa, pero que tienes todas las papeletas para que te ocurra? Repetir curso, por ejemplo. Sabes que existe la posibilidad de que te puedas convertir en repetidor, pero tu cabeza no lo considera una opción porque eso no es algo que «a ti te pueda pasar». Bueno, pues al final pasa. No lo de repetir, en mi caso. Sino lo de acabar haciendo el Semo aquí.

Los abuelos de mis abuelos lo bautizaron con otro nombre mucho más ingenioso que no recuerdo ahora mismo. Sé que lo estudié hace un par de años en clase de Historia, pero mi cerebro aprecia demasiado el espacio que tiene para quedarse con cierta información. La generación de mis padres, que volvió a vivir la resurrección de esto, decidió llamarlo coloquialmente como el Semo. Ingenio no les faltaba.

«Como no espabiles, te va tocar un Semo de mierda», me advertían. La verdad es que tanto a mamá como a papá les tocó un destino mucho más agradecido y cercano a casa. No es que en sus años mozos fueran estudiantes modelo, pero pasaron bastante desapercibidos, aprobaban los exámenes, no se metían en berenjenales y cuidaban sus perfiles en redes sociales. Mi caso es un poco distinto, no te voy a engañar. Me encantaría decirte que he acabado aquí por un error informático, pero mi número de identidad estaba tantas veces en la urna del sorteo que lo raro hubiera sido que no me hubiera tocado El Desierto.

Junto a mi número, salieron los de aquellos que están en mi misma situación: chavales que no hemos cumplido con nuestro cometido escolar, ético y/o social. Personas con antecedentes, expedientes suspensos, amonestaciones públicas, denuncias en redes sociales y un larguísimo etcétera. Cuantas más de estas cosas cumplas, más veces se multiplica tu número de identidad en la lotería y, por tanto, más posibilidades tienes de formar parte de los quintos que van a ser destinados a El Desierto.

Y, en el fondo, miramos para otro lado. Nos aferramos a la esperanza y a la ínfima posibilidad de librarte de tu destino. Porque en el fondo no eres una mala persona. No te mereces que te pasen cosas malas.

Uno no cree que le vaya a tocar lo peor de lo peor.

Hasta que le toca.

Un soldado antes de ser un soldado

Aquella mañana era obligatorio presentarse en el ayuntamiento para el sorteo oficial. Todo el mundo, sin excepción. Si no podías asistir por causas de fuerza mayor, entonces debía ir un representante o tutor legal en tu lugar. Había visto en internet multitud de vídeos de sorteos anteriores. En mitad de la plaza se coloca una enorme pantalla en la que se proyecta la imagen de una cesta esférica de lotería con miles de bolas en su interior, que representan los números de identidad de todos los chicos y chicas que han cumplido los dieciséis ese año.

Lo primero que te llega al móvil cuando te acreditas es la evaluación en la que te dicen el número de veces que vas a estar en la urna: cuanto más malo y decepcionante para el Estado eres, más veces estarás. El sorteo tiene dos partes. En la primera, se escoge al azar a un quinto de los números que hay dentro. Esto es porque, por ley, el Semo lo tienen que hacer «solo» una de cada cinco personas. Nos llaman los quintos. Así que sí, hay bastantes posibilidades de librarte de hacer el servicio militar obligatorio. Más aún cuando existen tipos como yo, cuya bola estaba repetida casi trescientas veces. Lo normal es que tengas cincuenta bolas o así. Todo esto se hace de manera informática, claro. El oficial activa el sorteo e, inmediatamente, aparecen en pantalla los números de identidad de los quintos que van a hacer el Semo.

Después viene la segunda parte de la lotería, que consiste en el destino que te toca hacer. Se vuelven a introducir las bolas de los quintos con sus respectivas probabilidades (es decir, en mi caso con mis trescientas posibilidades de salir de nuevo) y se empieza, lógicamente, con lo peor de lo peor: los futuros reclutas de El Desierto.

Aunque los destinos también sean asignados por sorteo, se puede reclamar otro lugar en caso de no estar de acuerdo con el resultado. La máquina decide si te vuelve a incluir o no en el bombo dependiendo de tu evaluación. Vamos, que si de repente a un chaval que tiene solo veinte bolas le toca El Desierto y quiere reclamar otro destino, la máquina le va a aceptar sin problemas la abdicación. Ahora, si a mí, que tenía casi trescientas bolas, me hubiese dado por hacer lo mismo, el sistema me hubiera rechazado. Así que si acabamos aquí es por pura selección.

El día del sorteo se convierte, junto con el momento en el que te examinas para el carnet de conducir y la fecha en la que haces las pruebas de acceso al bachillerato, en uno de los tres días más importantes de tu vida. Y, del mismo modo que había evitado a toda costa los dos restantes, el sorteo no iba a ser menos.

—No pienso ir en tu lugar —me dijo papá—. Ya va siendo hora de que empieces a ser responsable y asumir lo que te toca.

—Pues entonces, estáis jodidos —contesté indiferente con una risotada—. Porque yo tampoco pienso ir.

—Aitor… —intervino mamá más calmada—. Por favor, cariño. Sabes que esto también nos afecta.

Observé su gesto de dolor y desesperación con el que me estaba suplicando que hiciera lo correcto: que fuera a aquel dichoso sorteo para que el Estado no los multara como responsables de mi persona. Porque, si no me presentaba al sorteo, cometería delito y el Estado haría responsables a mis tutores legales, es decir, a mis padres. Así que, si no querían pagar una multa considerablemente alta, alguno de los dos tenía que ir en mi lugar.

A mí, la verdad, en aquel momento me daba todo bastante igual. Disfrutaba con el sufrimiento ajeno y me regocijaba de la situación. Así que, sin dejar de sonreír, me humedecí los labios con la lengua, como si pudiera degustar en el aire aquel delicioso y cruel momento.

—¿Y? —respondí, indiferente—. ¿Crees que me importa?

Papá se levantó con tanta fuerza que la silla de madera cayó al suelo de la cocina provocando un ruido ensordecedor. Su paciencia se había terminado y, por tanto, le había ganado el pulso. Otra vez. Sin decir palabra, agarró las llaves del coche y fue directo a la puerta principal.

—¡Espera! —le grité.

Papá se detuvo de inmediato y se giró hacia mí, convencido de que había recapacitado y me iba a levantar para ir yo en su lugar.

—¿Puedes traerme pistachos cuando regreses? —le pregunté.

Su respuesta fue un portazo que sirvió también para que mamá empezara a llorar desconsolada. Y yo, indiferente y cabreado, pero aún sonriente, me levanté de la silla y subí a mi cuarto con toda la tranquilidad del mundo. Me daba igual las consecuencias que aquello tuviera para mis padres.

—Pero ¿qué haces, Aitor?

La voz de Erika me dejó congelado, con la mano sujeta al pomo de la puerta de mi habitación. Sabía que estaba escuchando todo y sabía que me iba a decir algo cuando subiera. La ignoré encerrándome deprisa en el cuarto con otro portazo. Aquel fue el día de dar portazos.

Mi habitación era mi refugio; el lugar en el que me quitaba la máscara de niño chulo y rebelde para mirarme al espejo y lidiar con quien verdaderamente era: un chaval asustado, perdido y enfadado con la vida.

La sonrisa se me quitó de un plumazo y el miedo me invadió todo el cuerpo, como si un río se estuviera desbordando. Me tumbé en la cama, intentando controlar mi respiración para relajarme. Me estaba dando otro ataque de pánico. Siempre he odiado la sensación de inhalar una bocanada de aire y sentir que mis pulmones no se llenan. Sentir que me asfixio, que me ahogo.

Uno, dos, tres, cuatro..., comencé a contar mentalmente mientras inhalaba aire para relajarme.

Si estaba así era porque, en el fondo, una parte de mí sabía perfectamente que mi número iba a salir de aquella macabra lotería. Una parte de mí era consciente de que mi destino era El Desierto.

Un soldado siempre hace lo que se le dice

Me despierto sobresaltado, buscando el aire que me falta. Cuando digo que las noches aquí son horrorosas es por la cantidad de pesadillas que tengo. O, mejor dicho, por los recuerdos. No hay ni una sola noche que no me desvele asfixiado por ellos.

Intento relajarme, aún con los ojos cerrados. El truco, dicen, está en despejar la mente mientras te concentras en tu respiración, pero mi cabeza está ahora mismo demasiado activa como para hacer eso. Los llantos de mamá, la cara de decepción de Erika o el gesto de tristeza con el que papá me anunció que me habían destinado a El Desierto son imágenes que, por mucho que quiera deshacerme de ellas, no dejan de taladrarme la cabeza.

Se encienden las luces y con ellas llega una oleada de golpes y gritos. Me levanto de mi litera en un acto reflejo y entonces veo que ha entrado en el cuarto un grupo de seis personas, despertándonos de la forma más violenta posible: entre silbidos, risas e insultos. Son los yayos, los reclutas más veteranos de El Desierto.

Como si nosotros estuviéramos en primer curso y ellos a punto de graduarse, los yayos son los que van a finalizar sus dos años del Semo, los siguientes en volver a casa. Y, como bien manda la tradición, deben de dar la bienvenida a los retoños, es decir, a nosotros: los nuevos.

A Nando le vuelcan directamente el colchón, arrojándolo al suelo desde lo alto de su litera, mientras que a Oriol, el que está debajo de él, le dan un empujón, tirándolo encima de su compañero. Dafne y Tola sufren lo que llaman «el despertar de las chinches» que, básicamente, consiste en quitarles las sábanas de golpe y comenzar a pellizcarlas.

—¡¿Pero qué coño hacéis?! —grita Dafne con su inconfundible tono barriobajero que, a pesar de estar recién despierta, sigue teniendo la misma fuerza—. ¡No me toques!

A Nerea y a mí nos regalan el «sueño húmedo». No os dejéis llevar por su sugerente nombre. Aunque me he despertado unos segundos antes de que entren y he podido levantarme de la cama para evitar la trastada, no me he librado del cubo de agua fría que me acaban de tirar. *Al menos, mi cama no se ha mojado,* pienso. Hasta que veo cómo vierten sobre Nerea un segundo cubo de agua que acaba chorreando también mi colchón.

—¡Vamos, retoños! —anuncia uno de los seis yayos—. ¡A formar!

Mientras nos ponemos todos en fila india, descubro a Murillo detrás de la puerta, disfrutando del espectáculo y relamiéndose con lo que, posiblemente, venga a continuación. No me sorprendería que él esté orquestando todo esto con los yayos. Le encanta juntarse y hacerse amigo de los reclutas veteranos de El Desierto porque eso le da más autoridad y protagonismo entre los retoños y el cuartel. Como si fuera un niño que en el patio del colegio juega con los mayores.

—Como hagáis ruido, la vamos a tener —dice el mismo yayo que ha dado la orden mientras se pasea a lo largo de la fila que hemos formado.

Intento estudiar con disimulo a los seis veteranos que han decidido honrarnos con su presencia. Se trata de un grupo formado por cuatro tipos y dos chicas que estarán a punto de cumplir los dieciocho. Todos ellos tienen rasgos bastante adultos y, sobre todo, un aspecto marcado por el paso del tiempo en El Desierto. Porque si hay algo que te hace esta tierra es envejecer. Son personas que llevan aquí casi dos años. Ellos lucen un porte musculoso con barbas desaliñadas (salvo uno, que lo único que tiene es un bigote porque, posiblemente, no le haya crecido el vello facial), mientras que ellas destacan por sus fibrosos y maduros cuerpos. Todos con un tono de piel moreno que delata las horas de sol que llevan acumuladas.

Pero más allá de su aspecto físico, lo que distingue a un yayo del resto es la firme e inquebrantable actitud de equipo que tienen entre ellos. Funcionan como un perfecto reloj. Dos de ellos se pasean por la fila que hemos formado, estudiando y vigilando nuestros comportamientos. Otros dos permanecen firmes en la puerta, dispuestos a dar su discurso. Mientras que el par restante ha abandonado la habitación para organizar la novatada que nos tienen preparada.

—Habréis oído hablar de nosotros —comienza una de las chicas que recoge su pelo en una coleta—. Así que iré directa al grano: sois retoños. Nuestros retoños. Y durante las próximas horas haréis todo cuanto os digamos si no queréis que vuestra estancia en El Desierto sea un infierno. Más de lo que ya es.

—¿Eso es posible? —susurra Nando, irónico, con su acento argentino.

—¿Qué has dicho? —le pregunta amenazante el otro que vigila la fila.

—Que no sé yo si eso es…

El puñetazo que el yayo le propina a Nando no le permite terminar la frase y hace verdaderos esfuerzos por no caerse. No. Los yayos no se andan con chiquitas.

—*Callate, boludo* —se burla el matón, imitando el acento de Nando.

Me encantaría, llegados a este punto, poder hablar de mis compañeros de escuadra con toda la confianza del mundo. Pero solo los conozco desde hace unos días y, por lo tanto, no sé ni de dónde vienen ni qué han hecho para acabar aquí.

Nando, como bien has podido deducir, es argentino. No sé cuánto tiempo lleva en España, pero está claro que si está haciendo el Semo aquí es porque le han dado la nacionalidad. A veces se pasa de listo y, claro, cuando se topa con alguien más curtido que él, pasa lo que pasa. «Me da igual lo que digan», nos contaba el otro día en el comedor. «Y si me mandan algo, ustedes lo harán por mí». Nando es muy de hacer lo que le da la gana y que el resto haga sus quehaceres. El problema es que aquí, cuando mandan algo, nos lo mandan a los seis de la escuadra. Así que no le sirve el plan abusón que utilizaba en el instituto.

—¿Y tú qué miras? —le pregunta el yayo a Dafne.

—Lo feo que eres —responde ella, desafiante.

Dafne… Dafne es *especial*. De los seis es la que más carácter y mal genio tiene con diferencia. Y le da igual enfrentarse a Murillo, a nosotros o a un yayo. Siempre va a soltar una frase cargada de tacos, mala leche y odio. No sé de dónde es, pero su acento cargado de marcadas jotas es propio de los barrios más conflictivos de Madrid. No es que vaya provocando y buscando gresca, la verdad. El principal problema que tiene Dafne es que da igual quién se comunique con ella, que la respuesta va a ser siempre bastante desagradable.

El yayo al que acaba de llamar feo, se le queda mirando y son-riendo. Después lanza una cara de complicidad a sus compañeros y, en un abrir y cerrar de ojos, tiene la cabeza de Dafne atrapada entre sus manos, dándole un apasionado beso en los labios. Ella se defiende con un empujón acompañado de un escupitajo. El yayo no duda ni un instante en soltarle una bofetada con la que casi la tira al suelo.

—A ver si te enteras de que aquí eres una mierda —le susurra el yayo, mientras le agarra del pelo—. ¿Tú también quieres un be-sito o cómo va la cosa?

La pregunta se la lanza a Tola, quien, al igual que el resto, está mirando la escena perpleja. En realidad, se llama Bartola, pero todo el mundo la conoce con ese diminutivo. Al menos en redes sociales. Tola es una influencer, una chica que cuenta su interesan-tísima (y vacía) vida a cientos de miles de seguidores. No es que esté yo muy puesto en esto, pero sé quién es porque hace unos meses la muchacha protagonizó una polémica noticia: Tola se que-dó embarazada y decidió abortar, a pesar de que está prohibido. Lo índices de natalidad son tan bajos que el Estado prohibió hace unos años el aborto, a no ser que sea por una violación. Estoy se-guro de que la decisión que tomó afectó, en gran parte, a que aca-bara en El Desierto.

Que aquí no haya tecnología es algo que ha salvado a Tola de que los yayos la reconozcan. Porque, créeme, si llegan a saber que en esta escuadra hay una chica famosa, ya estarían cebándose con ella. Pero como no saben quién es, pasan a la siguiente de la fila: a Nerea, mi compañera de litera. Que lleve la mitad de la cabeza rapada y la otra mitad llena de trenzas teñidas de azul, es algo que llama la atención.

—Mira, Angélica —dice refiriéndose a la yaya de la coleta—. Una de las tuyas.

Angélica le responde con un corte de manga y el yayo, con una sonrisa vacilona, se dirige de nuevo a Nerea.

—¿Te gusta mi amiga? —pregunta.

Nerea lo ignora, sin dejar de mirar al frente.

—Si te gusta, puedo organizarte un vis a vis con ella. Aunque, la verdad, no sé si eres de su tipo... Demasiado morenita, yo creo.

Que el yayo se meta con la apariencia física de Nerea y prejuzgue su sexualidad, dice mucho de este lugar. Y es que, aunque estemos tan lejos de casa, aquí se te sigue valorando y encasillando por el aspecto que tengas. Nerea es la única con la que he mantenido una conversación algo más personal y a la que he preguntado qué ha hecho para acabar en El Desierto. No quiso entrar en detalles, pero sus delitos están relacionados con los servidores informáticos del Estado.

Tengo la inmensa suerte de que el yayo pasa de mí echándome, únicamente, un repaso de arriba abajo y soltando un bufido de burla. Y reconozco que si me he librado ha sido porque tengo detrás a Oriol.

—¿Y a ti que te ha pasado? —le pregunta mientras le agarra la cara y comienza a estudiar las marcas y manchas que tiene—. ¿Has sobrevivido a un incendio o qué?

Pero Oriol no contesta.

—¡Eh, Freddy Kruger! ¡Te estoy hablando! —insiste el yayo—. Mírame cuando te hablo.

No sé si Oriol le ha hecho caso. No me quiero girar para comprobarlo, pero sigue sin decir palabra alguna.

—¿Qué pasa, Freddy? ¿El incendio te ha quemado también la lengua?

El yayo desiste soltando una carcajada y, finalmente, asiente a sus compañeros para que den la orden y salgamos de la habitación. Murillo nos va sonriendo uno a uno mientras cruzamos la puerta. Yo, no sé por qué, decido girar la cabeza para ver a Oriol. Nuestras miradas de terror se encuentran y puedo ver en sus ojos que él también está rezando para despertar de esta pesadilla.

Un soldado ciego y una carretilla

Lo primero que nos obligan a hacer es descalzarnos. Sentir la fría tierra de El Desierto no es la sensación más agradable del mundo. Su suelo es una mezcla de arena y arcilla con pequeñas piedras que, sin zapatillas, se te clavan en la planta del pie. Frente a nosotros, se alza la impresionante arboleda de arces que, de noche, apagan sus vívidas hojas rojas para dar paso a un manto de oscuridad. Solo los primeros árboles se benefician de la luz nocturna. El cielo de El Desierto está tan nítido y despejado que cualquier estrella se convierte en una fuente de luz en la noche hasta tal punto que, una vez que te has acostumbrado a la oscuridad, puedes apreciar la fina línea del horizonte.

Las linternas que han traído los yayos rompen la penumbra y nos van enfocando a cada uno mientras nos ponen por parejas. A mí, con Oriol.

—¡No pienso hacer nada con este! —protesta Dafne refiriéndose a Nando.

—Harás lo que yo te diga —le contesta Angélica, la yaya de la coleta.

Con un corte de manga, Dafne se da media vuelta dispuesta a regresar a la habitación, pero dos yayos se lo impiden y la arrastran de nuevo al lado de Nando.

—¡Qué me dejéis, hostias! —grita sin dejar de patalear—. ¡Qué me…!

En un abrir y cerrar de ojos, uno de los yayos se ha descalzado las botas, se ha quitado su sudoroso calcetín y se lo ha metido a Dafne en la boca para que deje de gritar. Contener las arcadas es todo un reto sabiendo que el calcetín viene de un sucio y maloliente pie con grandes uñas amarillas.

—La próxima vez te meto el pie —advierte.

El resto observamos la escena con una mezcla de terror y náuseas. Dafne, resentida y más calmada, se queda al lado de Nando. Mientras, la yaya suprema comienza a dar su esperado discurso.

—La primera cosa que tenéis que aprender en el Semo es la de respetar a vuestros compañeros. Nunca se abandona a un compañero, como iba a hacer esta loca —explica haciendo un gesto de desagrado hacia Dafne, quien le responde con alguna burrada inteligible por culpa del calcetín que sigue teniendo en la boca—. Así que para que esto os quede claro, vamos a jugar a «El ciego y la carretilla».

Mientras uno de los yayos nos entrega una venda negra, la otra nos explica en qué consiste la actividad. En cada pareja habrá un ciego y una carretilla: el que hace de ciego deberá ponerse la venda en los ojos, sujetar al otro por los tobillos y que este, con las manos en el suelo, lo guíe.

—Deberías ser tú la carretilla —le digo a Oriol—. Eres más menudo que yo.

Él me observa durante unos segundos, cauteloso. Se queda pensativo, estudiándome el rostro y manteniendo la mirada desafiante, como si estuviera preparado para echarme un pulso. No sé si lo hace porque no quiere hacer de carretilla o bien porque no se fía de mí. Imagino que será lo segundo e intentará adivinar si mis intenciones con él van más allá de sujetarle los tobillos.

Freddy.

Es una faena que el yayo le haya bautizado con ese mote porque, a partir de ahora, se lo va a conocer como tal. Es cierto que da la sensación de que Oriol haya sido víctima de un terrible incendio por culpa de las marcas que luce en su rostro: un enorme surco de piel blanca le sube por el cuello y, como si fuera un río que va aumentando su caudal, avanza por casi toda la mejilla derecha hasta desembocar en parte de la nariz y en la cuenca del ojo. Como consecuencia del contraste de su piel clara con el iris marrón, sus ojos resaltan más que los de cualquier otra persona. El lado izquierdo tiene varias pinceladas blancas, como pecas más marcadas de lo habitual. Además, al tener piel morena, la anomalía dérmica se le marca más. Porque estoy seguro de que Oriol no ha sido víctima de ningún incendio: lo que tiene es despigmentación. Y lo sé porque yo también la tengo en mi hombro izquierdo.

—De acuerdo —me dice, sacándome de mis pensamientos.

—¿Cómo? —pregunto, desorientado.

—Que me parece bien que tú seas el ciego —confiesa.

Observo a Tola y Nerea, la tercera pareja restante. Creo que lo del calcetín y el sudoroso pie del yayo los ha debido de asustar porque ya están en posición para empezar la actividad.

Yo, sin más dilación, me pongo la venda negra mientras que Oriol se tumba en el suelo como si fuera a hacer flexiones. Me acuclillo y palpo a ciegas sus piernas hasta que doy con sus tobillos.

Puede que Oriol sea escuchimizado, pero la dureza de sus gemelos delata que es una persona que se mantiene bastante activa. Cosa que, en el fondo, nos va a venir muy bien para esta maldita prueba.

Pasan unos segundos hasta que la yaya suprema anuncia el inicio de la carrera y todos comenzamos a avanzar. En mi caso, dejo que Oriol sea quien tire y lleve las riendas. Yo me limito a dar pasos con cuidado para no rasgarme mucho la planta de los pies. El suelo es tan duro y lleno de piedrecitas, que me sigue sorprendiendo que crezcan aquí los malditos arces sangrientos. Noto como una china se me hunde en el talón y eso me hace dar un respingo. Pero sigo. No me quejo. Porque si a mí me está costando caminar por este sitio, no quiero imaginarme cómo tiene que estar sufriendo Oriol con las palmas de sus manos.

—Vamos bien —me dice, alentándome—. En cinco pasos gira a tu izquierda.

Yo le hago caso, confiando ciegamente en lo que me dice. De repente, escucho a alguien gritar y después las risas de los yayos de fondo.

—¡*Boom!* —vitorea uno de ellos.

—¡Solo quedáis dos! —anuncia la yaya suprema—. La pareja que gane tendrá… ¡doble ración de postre!

Esto es una tomadura de pelo. ¿Doble ración de postre? ¡Si es la peor comida de El Desierto! Nadie se come ese trozo de bizcocho denso y marrón hecho con sirope de arce y relleno de pasas. Supuestamente está dulce, pero mi lengua aún no ha encontrado ese sabor.

Supongo que las risas de los yayos, el cansancio que tenemos, el frío de la noche y lo humillante que está siendo todo esto, hacen que Dafne escupa el calcetín y se encare de nuevo a los abusones. Nosotros no dudamos en pararnos y, mientras Oriol se levanta y se sacude las manos, yo me quito la venda de los ojos. Es entonces cuando veo cómo han sido Dafne y Nando los que se han chocado contra uno de los robustos arces.

—¿Qué pasa? ¿Te has quedado con ganas de comerme el pie, loca? —le pregunta el yayo del calcetín—. ¡Y vosotros seguid haciendo la prueba! —nos ordena.

Oriol y yo nos miramos y, con un gesto de complicidad, decidimos ignorarlos. Tola y Nerea hacen lo mismo que nosotros y eso cabrea aún más al yayo del calcetín, que nos mira de reojo, y nos maldice con un gesto de rabia, mientras el resto intenta controlar a Dafne.

—¡Que te coma el pie esta! —le grita, señalando a la yaya suprema.

El yayo no duda en volver a cruzarle la cara a Dafne, pero lo que verdaderamente nos hiela la sangre es la pistola que saca Angélica.

—¡Ya basta! —grita, apuntándonos con el arma—. ¿Queréis jugar a los motines, retoños de mierda? Pues vamos a jugar a los motines.

—Llevadlos a los límites —propone Murillo—. Con los Salvajes. Así aprenden.

Los yayos se miran de soslayo y, con una sonrisa de complicidad, asienten. La yaya suprema va directa hacia Dafne y, sin dejar de apuntarle con la pistola, le proporciona un empujón y ordena que avance hacia el interior del bosque.

—Pero no podemos —dice Nerea—. Está prohibido.

Una de las normas de este lugar es respetar los límites del cercado. Y El Desierto tiene muchos peligros como las serpientes de cascabel, las tarántulas o los mortales escorpiones. Pero si hay algo más aterrador que cualquiera de estos bichos son los Salvajes. Ellos son, en el fondo, la causa de que se nos enseñe a manejar un fusil. ¿Sabéis esas películas antiguas de indios y vaqueros? Pues aquí ocurre lo mismo: los Salvajes quieren hacerse con este territorio, de la misma forma que los nuestros quieren conservarlo.

—Nosotros diremos lo que está prohibido, bonita —responde un yayo.

—¿Y qué es lo que está prohibido, soldado?

El Capitán Orduña podría haber sido actor de doblaje. Su profunda, marcada y grave voz recuerda mucho a la de los personajes protagonistas de las películas de acción de finales del siglo XX. Su presencia no se queda atrás: casi dos metros de altura, con un porte corpulento a la par que elegante. Cualquiera de los aquí presentes firmaríamos por estar así a los casi cincuenta años que tiene.

—Le he hecho una pregunta, soldado —insiste—. ¿Qué está pasando aquí?

La yaya suprema da un paso al frente, intentando justificarse.

—Solo estábamos pasando el rato con los retoños, mi capitán.

—¿Usted se cree que yo soy tonto, Angélica? —le contesta, desafiante—. ¿Se cree que nací ayer? Porque, de verdad, si a estas alturas del partido no va a confesarme la novatada que estaba haciendo a estos reclutas, mal vamos.

—Mi Capitán, yo…

—¡Que no me rebata, soldado! —le grita—. Si están enseñando estas mierdas a los nuevos reclutas, entonces es que no han aprendido lo suficiente de El Desierto. Debería encerrarlos en el Asfixiador tres días. O igual su escuadra debería de quedarse recluida aquí tres meses más, ¿qué les parece?

Ninguno de los yayos dice nada. La amenaza del capitán significa que la estancia de los seis yayos en El Desierto se alargue otro trimestre. Y, en el fondo, se lo han buscado, ¿cómo se les ocurre ponerse a hacer novatadas unos meses antes de acabar el Semo?

Los yayos se marchan por orden del Capitán y nos quedamos los seis de la escuadra, junto a Murillo.

—¿Usted es responsable de esta escuadra? —le pregunta el Capitán a Murillo.

—Sí, mi Capitán —responde él.

—¿Y por qué no me ha avisado en cuanto ha visto esto? —le pregunta, desafiante.

—Verá, yo... He llegado y...

—Iba a hacerlo, mi Capitán —intervengo yo—. Murillo ha llegado un par de minutos antes que usted. En cuanto ha visto la situación, iba a avisarle.

—¿Es eso cierto? —le pregunta.

Murillo asiente.

El Capitán Orduña, convencido y dando por zanjado el asunto, nos ordena volver a nuestra habitación. No sé por qué he decidido salvarle el pellejo a Murillo sabiendo que es él quien está detrás de las novatadas. Quizás ha sido una forma de intentar ganarme su respeto. Pero cuando me cruzo con él y me devuelve la mirada, sé que esta no es de agradecimiento. Es de rabia, furia y vergüenza. Quiero pensar que Murillo no va a hacerme la vida imposible, pero una parte de mí sabe que estoy completamente equivocado.

Un
soldado
callado

En El Desierto pueden sonar tres tipos de sirenas: la de «buenos días», la de toque de queda o la de emergencia. La primera de ellas es, sin duda, la más desagradable porque es la que nos despierta de golpe. Tiene el mismo ritmo que los tres tonos que se escucha en el teléfono cuando alguien te cuelga, pero con un sonido mucho más agudo. Estoy deseando que mi cerebro se acostumbre a los horarios de este lugar para despertarme cinco minutos antes de que suene la dichosa alarma y evitar morir de un infarto.

El toque de queda lo ponen cuando hay que volver al cuartel, ya sea porque se acaba el día o porque nos quieren convocar para una reunión extraordinaria de reclutas. De momento, solo la escuchamos en las últimas horas del crepúsculo y suena como si fuera una alarma de tonos graves, largos y constantes. Me recuerda mucho a las películas de submarinos de guerra que veía de pequeño con papá: cada vez que atacaban el buque, sonaba una alarma muy parecida a la que nos ponen a nosotros para irnos a dormir. Y, en el fondo, me gusta; tiene cierta nostalgia.

La última de las tres alarmas solo la hemos escuchado de prueba el primer día, cuando la Coronel y el resto de las eminencias de este lugar nos explicaron las normas y demás leyes de El Desierto.

—Si escuchan esto, vengan inmediatamente a este patio. Sin excepción alguna —dijo la Coronel Torres—. Y recen.

El sonido de la alarma de emergencia es la misma que se escucha cuando van a bombardear una ciudad. Ese eco tan molesto que empieza grave y acaba subiendo tonos hasta llegar a un pitido alto, agudo y constante, sin corte alguno.

Murillo nos contó que la última vez que sonó la sirena de emergencia fue hace cinco años, con la última invasión de Salvajes que tuvieron. No sé si la noticia llegó al mundo real. Yo, desde luego, no me enteré (a los once años estaba más pendiente de otras cosas que del Semo, la verdad). En el fondo, los únicos que informan de lo que pasa aquí son los propios reclutas. Ya sea cuando vuelven a casa y cuentan su experiencia o a través de las cartas que mandamos a nuestras familias y amigos. Cartas que, seguramente, no llegan a su destino o, si lo hacen, serán con tachones y frases censuradas.

—¿Por qué le salvaste el culo ayer a Murillo? —me pregunta Nerea mientras bajamos al comedor para desayunar.

Mi respuesta se limita a levantar los hombros y poner una mueca de confusión. Es la única respuesta que se me ocurre por culpa del cansancio que tengo y que ni yo mismo sé por qué salí en su defensa.

Murillo es, para que termines de entender su rango, una especie de delegado de clase. No está en nuestra misma escuadra, pero como lleva aquí ya unos cuantos meses y se ha dedicado a pelotear al Capitán y al resto de mandamases de El Desierto, le han puesto la medallita de furriel. Dicho en otras palabras: un recluta que manda a otros reclutas y se encarga de suministrarnos cosas.

—Creo que has metido la pata —me insiste Nerea—. Seguro que no le ha hecho ni pizca de gracia que le salvaras el pellejo. ¿Qué pretendías?

—¿Que me debiera una? —respondo con un tono burlón y de enfado—. ¡Yo qué sé!

—Estás jodido si pensás que se lo vas a poder echar en cara.

La inesperada intervención de Nando me hace darme cuenta de que estaba escuchando la conversación. ¡Qué manía tiene la gente con meterse donde no le llaman!

—¿Te he preguntado tu opinión, Nandito? —le respondo, desafiante.

—No, boludo, pero yo te la doy.

Y esto me lo dice acompañado de un empujón en el hombro mientras me adelanta. Así que yo, como no estoy para tonterías, me caliento la mano y le doy otra cosa: una golpe en la nuca que retumba por todo el pasillo. Teniendo en cuenta que los que estamos en este sitio somos, por definición, conflictivos, te puedes imaginar lo que viene después.

No sé quién nos separa, lo único que consigue que nos despeguemos es la voz del Capitán Orduña que, para nuestra suerte, está haciendo su ronda de registro por el comedor.

—¡Esta noche harán guardia ustedes dos y toda su escuadra! —ordena.

—¿¡Qué?! —grita Dafne—. ¡Pero si nosotros no hemos hecho nada!

Nerea se adelanta a todos y le da un golpe por lo bajo para que se calle la boca y no le lleve la contraria al capitán. Lo veo capaz de ponernos más castigos.

—A ver si se enteran de una maldita vez que aquí no hay un «yo». Aquí las acciones de uno afectan al resto. Así se aprende a vivir en sociedad. Ya no sé quiénes son más salvajes si ustedes o los de allí fuera. ¡Ahora entren ahí y desayunen si no quieren hacer sus tareas con el estómago vacío! —ordena el capitán Orduña mientras señala el comedor.

Los seis entramos cabizbajos, como si fuéramos unos cachorros a los que su madre acaba de reñir. La diferencia es que nosotros no estamos arrepentidos. Al menos yo, vaya. En este sitio los tipos como Nando van a intentar aprovecharse de ti y lo único que puedes hacer es plantarles cara. Aunque la consecuencia sea hacer una guardia nocturna…

—Muy bien, chicos —dice Tola mientras se sienta con su desayuno junto al resto de la escuadra—. Habéis conseguido que hagamos nuestra primera guardia en menos de una semana. ¡Bravo!

La ironía de Tola es algo que me saca de quicio. Parece como si quisiera interpretar en la realidad *gifs* de internet, con su estúpida sonrisa acompañada de unas palmadas.

—Qué pena no tener un móvil para grabarlo, ¿verdad? —contesta Nando.

—Si tuviera un móvil, no estaría aquí. Seguro que muchas de estas cosas son ilegales. Empezando por esta mierda que tengo que desayunar todos los putos días —apunta mientras mueve de un lado a otro el «delicioso» bizcocho de pasas y sirope de arce.

—Esta mierda iba a ser nuestro premio de ayer —añade Nerea mirando el plato con el mismo desagrado que todos—. ¡Doble ración de postre! ¡Qué bien!

—Menuda es la coleta… —interviene Dafne—. Angélica… La madre que la parió. Entre unos y otros nos van a matar de hambre.

—No sé de qué te quejas, Dafne —le digo—. Con la buena cena que te dieron ayer. ¿Era queso azul o más bien verde? —vacilo, refiriéndome al calcetín que le metieron en la boca.

Todos comenzamos a reírnos recordando lo de ayer. Hasta Dafne me contesta con una sonrisa, acompañada de un corte de manga. No fue una situación agradable, pero refugiarnos en el sentido del humor y reírnos de las desgracias que nos pasan en este lugar es lo más sensato que podemos hacer.

Todos, salvo Oriol. Él permanece tan callado como de costumbre, como si quisiera ser invisible. Imagino que cada uno lleva su guerra interna lo mejor que puede, pero me da la sensación de que Oriol es un tipo que no encaja aquí. Es decir, ¿qué ha hecho? Tiene pinta de no haber roto un plato en su vida. Aunque quiera pasar desapercibido, está tenso y en alerta todo el rato. Puedo oler su miedo; un miedo muy distinto al que tenemos las otras cinco personas que estamos sentadas en esta mesa. Aquí todos estamos licenciados en delincuencia juvenil y hay un reconocimiento extrasensorial entre los que estamos acostumbrados a liarla, como si fuéramos animales capaces de reconocernos tan solo con nuestro olor. Oriol parece que está en primero de carrera criminal. Hasta Tola encaja más que él. Igual me equivoco porque, también te digo, que estos son los más peligrosos: los que permanecen callados y aislados socialmente luego son las bestias más temibles. Pero me juego las horas de sueño a que Oriol no es de esta calaña.

Estudio su rostro, sus gestos, cómo se come con desgana el desayuno, cómo sigue las órdenes como un buen ciudadano. Y entonces, me descubre mirándolo y me contesta con los ojos de forma desafiante. Aun así, a pesar de sostenerme la mirada, intentando ser amenazante, puedo ver el terror que hay en sus ojos. Yo le sonrío y alzo la cuchara con un trozo de bizcocho a modo de brindis y me lo meto en la boca.

—¿Qué pasó, Freddy? —dice Nando, al descubrirme el gesto con Oriol—. ¿Te gustó el desayuno?

Oriol lo ignora con una simple mirada de soslayo y sigue en lo suyo.

—No eres muy hablador tú, ¿no? —le pregunta Tola, a quien tiene en frente.

—¿Para qué voy a hablar si no puedo mejorar la conversación? —contesta él.

—¡La puta madre! —suelta Nando con una carcajada—. ¡Es filósofo! ¡El Freddy es filósofo! Ya sé quién se va a levantar a todas las minas de acá. ¡Vos!

Como si fuera una tortuga, Oriol se vuelve a meter en su caparazón invisible a seguir comiendo su desayuno y, aunque él termine antes que el resto, se queda sentando, esperando a que nos levantemos. Porque el Capitán ha dicho que funcionamos como uno solo.

Y Oriol ha sido el primero de todos nosotros en entenderlo.

Un soldado que cava hoyos

Aún no ha salido el sol cuando llegamos a nuestra zona de trabajo. El suelo de El Desierto adquiere a estas horas de la mañana un tono amoratado, como si la arena hubiera tomado el rol pictórico de las nubes y se preparara para la salida del astro. Aunque lleve una semana aquí, me sigue impactando atravesar la arboleda de arces que, pasados unos minutos, se abre a un inmenso desierto dispuesto a ser forestado.

Cargamos en un jeep todas las herramientas necesarias para cavar los hoyos (picos y palas, básicamente) y los árboles que vamos a plantar. Después Murillo conduce el vehículo unos diez minutos, atravesando el bosque de arces por el camino de tierra que han dejado libre de vegetación, hasta que, pasados unos diez kilómetros, llegamos a la zona desértica que tenemos que reforestar. Colgada de nuestro cinturón llevamos una cantimplora metálica en la que entra un litro de agua que tenemos que administrarnos durante las próximas seis horas que vamos a estar expuestos al calor de El Desierto. Vamos, una mierda.

El agua de aquí es un tema complicado. Te preguntarás cómo es posible que en un desierto se puedan plantar árboles y puedan vivir en él decenas de personas. La culpa la tienen los lagos subterráneos que hay a unos cuantos cientos de metros por debajo de nuestros pies. Por muy raro que suene, ahí abajo se está más fresquito y se puede conservar el agua que cae dos veces al año.

«Vais a preferir las tormentas de arena a las de agua», nos advirtió una vez Murillo con la intención de asustarnos.

Yo, la verdad, que no le quiero creer mucho. El tío Julio nos contaba que, según su amigo, en las montañas sí que se veía alguna tormenta y que recuerda haber olido una vez la tierra mojada con el viento que traía el aroma. Pero no recuerdo nada de historias sobre lluvias.

Le doy un primer sorbo a la cantimplora aprovechando que aún el agua está fresca y me preparo para empezar a cavar el hoyo que me toca hoy. La zona que nos han asignado tiene los hoyos a media hacer. Posiblemente, a la escuadra que trabajó ayer aquí no le dio tiempo a acabarlos. Todavía no nos han asignado por parejas, así que voy dejando mis herramientas en el suelo y haciendo unos estiramientos para evitar alguna lesión, igual que hacía en las clases de educación física del instituto.

—¿Vosotros sois tontos o cómo va la cosa? —nos espeta Murillo a Nando y a mí—. ¿No teníais otro momento para pegaros que justo delante de las narices de Orduña?

Me vuelvo a encoger de hombros como respuesta y añado una mueca con la que pretendo transmitirle que me importa una mierda lo que me está contando.

—Me parece muy bien que os dé igual todo, pero a mí no me vais a joder.

—Pues me parece que te va a tocar pringar con nosotros… —dice Tola.

—¿Cómo era eso de que todos somos uno? —añade Dafne con una sonrisa.

—¡Poneos a cavar de una vez, joder! —nos ordena.

Como no nos ha asignado ningún hoyo, yo me voy directo al que tengo más a mano, pero un grito a mis espaldas me detiene.

—Tú con Freddy Kruger, al de la esquina de allí —me ordena con mal genio—. Y esta noche también haréis la guardia conmigo. Malditos retoños… —farfulla mientras se marcha—. ¡A ver si os enseñan a usar de una puta vez un fusil y me dejáis en paz!

Como todavía no hemos hecho el adiestramiento con las armas, no podemos hacer la guardia solos. Así que más que guardar, vamos a acompañar a los que de verdad vigilan. Si Murillo se cabrea tanto es porque, al ser nuestro furriel, le toca hacerla con nosotros.

Cuando Oriol y yo nos miramos, él me copia el gesto levantando los hombros y a mí me es imposible no soltar una carcajada.

—Es un quejica —le digo—. Vamos al meollo. Nunca mejor dicho.

Nos cargamos las herramientas y comenzamos a caminar unos cuantos metros hasta llegar al último hoyo empezado.

—Tampoco le queda mucho —observo—. Yo creo que en un par de horas lo hemos terminado.

Las medidas que nos dieron para hacer estos agujeros se reducían a un paso de diámetro y que, de fondo, nos llegue por la cintura. Pero cuando Oriol se mete dentro de este y comienza a pisar la tierra, me doy cuenta de que nos ha tocado un hoyo lleno de rocas.

—Esto no lo hacemos en un par de horas —sentencia él.

—Joder… Sigue sin entrarme en la cabeza cómo pueden crecer los malditos árboles en este sitio —me quejo.

—Por sus raíces —me explica mientras comienza a picar la piedra—. Los arces tienen unas raíces duras y flexibles. De ahí que aguanten bien las temperaturas tan extremas. Además, retienen bastante bien el agua.

—Sabes mucho tú, ¿no? —le pregunto intentando sacar algo de información.

—Lo justo —responde él, indiferente.

—Lo justo no. Si has acabado aquí, muchas cosas no deberías de saber. Al menos del instituto.

—Que no haya aprobado el instituto no significa que sea tonto —responde con el mismo tono de indiferencia.

—O sea que... ¿estás aquí porque has suspendido? —le pregunto, insistente.

Por respuesta recibo un silencio que se rompe con el choque del pico contra la roca. Está claro que Oriol no quiere hablar de dónde viene, ni lo que ha hecho. Pero yo no estoy dispuesto a quedarme con la duda. De ninguna de manera. Estoy en mitad de la nada, rodeado de gente que no conozco. Así que al menos quiero saber con quién voy a pasar los próximos dos años de mi vida.

—¿Me has escuchado?

Por fin, Oriol se incorpora y me habla mirándome a la cara.

—Mira... Arturo.

—*Aitor*.

—Lo que sea —me dice con un gesto desinteresado—. ¿Por qué no cavamos el hoyo sin hablar? En plan calladitos. No tenemos que ser amigos. A mí no me interesa tu vida, la verdad.

Yo me empiezo a reír porque me acaba de encarar de la forma más educada posible. Y es muy gracioso. Si esto se lo digo a Nando, a Dafne o incluso a Tola, posiblemente, me hubiesen dado un palazo y se hubieran quedado tan anchos. Pero Oriol no. Oriol va por la vía diplomática e intenta que lo deje tranquilo sin que me ofenda mucho. Estoy seguro de que este tío no ha roto un plato en su vida. Y, la verdad, me divierte pensar hasta qué punto puedo picarle para que explote.

—Bueno, a mí sí que me interesa tu vida —contesto, vacilón.

El chaval suelta un bufido y hace por ignorarme, volviéndose para picar la roca.

—¡Relájate, colega! —le insisto—. Me da la sensación de que me tienes miedo o algo así. Ayer por la noche con lo de la carretilla igual. Y, la verdad, no entiendo por qué. Si aquí somos todos iguales. Todos hemos hecho nuestras mierdas. Por eso estamos aquí, ¿no? Al menos no nos ha tocado asesinos en la escuadra. Que yo sepa, claro.

—No todos somos iguales… —farfulla.

—¿Cómo? —le pregunto confundido—. ¿Qué has dicho?

Pero Oriol vuelve a ignorarme y a no contestarme. Y, creedme, pasaría de él. Pero esta indiferencia cargada de superioridad me está tocando un poco los bemoles reales.

—¿Te crees mejor que nosotros, Oriol? ¿Es eso?

Esta vez se lo digo con un tono menos majo y más desafiante. Un tono de voz que sé que lo ha puesto en alerta porque se ha quedado quieto en el sitio, sin picar más roca. Oriol resopla frustrado y se gira hacia mí.

—No —sentencia mirándome a los ojos—. No me creo mejor que vosotros. Distinto sí, pero no mejor. Creo que es un derecho que me pertenece el contarte cuándo quiera y cómo quiera el por qué me han metido aquí. ¿No crees, Aitor?

Es cierto que El Desierto te cambia. Lo acabo de ver en los ojos de Oriol. He visto cómo dentro de esa mirada de cordero perdido y degollado hay también un lobo dormido y hambriento que puede salir en cualquier momento. Así que le sonrío, hago una reverencia, agarro mi pala y me pongo a sacar las piedras que ha picado.

Durante las siguientes horas no decimos ni una palabra. En una abrir y cerrar de ojos el sol está inundando todo el paraje y el calor empieza a ser sofocante. Mientras uno pica, el otro saca las rocas del hoyo. Nos vamos turnando porque el brazo se te carga y cansa bastante con el maldito pico. Si a eso añadimos que, a medida que pasa el tiempo, el calor va siendo más sofocante, tenemos que hacer pausas para beber agua y secarnos el sudor. Al final, como el hoyo tiene que tener forma de V, solo uno de los dos está en su interior. Cuando cumplimos las medidas, separamos las piedras de la arena que hemos sacado y lo dejamos agrupado en dos montículos para poder plantar el árbol.

—Uno menos —digo yo, rompiendo el silencio mientras me siento en el suelo para descansar.

Él hace lo mismo. Me quito la gorra y dejo que el peso del calor me aplaste, como si me imaginara una suave brisa recorriéndome el rostro. Suspiro y me llevo la cantimplora a los labios, pero está vacía. Suelto un resoplido y dejo caer el objeto que emite un sonido metálico al chocar contra el suelo. Después veo como Oriol desenrosca su cantimplora, da un sorbo y me ofrece un trago. Lo observo durante unos segundos, entrecerrando los ojos por la luz del sol.

—No es contagioso lo que tengo en la cara —me dice.

—Lo sé —respondo yo.

Jamás un sorbo de botella ajena me había sentado tan bien.

Un soldado listo siempre vence al más fuerte

La sirena del toque de queda empieza a sonar a nuestras espaldas. Me pone los pelos de punta escuchar ese sonido y que, en vez de acudir al cuartel, vayamos en dirección contraria. Como si cada noche se cerniera una amenaza sobre El Desierto y la única forma de protegerse de ella estuviera en el interior del edificio, encerrados en nuestros respectivos cuartos.

Si ayer era incómodo estar a la intemperie con la maldita novatada, hoy el miedo se multiplica. Porque esta noche vamos de camino a los límites de El Desierto. Si los salvajes deciden hacer acto de presencia, seremos los primeros en saberlo.

Aún es de día, pero el sol ya se ha escondido tras los montes que moldean el horizonte. El cielo comienza a rasgarse con la llegada de la noche, formando un degradado de colores que cada vez se vuelven más fríos y magentas. El calor de El Desierto se empieza a apagar y las bajas temperaturas comienzan a adquirir protagonismo. Esta noche comprobaremos si las malditas chaquetas del uniforme militar abrigan o, por el contrario, son un simple adorno.

—La última vez que vinisteis aquí fue el primer día, ¿no?

La pregunta nos la hace Murillo, que encabeza la marcha hacia la vigía norte mientras que Oriol y yo lo seguimos sin decir palabra alguna. La torreta de vigilancia en la que nos ha tocado hacer guardia se encuentra justo en las puertas de El Desierto, el sitio por el que entramos a este lugar. Allí es donde está la estación de tren en la que llega el Convoy Errante, junto a la cantina abandonada.

—Por la noche no tiene nada que ver —continúa—. Parece el escenario de una película de terror. ¿Os gustan las pelis de miedo?

La simpatía que nos muestra Murillo no me gusta ni un pelo. Con este tipo hay que tener mucho cuidado porque es de esas personas que, aunque al principio parezca cordial y amigable, luego te muerde como si fuera una serpiente venenosa.

—Algunas —dice Oriol.

—¿Por ejemplo? Bueno, da igual, no las voy a conocer. No me gusta ver películas, me parece una pérdida de tiempo. Sabes que lo de Freddy Kruger viene de una película de miedo antigua, ¿verdad?

¿Ves lo que decía? Ahí tienes la mordedura de serpiente.

El pobre Oriol se queda callado y vuelve a su postura cabizbaja, humillado y avergonzado por haber confiado en que iba a mantener una conversación normal con Murillo.

Ninguno vuelve a decir nada hasta que llegamos a la torreta. Lo único que rompe el silencio del crepúsculo son nuestras pisadas y alguna canción que tararea Murillo, orgulloso de liderar su patrulla personal.

Cuando llegamos a la vigía, Murillo se mete los dedos en la boca y lanza un potente silbido para avisar de nuestra llegada a los que están arriba.

—¡Aquí llega la guardia! —anuncia con cierta arrogancia.

Los soldados que bajan son, obviamente, reclutas que llevan aquí más tiempo que él. Por eso adopta esta actitud de compañero. Lo gracioso (y ridículo) de la situación es que los dos tipos no tienen ni idea de quién es y prueba de ello es la cara que ponen cuando nos ven, que mezcla la confusión con la vergüenza ajena.

—Me ha tocado hacer de niñero de retoños, ¿os lo podéis creer? —dice alzando los brazos en alto.

—Se te va a caer el fusil —señala uno de los soldados.

Murillo se recompone en seguida, pero a los otros dos ya se les ha escapado una disimulada carcajada y eso provoca que nuestro querido furriel comience a ponerse como un tomate. Y sí, estoy disfrutando con este delicioso momento en el que el karma decide manifestarse. Imagino que Oriol también.

Los guardias se despiden con una actitud pasiva y cansada. La sonrisa forzada de Murillo desaparece en el momento en el que los dos soldados se dan la vuelta y comienzan su regreso al cuartel. De nuevo, nos quedamos los tres solos y, después de lanzarnos una mirada de desagrado, Murillo abre la puerta de la torre y entra en ella. Nosotros, como dos buenos lacayos, procedemos a seguirlo, pero para nuestra sorpresa nos corta el paso.

—¿A dónde creéis que vais?

—¿A hacer guardia contigo? —pregunto, con una mueca.

Murillo se empieza a reír.

—No, no. Ahí arriba voy a estar yo solito. Vosotros dos vais a patrullar la valla —dice mientras señala la enorme alambrada y nos da un par de linternas.

—¿Hasta dónde? —pregunto yo.

—Hasta que veáis la esquina. Eso son… unos cuantos kilómetros.

—¿Quieres que estemos toda la noche andando? ¿Y sin armas? —protesto—. ¿Y si nos encontramos con un Salvaje?

—Pues corréis hasta aquí —me suelta, con indiferencia—. Seguro que te las apañas muy bien. Se te ve un chico listo —me dice mientras me da un par de cachetadas en el carrillo.

—No me toques —le digo, apartándole la mano.

—¿O qué?

—Bueno, lo hemos entendido —interviene Oriol, para evitar que la conversación se nos vaya de las manos—. Si tenemos algún problema, te avisamos.

Con una sonrisa de desagrado, Murillo se da media vuelta y nos cierra en todas nuestras narices la puerta. Oriol suspira y después me lanza una mirada de arriba abajo, como si me estuviera analizando para hacer su juicio.

—¿Qué? —le digo, desafiante.

Él niega con la cabeza y se pone a andar hacia la valla, dando por zanjada la conversación sin intención de esperarme. Podría ponerme tonto y tener con él la bronca que no he tenido con Murillo, pero una parte de mí se muerde los labios, respira hondo y lo sigue sin rechistar.

La valla gana presencia y resulta más impactante verla una vez que te acercas. Se alza a más de seis metros de altura sobre una doble estructura de hierro compuesta por dos muros. El primero es un cercado más simple y menos agresivo que el que da al exterior, que está formado por bisagras de hierro envueltas en un amasijo de alambres con pinchos y cuchillas que se corona con unos cables igual de punzantes, como si fuera una corona de espinas. Es curioso porque me doy cuenta de que esta valla no está hecha para que los de dentro no podamos salir, sino para que los de fuera no puedan entrar. Y eso me pone los pelos de punta. Reconozco que una parte de mí ha estudiado la verja con la intención de armar un plan de evasión para atravesarla y salir de aquí para siempre. Pero creo que cuando escale el segundo muro, puedo acabar hecho carne picada.

A los pies del enorme cercado descansa un camino de tierra, casi imperceptible, que acompaña a la valla en todo su trayecto por El Desierto. La patrulla la hacemos en completo silencio. Aprovecho los últimos minutos de luz del crepúsculo para estudiar el paraje que nos rodea: un desierto en el que las llanuras de piedra y arena dura se extienden hasta unos montes que se pierden en el horizonte. De no ser por los distintos montículos que van asomando en la llanura, pensaría que estamos en un bucle espacio-temporal.

—Siento lo de esta mañana —le digo a Oriol cuando llevamos un rato caminando—. Lo de insistir en que me cuentes tu vida y tal.

—Disculpas aceptadas —me responde.

Iniciar y mantener una conversación con Oriol es una de las cosas más difíciles a las que me he enfrentado. Y, la verdad, a estas alturas del partido doy un poco por perdido el que vayamos a hablar en esta patrulla. Me limito a seguir andando, sin rechistar.

—No es por culpa de un incendio —me dice, de repente.

La cara de sorpresa que pongo delata que no tengo ni idea de a qué se está refiriendo.

—Esto —me aclara mientras se señala la cara—. Estas marcas no son de un incendio. Nunca me he quemado, la verdad.

—Lo sé —le confieso—. Despigmentación, ¿no?

Que Oriol me mire tan sorprendido, significa que no está acostumbrado a que la gente sepa lo que verdaderamente le pasa en el rostro. Mi afirmación lo ha pillado tan desprevenido que no es capaz ni de asentir con la cabeza, así que me limito a explicarle (y confesarle) los motivos por los que sé que es despigmentación.

—Yo también tengo. No tanta como tú y en un lugar más discreto, claro —le explico—. En la próxima ronda de duchas, fíjate en el lado izquierdo de mi espalda. Verás que tengo varias manchas desde el hombro hasta el costado.

Después intento restarle importancia al mote que le han puesto. Le digo que la gente aquí es así, no dejan de ser delincuentes que están acostumbrados a ejercer de abusones porque en su casa son las víctimas. No los justifico, pero sé que, en el fondo, nadie nace siendo un monstruo. Una bestia se hace. Y somos muchos los que pagamos nuestra frustración con el resto del mundo porque no somos capaces de hacer frente a la mierda interna que tenemos.

—Esto es la supervivencia del más fuerte —concluyo.

—No —responde, tajante—. Aquí el que sobrevive es el más listo.

Un soldado corre cuando tiene que correr

Las ráfagas de luz que salen de nuestras linternas es lo único que rompe la oscuridad de El Desierto. Un manto estrellado nos arropa en nuestra tranquila patrulla, mientras que la suave y casi imperceptible brisa nocturna se cuela entre los alambres de la valla, produciendo unos silbidos que dan banda sonora a nuestro paseo. Llevamos un par de horas caminando y, por suerte, consigo mantenerme caliente bajo el uniforme. También ayuda que, por fin, mi compañero se ha propuesto tener una conversación conmigo. O más bien, un debate.

—¿A ti nunca te han contado la fábula de la liebre y la tortuga? —me pregunta.

—No me suena.

—Básicamente va de una liebre y una tortuga que se retan a echar una carrera para ver quién gana. La liebre está convencida de que la tortuga va a perder, así que decide echarse una siesta, pero cuando se despierta, la tortuga se ha adelantado y está a punto de cruzar la meta. A pesar del esfuerzo final de la liebre, la tortuga es quien gana la carrera.

—¿Y qué tiene que ver esto con la supervivencia del más fuerte? —pregunto, confuso.

—Pues que aquí no gana el que tenga peor carácter o más músculos. Gana el que use más esto —me suelta mientras se da golpecitos en la cabeza—. Si le hubieras pegado antes a Murillo, claramente habrías ganado tú. O no, él tenía un fusil.

—Se lo hubiese quitado —apunto, algo fanfarrón.

—Bueno, no importa. A lo que voy es que da igual lo que hubiese pasado, ¿te crees que Murillo está donde está por chulería y fuerza bruta? Murillo es un tirillas que ha sabido rodearse de quien tenía que rodearse para que lo nombraran furriel. Y eso, Aitor, no es fuerza. Es inteligencia. Lo que hiciste tú anoche también fue muy inteligente.

—¿El qué? —pregunto, sorprendido.

—Defenderlo con la novatada. Aunque el resto opine que la has liado, te has ganado un tanto a favor.

—Sí, vamos… Ahora resulta que soy el mejor amigo de Murillo.

—No para él, idiota —me dice convencido—. Para el capitán. Es más, posiblemente, te esté poniendo a prueba con este castigo de hacer guardia. No creo que a muchos reclutas los manden hacer esto es sus primeros días aquí.

—Tú flipas —le suelto con una risotada.

Imaginarme que el capitán Orduña me está haciendo una especie de *casting* para vete-tú-a-saber-qué, me resulta la cosa más disparatada del mundo. Pero me sorprende mucho la seguridad con la que Oriol plantea su teoría. Y teniendo en cuenta que sigo sospechando que este chaval está aquí por algún motivo que se aleja de la delincuencia, una parte de mí decide creerle.

—¿Una prueba en qué sentido? —pregunto, curioso.

—Pues... En el sentido de darte responsabilidades. Como a Murillo —me explica—. Piénsalo: en este sitio estamos dos años, somos casi un centenar de personas entrando, saliendo y haciendo cosas. Necesitan delegar tareas y a los únicos que tienen para hacerlo son delincuentes juveniles. Si tú estuvieras en su lugar, ¿no intentarías dar con los mejores y más cabales reclutas?

Las palabras de Oriol me hacen acalorarme más y noto que me empiezo a poner rojo como un tomate. Me siento bastante halagado y eso me da vergüenza. Yo no quiero llamar la atención, no quiero que el capitán se fije en mí porque soy «el bueno de los malos». ¡Yo no soy bueno! Y tampoco quiero que me den responsabilidades. ¿Por qué tengo que hacerme ahora cargo de escuadras? ¡Si ni siquiera he sido capaz de hacer las cosas bien en casa! Nunca he sido capaz de llevar la situación ni con mi vida ni con mamá y papá ni con Erika ni con... ¿Y desde cuándo Murillo es una persona cabal y un buen recluta?

—¿Estás bien? —me pregunta Oriol cuando ve que estoy hiperventilando.

—Sí, sí... Es solo que... —le confieso mientras me abro un poco la chaqueta—. Me agobia esta conversación.

—¿Por qué?

—Pues porque odio que me den responsabilidades. Además, ¿qué cojones sabes tú de mí? —le espeto a la defensiva—. Estás diciendo que soy un tío cabal, un buen recluta. ¡No lo sabes! ¡Ni tú ni el capitán!

—Mira, Aitor, no tengo ni idea de qué has hecho para acabar aquí, pero si yo en cuestión de semanas he visto que, dentro de lo chulo y gilipollas que puedes llegar a ser, no eres un mal tío... créeme, el capitán te tiene calado desde que entraste por esa puerta —dice mientras señala al lugar de donde venimos.

—¡Cállate! —le grito—. ¡Me estás agobiando! ¡No me conoces! ¡No sabes lo que he hecho! No sabes que...

—¡Quieto! —me grita.

El instinto se apodera de mí y me quedo completamente helado en el sitio. No sé por qué lo ha dicho, pero la cara de terror que tiene ahora mismo me advierte que no mueva ni un músculo. Y comprendo por qué está así cuando escucho el peculiar ruido que viene de una roca que hay a unos pocos metros de mi torso.

Las serpientes de cascabel emiten un sonido muy particular con su cola cuando se sienten amenazadas. Parece el ruido que hacen las bolas en el interior de una maraca, mezclado con el soniquete de un aspersor que riega el césped. Si agitan la cola es porque te están diciendo un «oye, aléjate o te muerdo», e igual mueres. Pero claro, ¿cómo le explico yo a la señora serpiente que el siguiente movimiento que voy a hacer es, precisamente, para alejarme de ella?

—La tengo al lado, ¿verdad? —pregunto asustado.

—A un metro. Quizás menos —me dice Oriol, señalando la roca que se alza junto a la valla y sobre la que el animal espera para atacar.

—Joder, Oriol, miénteme un poco —le suelto—. ¿Y qué hago?

—Vamos a correr a la de tres, ¿de acuerdo?

Yo respiro hondo y asiento con la cabeza.

—Uno... —empieza a contar—. Dos...

¡Plaf!

El ruido del cascabel de la serpiente se corta de golpe. Cuando me giro, veo que la silueta del animal yace inerte y que hay algo atravesándola, un objeto que no distingo. Alumbro con la linterna y veo que el animal tiene clavada en su cabeza una flecha. Pero lo que más me sorprende es la cuerda que sale del culatín del objeto; una cuerda que, siguiendo su rastro, proviene de la valla. Del otro lado.

—Pero ¿qué…?

La serpiente sale disparada hacia el cercado. La linterna de Oriol sigue la trayectoria del animal, alumbrando su camino hasta llegar a la valla que consigue traspasar a través de los huecos de los alambres. No lleva ni dos metros fuera de los límites cuando, de repente, desaparece debajo de una roca negra. ¿Habrá alguien (o algo) escondido detrás? El abundante alambrado de la valla nos impide estudiar bien el pedrusco. Si es que es una roca, claro…

Porque, de repente, veo que el trozo de piedra se empieza a mover. Y que lo que parece que es rígido es, en el fondo, un trozo de tela que descubre a una figura humana que sale corriendo al interior del desierto. Nosotros nos damos tal susto que corremos en dirección contraria, por donde hemos venido.

—¿Era un…? —pregunta Oriol, con apenas aliento.

Esta vez soy yo el que no contesta. Me limito a correr mientras mi cabeza no deja de recordarme la mañana que pasé dentro del Convoy Errante en mitad del desierto. Los gritos, crujidos y aullidos que soltaban los Salvajes me empiezan a taladrar los recuerdos, aumentando mis niveles de pánico.

No sé cuánto tiempo seguimos corriendo. Solo sé que cuando nos detenemos es porque, verdaderamente, no nos quedan fuerzas y necesitamos recuperar el aliento. Comienzo a caminar, aún agitado, para que no me dé un paro cardíaco después de la carrera que me he pegado. Intento respirar hondo y mantener la serenidad.

Vamos, Aitor, me digo. *Relájate. Si quisieran atacar, ya lo habrían hecho.*

Entonces, ¿qué quería? Quizás era solo uno… Me giro instintivamente hacia la valla y, como si hubiese recibido una fuerte dosis de valor, comienzo a estudiar el desierto nocturno. Oriol se pone a mi lado y hace lo mismo.

—Has visto lo mismo que yo, ¿verdad? —le pregunto—. Era un Salvaje.

Oriol asiente y nos volvemos a quedar callados, escuchando como nuestros pulmones y corazones vuelven a recuperar su ritmo habitual. Yo sigo estudiando el exterior y dejo que mi cuerpo experimente esa contradictoria sensación de querer ver algo a la vez que desea no verlo.

—Siento que nos están observando —le confieso.

—Lo están haciendo —afirma Oriol—. Será mejor que volvamos a la torreta e informemos a Murillo.

Tardamos poco menos de una hora en llegar de nuevo al puesto vigía y justo cuando entramos por la puerta, dispuestos a contarle lo sucedido, nos encontramos al Capitán Orduña con nuestro furriel.

—Caballeros —nos saluda—. Buenas noches, ¿han terminado ya su patrulla? El cabo Murillo me ha dicho que se han ofrecido voluntarios para hacerla. Y aunque no apruebe que hayan hecho la guardia ustedes solos sin formación de armamento, los aplaudo.

Lanzamos una mirada a Murillo con cierto reproche y, acto seguido, me pongo firme e informo al Capitán de la situación.

—¿Estáis seguros? —nos pregunta Murillo después de haber escuchado lo que ha pasado—. Tal vez los nervios os han jugado una mala pasada.

—Sé perfectamente lo que he visto —contesto.

—Ya, pero es que es muy raro que solo os hayan lanzado una flecha, ¿no? —insiste el furriel—. No tiene sentido como táctica de ataque.

—No nos querían atacar —añade Oriol—. Estaban cazando.

—¿Cazando? —dice Murillo con un tono despectivo e incrédulo—. Como digo, no tiene mucho...

—Murillo, cállese —le ordena el Capitán—. Han hecho un trabajo formidable, soldados. No todos los cabos en su primera patrulla son capaces de reaccionar así. Me recuerdan sus nombres, por favor.

—Oriol Márquez, señor.

—Aitor Robles, mi capitán.

—Pueden volver a su dormitorio, cabos. Ya han hecho suficiente. Murillo, usted despierte a su escuadra y vayan a reconocer la zona en la que han estado los cabos Oriol y Aitor —explica para después dirigirse a nosotros—. Mañana mismo su escuadra empezará la formación de armamento y tiro. Si los Salvajes andan rondando por los límites, es que están planeando algo… Y debemos de estar preparados.

Querida Erika:

Mi segunda semana en El Desierto ha sido bastante más intensa que la primera. Lo de cavar hoyos y plantar árboles se me está juntando con los entrenamientos en el campo de tiro. Esta semana hemos empezado a utilizar los fusiles y, la verdad, pensaba que iba a ser más fácil. No por la técnica, sino por las sensaciones que me deja tener en mis manos un chisme de estos.

Es muy raro lo que sientes cuando disparas un arma por primera vez... Quiero decir, no es como en los videojuegos, que te limitas a conseguir el artefacto más pesado, explosivo y con mayor alcance. Aquí nos han dado un fusil a cada uno y hubiese preferido manejar una pistola normalita, ¿sabes? De esas que aparecen en las películas y series policíacas.

La primera vez que te dan el fusil, te das cuenta de que pesa más de lo que esperas. Su tacto es suave, pero frío hasta que lo disparas. Y cuando eso ocurre... Es muy impactante sentir el retroceso del arma cuando aprietas el gatillo. Parece como si el fusil cobrara vida y su alma fueran esas balas que le metemos. Cuando eres consciente de que está cargado, te invade una extraña sensación que mezcla el respeto con el poder. Es raro.

El campo de tiro está en la zona este de El Desierto, muy pegado a la valla fronteriza. Después de haber ido hasta allí en uno de los jeeps y camiones, cargados con los fusiles y las dianas de tiro, Murillo nos ha entregado a cada uno nuestra arma con su respectiva munición. Durante las primeras horas, el capitán Orduña nos estuvo enseñando el funcionamiento básico del cacharro (cómo se monta y desmonta, su limpieza, seguros...). La verdad es que todos los fusiles están bastante trillados y a la hora de cargar la munición, el cerrojo se suele atascar. No te pienses que son como los de los videojuegos o las pelis de guerra, que se cargan de forma rápida, segura y prácticamente automática. Aquí parecen fusiles de caza y tienes que meter las balas manualmente por la parte superior. Da la sensación de que El Desierto hubiese recibido una donación por parte de un cazador jubilado que ya no necesita sus armas.

Lo de limpiar el cacharro no se me da muy bien. Siempre me acabo perdiendo en algún paso. Eso sí, en puntería no me gana nadie (salvo Nerea. A veces). Una vez que me he acostumbrado al peso del fusil y sus dimensiones, no he tenido problemas en alcanzar la diana en cada tiro. No en el centro, pero sí en alguno de los círculos exteriores. El Capitán Orduña me ha felicitado y eso me motiva, la verdad. El carácter del Capitán es impenetrable y no se anda con rodeos: cuando tiene que gritar, nos grita. Pero también tiene un lado más amable y asertivo. ¿Cuántas veces me ha felicitado papá por hacer algo bien? Siempre exigiendo y mandando, ¡y cuando doy el brazo a torcer no se da cuenta de ello! Sobre todo desde que te fuiste de casa...

En fin, volviendo a lo de los disparos. Nerea también es muy buena con el fusil. Mi compañera de litera es una de las personas que mejor me caen de la escuadra. Me recuerda mucho a Simone, aquella chica francesa con la que estuve saliendo un par de meses el año pasado, ¿te acuerdas? Muy echada para adelante, con un temperamento indómito. Pero también con mucho sentido del humor. Aquí las cosas hay que tomárselas a risa, así que hace falta gente como Nerea.

El otro que me cae muy bien es Oriol. No es que sea de hablar mucho, pero desde que hicimos la guardia, consigo entablar más conversación con él y, la verdad, es un tipo encantador. Tengo mucha curiosidad por saber qué diantres ha hecho ahí fuera para acabar en El Desierto.

El resto de la escuadra me da un poco igual. Me río mucho con Dafne y Nando. O, mejor dicho, de Dafne y Nando. Sobre todo cuando se ponen a discutir los dos y Nerea les mete cizaña. En cuanto a Tola... Es la que más va a lo suyo. Además, se ha empezado a correr la voz por todo el cuartel de que es famosa y hay veces que desaparece y no sabemos dónde se mete.

Todos tenemos nuestras mierdas, nuestros días. Esto no deja de ser una especie de campamento. Así que supongo que no se está tan mal.

Supongo.

Un soldado siempre pela patatas

—¡Venga, Aitor! Si llegamos tarde, nos van a castigar —me dice Nerea—. Otra vez.

—Voy, voy —le contesto, mientras vuelvo a la realidad y guardo la carta que estaba escribiendo en mi cuaderno.

—¿A quién escribes tanto? —me pregunta Nerea.

—A nadie… —le contesto receloso mientras me preparo para cambiar de tema—. ¿Crees que nuestro tercer día de castigo será más ameno que los anteriores?

Mi escuadra lleva tres días castigada. La culpa no ha sido ni mía ni de Nerea, pero del mismo modo que nos tocó apechugar a todos con la guardia de la semana pasada por culpa de la bronca que tuvimos Nando y yo, esta vez nos toca pelar patatas por culpa de Dafne. Llevamos tres días con nuestros quehaceres matutinos parados para ir a los invernaderos a plantar y cosechar hortalizas que, de momento, se reducen a zanahorias y patatas.

Como siempre, han dividido a la escuadra por parejas y nos han repartido todas las tareas del proceso: mientras que unos se encargan de la siembra, otros cosechan y los terceros preparan los alimentos en la cocina. Hoy a Nerea y a mí nos toca pelar patatas, algo que, más que un castigo, es una tradición centenaria del Semo.

—Joder, ¿cuántos kilos de patatas hay ahí? —pregunta Nerea sorprendida cuando ve los contenedores de madera.

—Muchos —nos espeta uno de los responsables de cocina—. Aquí casi todo lleva patata y zanahoria. ¿Aún no os habéis dado cuenta?

Y tiene razón. Purés, caldos, estofados… Todo está hecho o acompañado con patata y/o zanahoria. No se cultiva otra cosa, a excepción del sirope de arce que es otro de los ingredientes clave de El Desierto. El resto de los alimentos están metidos en cajas de conservas que, cómo no, llegan cada tres meses con los nuevos reclutas. Así que puedes hacerte una idea del almacén que tiene este lugar.

Nerea y yo nos sentamos en un par de taburetes y comenzamos a pelar las hortalizas. Las cáscaras tenemos que desecharlas en otro cubo porque estas se utilizan luego como fertilizante y abono para el resto de la cosecha. Si lo piensas, resulta un poco caníbal: plantas que crecen porque se alimentan de otras plantas.

—Oye, ¿tú sabes por qué está Oriol aquí?

La pregunta de Nerea me pilla completamente desprevenido y me quedo de piedra, con el cuchillo en una mano y la patata en otra.

—¿Por qué iba a saberlo?

—No sé. Eres el que más habla con él —me dice.

—Lo único que sé de él es que no tiene la cara así por un incendio. Es despigmentación —le confieso.

—Es una putada, pero al menos me alegra que esté en mi misma escuadra. Así no se meten ni con mis trenzas ni mi cabeza medio rapada —me suelta.

Una parte de mí siente una leve punzada de dolor por el comentario que acaba de soltar Nerea. ¿Cómo te puedes alegrar de que se burlen de alguien?

—La supervivencia del más fuerte… —susurro.

—¿Cómo dices? —pregunta Nerea, confundida.

—No, nada. Estaba pensando en alto.

—Vaya, vaya. Se os da mejor esto que lo de pegar tiros, ¿eh?

No llevamos ni quince minutos pelando patatas cuando Murillo hace acto de presencia para regocijarse de nuestro castigo.

—¿Ya te has cansado de dar la turra al resto? —le pregunta Nerea.

—En el fondo, sois los primeros. He estado ocupado con unas gestiones del Capitán —nos explica con sus aires de superioridad.

—¡Qué interesante! —le contesta Nerea—. Ojalá te hubiese preguntado.

A mí se me escapa una carcajada y Murillo me lanza una mirada desafiante.

—¿Qué te hace tanta gracia? —pregunta.

—Pelar patatas —contesto—. Tú lo has dicho: se me da mejor que pegar tiros.

El furriel se queda callado unos segundos y me estudia de arriba abajo. Después se acerca poco a poco hacia mí, se acuclilla y me vuelve a encarar.

—Tú te crees muy listo, ¿no, Aitor? —me pregunta, desafiante.

—No, no me creo listo, la verdad. Si fuera listo no estaría aquí —le contesto, vacilante—. Ninguno de los que estamos aquí podemos considerarnos listos.

—Dios, no te haces una idea de lo mal que me caes —me suelta.

—Pues no entiendo por qué —interviene Nerea—. Con la de veces que te ha salvado el pellejo.

Murillo se gira hacia mi compañera, como si le hubiesen lanzado de repente un cubo de agua fría.

—Tú cállate, guapa. Y sigue pelando patatas que es lo único que sabes hacer.

—Cuando quieras vamos al campo de tiro —le contesta ella, desafiándolo.

—Uy, no. No estoy para perder el tiempo con mujeres que quieren jugar a los soldaditos —dice mientras se pone en pie.

—Por eso mismo la mandamás de este sitio es una mujer, ¿no? —dice, Nerea.

—Bueno, la Coronel está aquí solo por el rollo inclusivo porque... Ya me dirás tú lo que hace: estar todo el puto día encerrada en su *megadespacho* —continúa mientras se pone a la altura de Nerea—. Si por mí fuera, estaríais todas pelando patatas, limpiando letrinas y planchando la ropa.

—Qué mal lo tienes que estar pasando, ¿no? —contesta Nerea, desafiante.

—No peor que tú. Siento decirte que la Coronel no es *bollera* —le dice mientras le acaricia un mechón de pelo—. Lástima que solo te guste hacer la tijereta. Eres mi tipo de chica, ¿sabes?

Nerea hace un gesto repulsivo y aparta la cabeza. Murillo me lanza una sonrisa victoriosa, se relame los labios, se pone en pie y se marcha.

—No le hagas caso —le digo siguiendo el consejo que me dio Oriol—. Nos quiere llevar al límite para que estallemos, sigamos pelando patatas y vete tú a saber qué más.

Nerea me devuelve una sonrisa cargada de dolor y continúa con la labor que nos han encomendado.

Lo que está haciendo Murillo es marcar los límites. Dejar claro quién es el que manda. Lo sé, porque yo lo he hecho en el instituto (y seguro que unos cuantos más de este cuartel, dada la reputación que tenemos). En mi clase había un chaval que se llamaba Dani. Era el típico chico que no hacía daño a nadie, que vivía en su mundo fantástico y que pasaba bastante inadvertido hasta que a todos nos empezó a entrar prisa por ser mayores y aparentar ser adultos. Y entonces, mientras que para la mayoría estar en el instituto se convertía en una batalla para ver quién la tenía más grande y quien era el más fuerte, para Dani era, simplemente, una pompa de felicidad en la que él ni competía ni tenía la necesidad de hacerlo. ¿Por qué nos reíamos de él? ¿Por qué nos burlábamos de lo que dibujaba? ¿De cómo vestía? ¿Por qué imitábamos su voz de pito cuando meses atrás a mí aún no me había salido la nuez? ¿Por qué queremos aparentar ser adultos cuando no dejamos de tener catorce años? Porque somos unos animales que quieren destacar sobre el resto. Bestias que quieren tener voz y voto sobre su terreno. El terror te da respeto y te previene de las posibles amenazas del futuro. Al menos eso es lo que la mayoría de los que estamos aquí creemos.

—¡Auch! —se queja Nerea.

Un pequeño reguero de sangre le empieza a salir del dedo en el que se acaba de hacer un corte. Chasquea la lengua protestando y se lleva el dedo herido a la boca, mientras que yo me incorporo poniéndome a su lado.

—Déjame ver —le digo mientras le agarro la mano para estudiar la herida—. No es nada, solo es un pequeño corte. Voy a ver si tienen algún paño o algo.

—No, no… Déjalo —me contesta, desganada.

Y entonces veo que le empiezan a caer las lágrimas mientras intenta guardar silencio.

—Ey… —le digo acercándome para tranquilizarla—. ¿Qué ocurre?

—Pues que estoy cansada de esto. Llevamos solo dos semanas aquí y… Yo no valgo para esto. No valgo para escuchar estas cosas. Mis manos están hechas para un teclado de ordenador, no para fusiles, cuchillos y… ¡patatas! —sentencia mientras tira el cuchillo al suelo.

Yo dejo mis cosas y me acuclillo a su lado, posando mis manos en sus rodillas. Ella se cubre el rostro, resultándole imposible esconder el llanto.

—¿Qué estamos haciendo aquí, Aitor? —me pregunta, con sollozos—. Por Dios, lo único que he hecho ha sido hackear un servidor para que mi familia pueda comer. ¿Cómo es posible que unas personas que no me conocen me juzguen solo por las notas y un par de faltas delictivas? ¡Es injusto! ¡Ahora tengo que perder dos años de mi vida por esta mierda de sitio!

—Es una mierda. Y apesta. Todo esto —le digo mientras alzo las manos—. Empezando por Murillo. Pero ¿sabes qué? Podremos con ello.

—No, yo no sé si…

—Claro que sí —le interrumpo—. Somos imparables. Por eso nos han metido aquí. Porque quieren cortarnos las alas. Lo único que tenemos que hacer es esconderlas.

—Quiero volver a casa —me confiesa, llorando.

Yo me incorporo y sin decir nada le doy un abrazo, dejándola que estalle y se desahogue.

—Y yo también —le digo mientras le acaricio la cabeza—. Yo también…

Un soldado come lentejas con bromuro

Los días aquí pasan cada vez más rápido y eso es porque mi cabeza empieza a acostumbrarse a esta rutina tan inestable. Suena paradójico, pero todos los días hacemos exactamente lo mismo y, a la vez, hacemos algo distinto: nos levantamos a la misma hora, desayunamos lo de siempre, estamos toda la mañana trabajando, luego comemos y nos ponemos a trabajar otra vez… El punto final llega cuando suena la sirena de toque de queda y te tienes que ir a dormir para enfrentarte al día siguiente al mismo bucle.

El punto de inestabilidad lo aportan las instrucciones, tareas o castigos que nos mandan. A veces creo que nos sancionan solo para que aprendamos un tipo de oficio, como el caso de las hortalizas, por ejemplo. No consiste solo en pelar las patatas. Hay que plantarlas, recolectarlas… Nos enseñan las pautas para que nosotros, como buenos peones, hagamos el trabajo más orgánico, sencillo y aburrido.

Supongo que uno de los objetivos del Semo es este: aprender a hacer cosas que no quieres hacer. No creo que a los que nos mandan aquí estemos muy acostumbrados a la disciplina, la verdad. Yo siempre he hecho lo que me ha dado la gana. Con el colegio y el instituto sí que tenía una rutina obligada, pero he perdido la cuenta de las veces que me he saltado las clases porque no me apetecía ir. Que tampoco es que me apeteciera siempre, pero uno tenía sus días de cabreo con el mundo y era ahí cuando aprovechaba para instaurar mi propia anarquía y caminar por el mundo a mis anchas.

Con esto quiero decir que si a mí, que soy un caso de rebelde juvenil *normalito* en El Desierto, me cuesta seguir y cumplir esta estúpida rutina que nos mandan, imagina a personas como Dafne.

—Que te pego, ¿eh? —amenaza a Murillo.

—Como me pongas un dedo encima ya sabes lo que te va a pasar —le contesta Murillo con una mirada que parece estar más invitándola a hacerlo en vez de contenerla.

—No, no lo sé —sentencia Dafne mientras empieza a caminar hacia él.

A Nerea y a mí nos sale de forma instintiva agarrarla por el brazo y evitar así que la líe más, pero intentar detener a Dafne en su momento álgido es lo más parecido a pretender apagar un incendio con la palma de las manos: te quemas.

—¡Que no me toquéis, hostias!

—¡Relájate, joder! ¡Te quiere provocar para que saltes y nos castiguen a todos! —le dice Nerea.

—¡Me da igual!

Mientras que Dafne intenta librarse de nosotros como si fuera una lagartija, el resto de la escuadra permanece detrás con los brazos cruzados, mirando el espectáculo e imagino que asumiendo el castigo que nos van a poner mañana o esta noche.

—¡Me estás haciendo daño! —me grita.

—¡Porque no te estás quieta! —le contesto.

De repente, Oriol se pone en frente de nosotros. Los tres nos quedamos medio paralizados.

—Dejadla —nos ordena.

—¿Estás loco? —le pregunto.

—No. Soltadla. Que le pegue. Total... ¿qué más nos da? Un castigo más, un castigo menos... Además, no será a nosotros a quien nos lleven al Asfixiador. Será a ella —Oriol habla como si no estuviera Dafne delante y el caso es que está funcionando, porque la chica ha dejado de poner resistencia—. Así también nos deja tranquilos tres días. Porque es el tiempo que vas a estar encerrada. Lo sabes, ¿no? —dice hablando directamente con ella—. Agredir a un superior es motivo de aislamiento. Tres días en un cuarto completamente a oscuras. Tú verás lo que quieres y si te merece la pena levantarle la mano a este —señala a Murillo—. A nosotros nos va a dar igual el castigo que nos pongan porque ya estamos acostumbrados.

Con estas palabras, Oriol se da media vuelta, agarra su pala y se pone a cavar el hoyo en el que está trabajando. Nerea y yo nos miramos y soltamos a Dafne al ver que ha dejado de poner resistencia. Me quedo quieto y expectante, esperando la decisión que va a tomar la chica, por si tengo que agarrarla de nuevo. En un último ataque de rabia, escupe al suelo, se da media vuelta y, al igual que Oriol, se pone a cavar su hoyo.

Nerea y yo respiramos tranquilos.

—Si habéis dejado ya de dar el espectáculo, volved al trabajo —nos ordena Murillo.

Después, se sube al camión y se marcha. Volvemos a quedarnos solos.

—Me debés un cigarrillo, boluda —le dice Nando a Tola.

—¿Y de dónde los voy a sacar, listillo? —le contesta ella.

—Los yayos tienen tabaco. Pedíselo.

Tola se le queda mirando con una mueca.

—No me mires así, vos fuiste la que quiso apostar. Y perdiste. Me debés un cigarrillo —insiste él, esta vez con cara de seductor—. O… También podemos arreglarlo de otra forma.

El bofetón que le suelta Tola al argentino me pica hasta a mí.

—Eres un cerdo, Fernando —sentencia ella mientras se da la media vuelta y vuelve a agarrar la pala.

Nando se empieza a reír y después me mira, descubriendo que estaba observando toda la escena.

—Tenía que intentarlo, ¿no? —me dice con la sonrisa de pillo puesta.

—Y sabías a lo que te atenías —le contesto.

Después se acerca hasta mí, se mete las manos en el bolsillo y saca un paquete de tabaco.

—Soy yo, ¿o en este sitio se te van las ganas de coger? —me dice, ofreciéndome un cigarrillo.

Siempre me ha hecho mucha gracia que en gran parte de Latinoamérica la palabra «coger» signifique «follar». Yo se lo acepto, agradecido, me lo llevo a la boca y espero a que me pase el mechero para encendérmelo.

—Me refiero —continúa mientras da una calada—: es que no tengo ni ganas de clavarme una paja —confiesa.

Yo me empiezo a reír y a poner algo colorado porque siempre me ha dado algo de vergüenza hablar de estos temas.

—Bueno, ya sabes lo que dicen que echan a la comida, ¿no?

—No, ¿qué? —me pregunta.

—Dice la leyenda que las lentejas tienen bromuro —le desvelo, pero por su cara veo que no tiene ni idea de lo que es eso—. Ya sabes, para que nos baje la libido.

—¿Me estás jodiendo? —me contesta patidifuso.

—Bueno, es una leyenda —digo entre risas.

—¿Me estás diciendo que nos están envenenando para que el soldado de abajo no se ponga duro?

—A ver, Nando, es una leyenda.

—¡No seas boludo! Mirá, como dicen acá: cuando el río suena, agua lleva —me cuenta agobiado mientras da una calada—. Te juro que esta noche, me voy a pajear como si no hubiera mañana. ¡Bromuro!

La indignación y sorpresa de Nando hace que no pueda contenerme la risa y mientras él sigue soltando burradas sobre las lentejas, el ingrediente secreto y su soldado personal, el resto de la escuadra nos mira con sorpresa.

—¿Os queréis poner a trabajar? —dice Tola—. ¡Que al final nos van a castigar!

—¡Si ya se fue el hijo de puta de Murillo! Dejame que me fume un cigarro tranquilo, Tolita —le grita Nando, riéndose.

—¿Tienes tabaco y me dices que te consiga cigarrillos? —pregunta mientras suelta la pala y viene hacia nosotros.

—Te digo yo que si no fuera por el bromuro esta y yo ya habríamos consumido —me susurra—. ¡Porque me debés un cigarrillo!

—Yo no te debo nada —le contesta Tola cuando llega a nosotros—. Invítame a uno, anda.

Nando se empieza a reír.

—¡¿Qué le pasa a esta mina?! —me pregunta, luciendo su sonrisa de bribón—. Dale, pero si no me das un cigarro, tendrás que conseguirme otra cosa —le dice mientras le da el pitillo.

Ella se lo pone en la boca y acerca su cara a la mano de Nando que tiene el mechero.

—Ya veremos —sentencia ella después de soltar el humo del tabaco.

—Oye, Tola —le digo—. ¿Cómo es que una chica como tú ha acabado en un sitio como este?

Por la cara de desagrado que me suelta a la vez que alza la ceja, deduzco que no le ha hecho ni una pizca de gracia mi pregunta, con la que yo solo pretendía ser simpático.

—¿Y *cómo* es una chica como yo?

—Bueno, *influencer*, ya sabes —le digo intentando restar importancia al asunto—. ¿Qué has hecho para acabar aquí?

—Sabes perfectamente por qué he acabado aquí —me dice mientras mira a Nando—. Eché un polvo, me quedé embarazada y aborté.

La frialdad con la que lo dice me pone los pelos de punta. Nunca debe de ser fácil para nadie tomar esa decisión.

—Abortaste de forma ilegal —añade Nando.

—Aborté —le corrige ella.

—Dale, boluda, que conocemos las leyes —rebate Nando con una carcajada.

—La única ley que manda en mi cuerpo es la mía. Nadie tiene derecho a decirme qué hacer con él —defiende ella.

—Ese discurso está muy bien, pero… eso no quita que exista una ley. Y tu cuerpo y el mío tienen que regirse por ellas.

—Vaya fascista estás hecho, ¿no, Nandito? ¿Sabes que a ti te han metido aquí por no ser español?

—Amiga, si no fuera español, no podría hacer el Semo con ustedes —contesta—. Además, no te dije que esté de acuerdo con la ley. Simplemente, dije que te *saltaste* la ley. Como yo y él y todos. Por eso estamos acá.

Tola se queda estudiando a Nando durante unos segundos, como si se estuviera planteando rebatirle todo lo que ha dicho o que se ha quedado sin argumentos. Sentencia la conversación soltando una carcajada, dando una profunda calada a su cigarro y después se centra en mí, echándome una mirada de arriba abajo.

—¿Me seguías por redes o qué?

La pregunta me la hace con un supuesto aire desinteresado bajo el que se esconde un hambre de ego y atención. Supongo que ser una persona que vive de contar su vida en redes provoca una adicción a que te veneren, así que me imagino que Tola se tiene que estar subiendo por las paredes. Porque aquí no deja de ser un peón más. Quizás por eso se está intentando juntar tanto con los mayores, como también lo hace Murillo, porque así sentirá esa adoración por nuestra parte como seres inferiores en la pirámide de El Desierto.

—No, la verdad es que no —respondo mientras doy una última calada a mi cigarrillo y lo apago en el suelo con el pie—. Pero mi hermana sí.

—¡Qué bien! —contesta, emocionada—. Le puedo mandar una carta si quieres. Sé que varios influencers lo hacen desde otros destinos. No me importa.

—No —respondo tajante mientras me doy la vuelta y regreso al trabajo.

Un soldado siempre entiende a otro soldado

Murillo vuelve a recogernos en el jeep casi cuatro horas después de haberse marchado. Viajamos de vuelta al cuartel en silencio, cansados por las horas de sol que llevamos a cuestas. Sin embargo, se respira en el ambiente una simpática tranquilidad por parte de toda la escuadra. Quizás sea por el buen rollo que hemos tenido hoy entre todos o por habernos unido unos poco contra Murillo. Quizás porque ya llevamos aquí varias semanas y, quieras o no, empezamos a conocernos y entendernos mejor. Sabemos lo que pasa cuando Dafne se enfada o cuando Murillo nos quiere buscar las vueltas. Sabemos que Nando tiene un peculiar sentido del humor y que Tola vive en su propia utopía. Sabemos que Nerea esconde su caja de Pandora y que Oriol... Bueno, a ojos del resto Oriol es un chico callado con la cara quemada que intenta no meterse en problemas. Para mí es el único que consigue mantener la cordura en este infernal desierto.

Cuando Murillo para el jeep en la puerta de los almacenes, descargamos todas las herramientas de trabajo y después emprendemos nuestro camino a las duchas.

—¡Cabo Robles!

La voz del Capitán Orduña no solo hace que me pare yo de golpe, sino también mis cinco compañeros de escuadra. Todos se giran y me miran sorprendidos. Más que nada porque es la primera vez que el Capitán Orduña llama a uno de nosotros de forma individual.

—¿Sí, mi Capitán? —digo mientras me giro y me pongo, más o menos, firme.

—Acompáñeme —me ordena—. El resto puede ir a ducharse.

Todos obedecen y se dan la vuelta salvo Oriol, que durante unos segundos se queda mirándome con una cara de preocupación que me sorprende. A mí me sale contestarle con una mueca en la que fuerzo una sonrisa con la que quiero restar importancia al hecho de que el capitán me saque del grupo.

—Luego os veo —le digo a Oriol mientras suelto un guiño afable.

Él asiente y continúa con la escuadra antes de que yo me de la vuelta y siga al Capitán Orduña. Cuando me giro, mi rostro deja de fingir y muestra el miedo que siento por lo que me tenga que decir el Capitán. ¿Qué he hecho mal? ¿La he liado con algo y no me he enterado? O quizás Murillo le ha contado alguna milonga sobre lo que ha ocurrido esta mañana en los hoyos. No me extrañaría, la verdad. Ese bastardo es una maldita rata capaz de hacer cualquier cosa con tal de seguir teniendo poder sobre nosotros. Y más aún si se siente amenazado por mí.

—¡Murillo! —grita el Capitán cuando pasamos al lado del jeep que está terminando de aparcar—. Pásese por mi despacho.

—¡Sí, mi Capitán! —grita.

Nuestras miradas se encuentran y veo en él el mismo desconcierto que siento yo. Así que la opción de que Murillo haya dicho algo malo sobre mí, la descarto. Bueno, descarto que me vayan a echar la bronca por alguna mentira suya, no porque haya dicho cosas malas sobre mí.

El despacho del capitán Orduña está en el quinto piso del cuartel, es decir, en la última planta del edificio. Por encima de él está la azotea a la que subimos el primer día para ver la inmensa arboleda de arces rojos que bañan El Desierto. Al entrar en el despacho del capitán, mi imaginación se lleva una decepción con lo simple y pequeño que es. Tan solo es un cuarto en el que hay una mesa que se asemeja mucho a la que tienen los profesores de mi instituto y un par de estanterías llenas de archivadores. Los asientos no son butacones o sillones dorados, solo simples sillas de madera y una de oficina para el capitán. Eso sí, las paredes están repletas de diplomas, fotos y medallas que recorren los mayores hitos del capitán Orduña en su carrera como militar. Me fijo, particularmente, en una en la que hay seis jóvenes abrazados, alzando las palas, algunos de ellos con un cigarrillo en la boca, otros con el pecho al descubierto o la gorra puesta. Todos con una enorme sonrisa que contagia felicidad.

—Mi último día del Semo —me dice al ver que me estoy fijando en el retrato—. Sin duda, uno de los días más felices de mi vida.

—¿Lo hizo aquí también, señor? —pregunto al distinguir algunos árboles al fondo.

—Así es. De ahí mi cara de felicidad —me dice mientras señala a uno de los muchachos que luce su pecho y agarra una pala—: Aquel día volvía a casa. ¿Quién me iba a decir a mí que con el paso del tiempo esto se convertiría en mi segundo hogar? O en el primero, según cómo se mire…

Yo me quedo callado sin saber qué decir. No sé si el Capitán es como Murillo y antes de arrojar su furia, deja que sople un poco la calma. Me hace un gesto para que me siente y yo obedezco.

—A ver si viene Murillo de una vez… —me dice mientras se enciende un cigarro, impaciente—. ¿Qué tal estas primeras semanas?

—Bien, supongo —le digo levantando los hombros.

—Es una mierda —me suelta—. ¿Cómo va a estar bien cavando hoyos, plantando árboles, pelando patatas o patrullando una valla sin saber utilizar un fusil?

—Bueno, ahora sé usarlo —le digo, restando importancia al asunto.

—Cierto. Y además es usted muy buen tirador. ¿Había practicado antes o es también de los que ha jugado al *Call of Duty*? —me pregunta con una sonrisa.

—Lo segundo —respondo dejando escapar el mismo gesto.

—Son los mejores tiradores en el fondo. Para que luego digan que los videojuegos no sirven para nada. ¡Lleváis haciendo prácticas de tiro desde que tenéis ocho años! —suelta otra carcajada.

Yo vuelvo a forzar otra sonrisa con la que se nota mi incertidumbre e incomodidad y creo que el Capitán lo nota porque me estudia de reojo mientras da una profunda calada a su cigarrillo.

—He visto tu expediente, Aitor —me dice, aparcando el protocolo y tuteándome—. Y no me cabe la menor duda de que eres de esos pequeños cabroncetes que hacen mucho ruido y pocas nueces.

—¿Cómo dice, señor? —pregunto, confundido, sin tomarme la licencia de hablarle de igual.

—¿Qué quieres hacer con tu vida, Aitor?

Me quedo en silencio, sin saber qué contestar porque nunca nadie me había preguntado esto. ¿Qué quiero hacer con mi vida? ¿Estudiar? ¿Trabajar?

—Pues… —digo, titubeante—. No lo sé, la verdad. Nunca me lo he planteado.

El Capitán da una última calada a su pitillo, lo apaga y se pone en pie para sentarse encima de la mesa, más cerca de mí.

—El Desierto te cambia. Lo sé porque yo he estado en tu misma situación.

Claro que sí, pienso de forma irónica.

—Yo también he tenido dieciséis años y he estado enfadado con el mundo porque estaba más perdido que una aguja en un pajar. Y este lugar, aunque te parezca lo contrario, me ayudó a encontrar mi vocación.

Si lo que pretende el Capitán es que me convierta en militar, lo lleva claro. ¿A qué viene todo esto? Odio el paternalismo y a los adultos que se creen que han vivido en tu misma situación. ¡Porque no! Este tío no ha vivido lo que yo he vivido porque no sabe absolutamente nada sobre mí, del mismo modo que yo no sé nada de él. ¿Así es cómo se ganó a Murillo?

—Perdón, mi Capitán —dice Murillo mientras entra al despacho después de llamar a la puerta.

Este le da paso y le ofrece asiento mientras regresa a la ventana para observar las vistas de El Desierto.

—Verán, caballeros, los he traído aquí porque necesitamos cabos que hagan unos labores delicados en el pozo subterráneo del cuartel —nos dice—. Los filtros se están llenando de más arena de la habitual y hay que lavarlos cada vez que se extrae el agua de las cavernas. Desconocemos por qué pasa esto. Imaginamos que será algún derrumbe. El caso es que estoy seleccionando a un cabo de cada escuadra y a su furriel para organizar labores de mantenimiento.

»Aitor —me dice mientras se gira y me mira convincente—, lo único que se le daba bien en el instituto era tecnología. Además, he visto que se apuntaba a varios talleres de mecánica para cumplir las optativas de secundaria, ¿correcto?

—Sí, pero no sé si yo voy a estar capacitado —le respondo—. Quizás Nerea pueda hacerlo mejor que yo, ella…

—Ella sabe de ordenadores y software. Usted de herramientas y tornillos. Me hace falta lo segundo. Y usted, Murillo —le dice mientras se centra en él—, acompañará al cabo Aitor en sus labores de mantenimiento, le proporcionará lo que necesite y, de ser necesario, lo ayudará con su labor.

—¿Quiere que haga de niñera, mi Capitán? —le contesta Murillo en un tono despectivo.

—Murillo… usted es una niñera. Un furriel es la niñera de la escuadra —le reprocha para bajarle los humos—. Conozco sus ambiciones, pero no quiera correr, Murillo. Antes tiene que aprender cosas tan básicas como no mandar a un cabo a patrullar la valla en su primera guardia sin un fusil.

—Sí, mi Capitán —responde él, cabizbajo.

—Los dos son muy inteligentes. Creo que este equipo que van a hacer les va a venir muy bien para aprender el uno del otro —dice—. Mañana, una vez hayan acercado a su escuadra a la zona de trabajo, regresarán aquí y los llevaré al pozo para que empiecen a trabajar.

Hay tantas cosas que fallan en esta ecuación que no sé por dónde empezar.

¿Que qué quiero hacer con mi vida, Capitán? Pues, la verdad, no tengo ni idea. No puedo decírselo porque ni yo mismo lo sé. Lo que sí le puedo asegurar es lo que *no* quiero hacer.

Y estar encerrado con Murillo durante varias horas en unas cuevas subterráneas quitando la mierda fangosa de las tuberías de este lugar, es una de ellas.

Un soldado no puede ducharse solo

Dejo que el agua de la ducha corra un poco antes para saber qué me toca hoy: si bañarme en agua limpia y fría o bien en una sopa caliente con restos de arcilla. Al meter mi mano debajo del grifo descubro que me va a tocar lo primero. Así que respiro profundamente, como si me fuera a sumergir, y meto todo mi cuerpo desnudo debajo de esa tenue cascada helada para mojarme bien antes de enjabonarme. Resulta bastante irónico que el agua en El Desierto esté tan fría, pero no me sorprende su temperatura al estar refugiada del calor exterior en los pozos subterráneos, a unos cuantos metros de profundidad.

Resoplo con fuerza, sin dejar de moverme ni de frotar mis manos contra todo mi cuerpo a la espera de que el temporizador del grifo se acabe. Lo único bueno que ha tenido la reunión con el Capitán es que tengo las duchas para mí solo y no hay un furriel controlando el tiempo de enjuagado y enjabonado que tengo. Generalmente, nos duchamos de golpe tres o cuatro escuadras aquí dentro. Lo que viene a significar unas veinte personas apiñadas en una habitación de veinte metros cuadrados, completamente desnudas (aunque todavía hay alguna y alguno que se ducha en ropa interior porque les sigue dando pudor que los demás los vean como Dios les trajo a este mundo).

El cuarto de duchas es completamente diáfano salvo por las tuberías que cuelgan del techo y de las que cae el agua por unos improvisados agujeros que han hecho. No te vayas a creer que aquí tenemos las alcachofas de ducha de toda la vida. El caso es que cuando nos meten aquí, tenemos un tiempo limitado que sirve para cumplir y aprovechar las fases del baño: primero lanzan un chorro de agua durante treinta segundos para que nos mojemos, después nos dan dos minutos para enjabonarnos con la pastilla y, por último, el chorro final para enjuagarnos. Este último dura un minuto y es, en parte, gracias a las personas que tienen el pelo largo. Así que te puedes imaginar que, aunque el agua esté helada, estoy gozando un poco mi ducha de hoy.

Hasta que aparece Murillo.

Entra silbando, como si fuera un vaquero en una película del oeste. Sin decir nada, se pone enfrente de mí y mientras me estoy enjabonando, acciona de nuevo el grifo.

—Podrías haberte esperado a que terminara con el jabón, ¿no? —le digo con mala gana.

—Y tú podrías haber esperado a que llegara—me suelta.

—No sabía que te ibas a duchar —le contesto mientras le doy la espalda y vuelvo a agarrar la pastilla de jabón.

Ya me parecía que iba a ser imposible ducharme solo en este sitio. Pero de entre todas las personas que hay en este lugar, Murillo es con la que menos quiero compartir la ducha.

—¿Eso que tienes en la espalda son quemaduras? —me pregunta refiriéndose a mis manchas por despigmentación—. ¿Freddy te ha pegado su enfermedad?

—Hazme un favor y cállate —le suelto tajante.

Cierro los ojos y comienzo a masajearme la cabeza con el jabón cuando, de repente, noto como algo me empotra contra la fría y húmeda pared de baldosas. Murillo me ha agarrado las manos que tenía sobre la cabeza con una improvisada llave que le da resultado.

—¡¿Qué coño haces?! —gruño.

Murillo vuelve a activar los chorros para que el ruido de la caída del agua acolche y esconda mis posibles gritos de socorro.

—Escúchame, mequetrefe, no sé que se trae el Capitán entre manos con toda esta mierda del pozo —me dice al oído—, pero no quiero que me jodas. No quiero estar encerrado ahí abajo contigo. Así que ingéniatelas para hacer que cambie de opinión.

—Lamento decepcionarte, chaval, pero eso no va a ser posible —le digo con un tono de burla.

Él me presiona aún más contra la pared y me suelta un rodillazo en uno de los muslos. No puedo evitar soltar un gemido de dolor.

—No me jodas, Aitor. Te conviene que sea tu amigo —me insiste mientras hace más fuerza con los brazos para forzar la llave—. Aún no sabes quién soy. No sabes quién me conoce. No sabes quién…

Alguien embiste a Murillo con tanta fuerza que le despega de mí y lo tira al suelo. Cuando me giro, me encuentro, para mi sorpresa, a Oriol igual de desnudo que nosotros. Se mantiene quieto, con los puños cerrados y un gesto de furia que jamás había visto en él. Como si hubiese soltado contra Murillo toda su frustración; se mantiene perenne sin dejar de mirar al furriel, luciendo su fibroso cuerpo marcado por las manchas de despigmentación que tanto lo caracterizan.

—¿Estás bien? —me pregunta sin apartar los ojos de Murillo, quien sigue en el suelo.

A mí, de repente, me posee ese espíritu maligno que a veces me transforma en un matón en mayúsculas y, sin decir nada, enciendo de nuevo las duchas y voy directo a Murillo. Lo primero que hago es propinarle una patada en la espinilla y después le doy la vuelta para agarrarle la cabeza y obligarlo a que me mire a los ojos.

—No eres nadie —le suelto—. ¡Nadie! Solo eres un puto ridículo que quiere mandar sin saber cómo hacerlo. Un niño pequeño que quiere jugar con los mayores. Y como se te ocurra volver a tocarme, te mato. ¿Me entiendes? ¡Te mato!

Oriol me agarra por la espalda y con la misma fuerza que me ha quitado a Murillo de encima, me aparta de él.

—Pero ¿a ti qué te pasa? —me pregunta.

—¡Déjame! —le digo, intentando volver a Murillo, pero Oriol me vuelve a empujar, desafiante.

—Eres igual que él —me espeta.

Las cuatro palabras de Oriol me atraviesan como si fuera una flecha y alimentan aún más mi cabreo. ¿De qué va este? ¿Quién se cree que es para meterse donde no lo llaman? ¡Yo no le he pedido que me rescate de Murillo! ¿Y encime viene a darme lecciones de lo que soy o dejo de ser?

—¡Oh! ¡Suerte que ha venido el bueno de Oriol a salvarme! —le contesto enfadado—. ¡Nadie te ha pedido que te metas!

Murillo se empieza a reír y eso aviva más furia.

—¿Qué pasa, Aitor? ¿Ha tenido que venir tu novio para salvarte?

Me dispongo a darle una nueva patada, pero Oriol me lo vuelve a impedir.

—¡Déjalo! —me ordena—. ¡No merece la pena!

Esta vez el que da el empujón soy yo. Me libro de Oriol y me abalanzo de nuevo contra Murillo y, sin pensármelo dos veces, empiezo a pegarle puñetazos. El furriel hace lo mismo por defenderse, pero lo tengo completamente atrapado con mis piernas y mis golpes le obligan a cubrirse el rostro con las manos. Oriol vuelve a intentar despegarme de él, pero estoy tan preso de la rabia que, que le suelto un codazo sin ser consciente de que le he dado en la cara.

Ni los pitidos de los silbatos que comienzan a sonar me hacen girar hacia los soldados que entran las duchas. Solo veo la cara de Murillo, que me regala una última sonrisa que aparca adrede para dar paso a la interpretación de su vida.

—¡Mi nariz! —grita de forma exagerada mientras se lleva las manos a la cara—. ¡Me han roto la nariz!

—¡Él no te ha hecho nada! —intervengo yo en defensa de Oriol.

—¡Al suelo! —nos gritan los guardias.

Pero no nos dan tiempo a reaccionar. Tres de ellos sacan la porra y comienzan a pegarnos con ella. Yo, acostumbrado al comportamiento de la policía, me dejo zarandear como un muñeco de trapo y no opongo resistencia alguna.

Al primero que sacan es a Murillo que no deja de gritar que le hemos pegado y que él no ha hecho nada. Después a Oriol, quien me lanza una última mirada de cabreo y decepción con la nariz ensangrentada. A mí me sacan en tercer lugar, y la adrenalina da paso al remordimiento y a la impotencia. No solo van a castigar a Oriol por mi culpa, sino que también he entrado en el juego que quería Murillo.

Además, me doy cuenta de una última cosa: el Capitán no va a tener a su chico de mantenimiento de pozos mañana.

Más que nada porque me esperan tres días en el Asfixiador.

Un soldado tiene miedo a la oscuridad

El cubículo en el que me han encerrado apenas tiene dos metros de anchura. Si me pongo en el centro y estiro mis brazos, casi toco las frías paredes de hormigón que me aíslan del resto del mundo. El Asfixiador huele a humedad y cloaca. Imagino que será por la letrina que tengo en una de las esquinas del cuarto. No he querido comprobar aún el estado higiénico del sanitario (si es que se le puede llamar así).

Lo peor del Asfixiador es que estás completamente a oscuras. Perder la vista durante unas horas es llevadero, pero estar encerrado aquí más de dos días tiene que ser una auténtica tortura. ¿Cuánto tiempo llevo? ¿Dos horas? No poder ver la luz del sol me hace perder la noción del tiempo y eso no es plato de agrado en un lugar como este.

Son solo veinticuatro horas, Aitor, me digo intentando restarle importancia al castigo.

Cuando el Capitán se enteró de nuestro percance, entró en cólera y nos volvió a dar un discurso paternalista acerca de la disciplina y las responsabilidades. Y no solamente nos rebajó la pena de aislamiento a un día, sino que también insistió en que Murillo y yo íbamos a trabajar, sí o sí, *juntos*.

—Y si creen que esto va a hacer que cambie de opinión respecto a la labor de mantenimiento del pozo, están muy equivocados —declaró, enfadado—. Después de las veinticuatro horas de aislamiento, cumplirán con su cometido.

De vez en cuando oigo el eco de los gritos de Murillo, implorando su inocencia. Sin embargo, de nada le sirve gastar el aliento en eso porque otra de las torturas de este sitio es el aislamiento: estar completamente solo y separado del mundo.

Sin ver.

Sin oír.

Sin hablar.

El colchón sobre el que estoy tumbado podría ser perfectamente un jergón relleno de paja. Intento cerrar los ojos para conciliar el sueño porque, en el fondo, esa es la única manera de que pase rápido el tiempo. Pero el Asfixiador se llama así por algo, aunque su nombre no le hace justicia porque estar aquí dentro es mucho más que asfixiante.

Cuando tu cerebro comienza a volverse loco por la falta de luz y el poco espacio que tienes para moverte, los pulmones empiezan a demandar más aire del que hay. Quieres respirar, pero no puedes. Sientes que el oxígeno de este cuarto es limitado y, entonces, entras en pánico porque crees que te vas a ahogar. Como si una presencia invisible estuviera contigo y, de repente, metiera sus manos en tu pecho.

Por algo este es uno de los castigos más severos de El Desierto.

No te vas a ahogar, no te vas a ahogar…

—¡¡Sacadme de aquí!! ¡No puedo respirar!

El eco de los gritos de Murillo se vuelve a colar a través de las duras paredes de hormigón que amortiguan el sonido. ¿Cuánto tardaré en volverme loco? ¿Cuándo empezaré a gritar desesperado para que me saquen de aquí?

Inhalo una profunda bocanada de aire, sintiendo cómo mis pulmones se llenan y después dejo que salga todo con un suspiro. Vuelvo a cerrar los ojos y me hago un ovillo. Me acuerdo del truco que me enseñó Erika cuando era pequeño y no podía dormir…

—¿Preparado? ¡Ya! Uno, dos… —contaba mientras yo inspiraba aire por la nariz—. ¡Ahora aguanta! Uno, dos, tres, cuatro…

Cuando Erika llegaba al número siete soltaba todo el aire y no podía dejar de soplar hasta que ella contara hasta ocho. Y, sorpresa, me quedaba frito. No me preguntes qué tiene ese truco, pero funciona. O al menos lo ha hecho hasta ahora… porque aquí, no tiene efecto.

Repito el ritual varias veces, pero sigo sin poder conciliar el sueño. Tampoco soy capaz de encontrar una agradable postura en este maldito colchón y, si a esto le añadimos que el resto de mis sentidos se agudizan al estar a oscuras, no dejo de oír un siniestro silbido que me está poniendo de los nervios.

—¡Joder! —grito mientras doy un puñetazo a la pared.

—Duérmete.

La voz de otra persona hace que me incorpore y que pegue mi espalda al frío hormigón.

Hay alguien más aquí.

—Aitor… —vuelve a insistir.

Y entonces reconozco ese tono de voz cargado de paciencia que me intenta calmar. Erika siempre lo hace cada vez que estoy tenso.

—¿Erika? —pregunto más relajado.

—Túmbate y relájate, enano —me ordena.

Le hago caso.

—No me funciona tu truco —le explico—. No puedo dormir.

—Inténtalo otra vez —me ordena.

Obedezco, pero mis esfuerzos son en vano.

—Tienes demasiadas cosas en la cabeza —me dice—. Y así no vas a ir a ninguna parte. ¿Te das cuenta de lo que has hecho?

—Ya sé que Oriol está aquí por mi culpa, no hace falta que me lo recuerdes —le espeto.

—No hablo de Oriol. Hablo de papá, de mamá... y de mí. Tú tienes la culpa de todo, Aitor.

—¿Qué...? —pregunto mientras vuelvo a sentir como mis pulmones se empiezan a cerrar.

—Es tu culpa que yo me haya ido de casa. No soportaba ver a mamá y a papá sufrir. Estaba harta de pagar tus platos rotos.

—Erika, yo...

—Eres un niñato. No te mereces los padres ni la hermana que tienes.

—Basta —susurro, ahogándome.

—Ojalá te quedes aquí para siempre, como el Capitán —la voz de Erika empieza a tener una extraña y perturbada reverberación, como si fuera un monstruo—. En casa nadie te quiere, Aitor. Mamá y papá están viviendo las semanas más felices de su vida desde que te fuiste. Has estado a punto de arruinar su matrimonio...

—¡BASTA! —grito por fin.

Y entonces de donde creía que estaba mi hermana, comienza a emanar una silueta con forma humana. A pesar de la completa oscuridad, puedo ver como la figura se acerca poco a poco.

Intento moverme para escapar de ella, pero no puedo.

Intento abrir la boca y tampoco soy capaz de hacerlo.

Siento como el ente pone sus manos en mi pecho y comienza a presionarlo y a ahogarme. Suplico mentalmente que me deje en paz. Le intento decir que no puedo respirar, pero no puedo hablar.

Hago verdaderos esfuerzos por moverme, pero ni siquiera soy capaz de cerrar los puños.

Y entonces pienso en ella. En mi hermana de verdad. No en este monstruo.

Porque sé que todo lo que me ha dicho forma parte de una pesadilla.

Sé que todo esto es una maldita parálisis del sueño y lo único que quiero hacer es despertar.

Ayúdame, hermanita, pienso. Y me imagino su rostro.

De repente, un rayo de luz inunda toda la estancia. El tiempo se detiene y durante unos segundos puedo ver el hormigón gris, la letrina blanca en la esquina y la puerta de acero que me aísla del resto del mundo. Sobre mí, hay una sombra sin rostro que comienza a desintegrarse como si fuera polvo y, solo durante un segundo, puedo ver en la luz a mi hermana.

Siento que puedo moverme y abro de nuevo los ojos, y despierto de la maldita pesadilla.

Y entonces me vuelvo a encontrar con una completa y silenciosa oscuridad.

Un soldado siempre llora en el Asfixiador

No dejo de mover las manos, como si al detenerme me fuera a petrificar. No quiero volver a quedarme dormido aquí dentro. Necesito estar despierto. Hacía mucho tiempo que no me daba una parálisis del sueño.

Dicen que este fenómeno se produce cuando estás estresado o tienes miedo. En este caso, creo que es una mezcla de ambas. Sé que en mi interior hay una caja de Pandora que guarda emociones a las que aún no quiero enfrentarme y mi cabeza, como si fuera una olla a presión, ha dejado escapar un poco de vapor para no estallar.

Me pongo en pie y voy palpando el suelo con los pies hasta que me choco con la letrina. Una parte de mí piensa en sentarse en ella para vaciar mi vejiga y, de esta manera, apuntar bien al retrete. Pero solo la idea de que no esté limpia me quita de golpe las ganas de orinar.

Así que decido volver al colchón, pero mis pies descalzos sienten algo húmedo en el suelo.

Estoy seguro de que es meado del último recluta que estuvo aquí. O no. Quizás es una fuga de agua que hay. No, seguro que es pis.

La repulsión se apodera de mí y por culpa del pánico, resbalo con el charco y caigo contra el suelo.

—¡Qué puto asco! —grito en voz alta mientras me arrastro corriendo hasta el colchón.

Meto mi pie debajo de este e intento secarme con la tela. Suficientes rayadas mentales tengo ya como para que ahora me ponga hipocondríaco.

De repente, oigo un leve murmullo que procede de la parte inferior de la pared. Es como un silbido de viento que se va cortando. Mi oído, que se ha afinado con la oscuridad, busca la fuente del sonido, guiando a mi oreja hasta una parte de la pared en la que escucho… ¿un llanto?

Mis manos deciden palpar la pared y descubren que hay un pequeño agujero en el que me entran dos dedos. Vuelvo a pegar la oreja en él y escucho un débil gimoteo que me confirma que hay alguien al otro lado del muro de hormigón. Alguien al que también han encerrado, castigado por algo que ha cometido. O no…

No me preguntes cómo, pero reconozco su llanto. A pesar de no haberlo escuchado nunca y de considerarle una de las personas más íntegras y fuertes de este infierno.

—¿Oriol? —pregunto en un tono de voz más alto.

Que el sollozo se corte de golpe significa que mi intuición estaba en lo cierto.

—¡Oriol! ¡Soy yo, Aitor! —grito emocionado—. ¡Busca un agujero en la parte de abajo de la pared!

—¿Qué? —me pregunta como si no oyera bien.

—Que busques… un agujero… en la pared —repito marcando mis palabras—. ¡Sigue mi voz! No voy a dejar de hablar.

—¡Lo encontré! —me dice victorioso.

Y yo doy fe de ello porque lo oigo de forma casi nítida, como si estuviera hablando por una especie de teléfono escacharrado.

—¡Bien! —respondo—. Me he quedado dormido, ¿sabes cuánto tiempo llevamos aquí dentro?

—No lo sé… —confiesa—. ¿Cinco horas quizás?

El resoplido que suelto me sale del alma. Pero una parte de mí decide tomárselo con filosofía y paciencia: al menos ahora puedo hablar con alguien. Aunque tal vez a él no le apetece conversar conmigo después de lo que he hecho…

Adopto una postura cómoda y vuelvo a acercar mi cabeza al agujero.

—Oye… Siento lo de antes. Por mi culpa te han encerrado aquí y eso no está bien —le digo.

—Pues sí, por tu culpa me han encerrado aquí —repite.

Puedo notar la fragilidad de su voz. En sus palabras se esconde algún sollozo que intenta ocultar.

—Lo siento…

—¿De verdad lo sientes? —me pregunta cabreado—. ¿O simplemente me vas a pedir perdón para que podamos hablar tan tranquilos como si nada?

—Estoy arrepentido, de verdad.

—Ya… Eso dicen todos… —farfulla mientras absorbe por la nariz las lágrimas que ha estado echando.

—¿A qué te refieres con «todos»?

—Déjalo —me contesta—. Te perdono. No pasa nada.

—No me des la razón como a los tontos, anda —le digo un poco mosqueado.

Oriol se calla. No emite palabra alguna. Se vuelve a refugiar en su silencio y puedo escuchar cómo vuelve a llorar.

—Oriol, venga… No pasa nada. ¡Al menos podemos hablar! —le intento animar.

—¡Sí que pasa! —me grita estallando—. ¡Pasa que yo no debería de estar aquí! Si estoy pringando en esta mierda de sitio es por personas como tú, que se aprovechan de la buena gente. Que todo lo que tienen de buenos, lo tienen también de tontos —dice de tal forma que parece un reproche más a sí mismo—. Vais a vuestra puñetera bola.

No hay cosa que me guste más en este mundo que rebatir y pinchar a la gente, sobre todo cuando están cabreados. Pero sé que el enfado de Oriol tiene más dolor que ira y eso me hace morderme la lengua porque sé que, en el fondo, se está desahogando. Necesita gritar, estallar y mandar todo a la mierda.

—No pertenezco a este lugar… —continúa—. No tengo la fuerza suficiente como para sobrevivir a este desierto.

—No digas tonterías —intervengo—. Creo que eres el más valiente de toda la escuadra. Mira cómo supiste reaccionar con la serpiente de la valla y los salvajes. ¡O cómo le paraste los pies a Dafne delante de Murillo! Si eso no es de valientes… Dime tú qué es.

—Estoy aterrado —confiesa—. Pero no por mí… Bueno, un poco sí, pero… —Oriol se muerde la lengua y suelta un suspiro—. Echo de menos a mi familia.

Y yo a la mía, confieso en mi interior. A pesar de las movidas y broncas que he tenido con papá y mamá… Les echo de menos. Y preferiría estar ahora con ellos en casa que encerrado en este lugar. Echo de menos hasta ese asqueroso plato de higaditos con arroz que hace mi madre.

—¿Les escribes? —pregunto.

—¿A mis padres?

—Sí. ¿Les escribes cartas?

Oriol se calla durante unos segundos.

—No. A ellos no. Pero escribo a alguien, si esa es tu pregunta.

—¿Alguna novia? —le pregunto, vacilón.

—No —responde tajante y a la defensiva—. A mi hermano.

Escuchar esas últimas palabras me deja la sangre helada. De repente, siento que lo de escribir a Erika ya no es algo mío. Ya no es exclusivo. Pensaba que era algo que hacía solamente yo. ¿Por qué Oriol prefiere escribir antes a su hermano que a sus padres?

—¿Y tú? —me pregunta—. ¿A quién escribes esas cartas?

—¿Cómo sabes que escribo cartas?

—Te veo hacerlo varias noches en la cama…

—Podría estar escribiendo un diario.

—¿Lo es?

—No —sentencio riéndome—. O bueno, podría decirse que sí. Pero no, son cartas que escribo… a mi hermana.

—Qué casualidad —apunta Oriol—. Que los dos escribamos a nuestros respectivos hermanos, digo.

—¿Por qué escribes a tu hermano y no a tus padres? —le pregunto.

—Podría hacerte la misma pregunta —me dice—. ¿Responderías?

—No —contesto riéndome.

—Pues yo tampoco.

Me vuelvo a reír y puedo escuchar cómo Oriol suelta también una leve carcajada. Me lo imagino al otro lado de la pared, en la misma posición que yo, mirando al techo mientras se acaricia el rizado cabello que tiene y deja escapar una sonrisa. ¿Qué le pasará ahora mismo por la cabeza? ¿Estará igual de asustado que yo? Construir esta imagen mental de Oriol me hace sentir menos solo.

Los gritos de Murillo que nos llegan como murmullos de eco me sacan de mis pensamientos.

—¿Lo oyes? —pregunto.

—Sí… Lleva así desde que entramos. No sé qué es peor: si estar a oscuras o tener que escuchar sus lamentos.

—Que le jodan. Ojalá lo dejen ahí encerrado todo el Semo —digo con malicia.

—¿Por qué os estabais peleando? ¿Ha tenido que ver con la charla del Capitán?

Aprovecho para contarle a Oriol el cometido que me ha mandado el Capitán Orduña en el pozo subterráneo y la «ilusión» que nos ha hecho a Murillo y a mí ser futuros compañeros de mantenimiento.

—¿Ves? —me suelta con cierta emoción—. Te dije que te tenía fichado.

—La verdad es que hubiese preferido ser jefe de patrulla o algo así —le confieso—. Que sepas que tienes la culpa de las altas expectativas que tenía.

—Bueno, al menos no te va a dar el sol —me intenta consolar.

—Prefiero estar a la solana a tener que estar encerrado ahí abajo con Murillo… —le confieso, refunfuñando—. ¿Cómo sabíais que iba a estar en las duchas?

—No lo sabía. Me entretuve en el cuarto escribiendo unas cosas y se me pasó el turno.

—Así que querías ducharte a escondidas, ¿eh? —apunté, vacilante.

—Reconozco que me llevé cierta decepción cuando os vi —me responde en el mismo tono.

—Menos mal que apareciste… —confieso en un susurro.

—Tú habrías hecho lo mismo por mí.

Oriol me lo dice con tal convicción y naturalidad que siento que no es una frase al uso. De verdad cree que, si hubiera sido al revés, yo también habría acudido en su ayuda. ¿Lo habría hecho? ¿Habría intervenido en la pelea?

Intento ponerme en su situación y siento vértigo al creer que... lo haría. Lo habría ayudado.

Y lo creo porque estoy desarrollando hacia él un extraño sentimiento de protección. ¿Cómo es posible que cuando los soldados han entrado a separarnos a Murillo y a mí lo primero que he intentado hacer es defender a Oriol? ¡No me reconozco!

«Él no ha hecho nada», grité. Y luego el ver su nariz ensangrentada y sus ojos de decepción... ¿Cómo es posible que me siga hablando? ¿Cómo es posible que sienta que esta persona me entienda mejor que yo a mí mismo?

—¿En qué piensas? —me pregunta.

—En nada. Es solo que... —dudo unos segundos antes de contestar—. Creo que eres el primer amigo de verdad que tengo en mucho tiempo.

La frase no solo se la estoy diciendo a él, también a mí mismo. Hacía mucho tiempo que no sentía tanta complicidad con alguien. Y, a pesar de que Oriol a veces es más raro que un perro verde, me parece una persona increíble. Quiero conocerlo más, saber cómo era su vida antes de entrar en El Desierto, lo que le gusta hacer en sus ratos libres. ¿Quién es Oriol Márquez?

—Odio este lugar, pero... creo que de aquí también me voy a llevar un buen amigo —me contesta con un tono afable y cálido con el que me puedo imaginar su sonrisa pecosa—. ¿Vives en Madrid?

—Sí, pero no en la ciudad. Vivo por la sierra. ¿Y tú?

—Yo en la zona sur, cerca de Alcorcón.

—Bueno, cuando volvamos podremos quedar por el centro —le digo—. Si quieres, ¿eh?

—Pregúntamelo de aquí a dos años —contesta vacilante—. ¡A ver si no me he cansado de ti!

—¡Oye, chavalito! —le espeto entre risas—. ¡Más respeto! ¡Que soy mayor que tú!

—Pero ¿qué dices? Si tenemos la misma edad… —me contesta.

—Ya, pero seguro que he nacido antes que tú. ¿Te apuestas algo?

—Has nacido en enero, ¿verdad? —me pregunta, consciente de mis intenciones.

—El dos de enero, para ser exactos —respondo, orgulloso.

—Vamos, que le estropeaste a tu madre las Navidades.

—En el fondo me adelanté un par de semanas —le confieso—. Con eso de que fui el segundo hijo… Quise salir antes.

—¿Tu hermana es mayor que tú?

Siento un pinchazo en el estómago al pensar en ella. Hablar de mi familia no es algo que quiera hacer ahora mismo… No quiero perder la poca cordura que me queda.

—Sí —respondo sin dar más detalles—. Pero no me apetece hablar de mi familia, ¿te importa?

—A mí tampoco de la mía —añade él.

Nos quedamos un rato en silencio, escuchando los gritos del furriel como si fueran una nana. Una parte de mí se siente tentada de cerrar los ojos y volver a dormirse, pero la otra está aterrada por las pesadillas que pueda tener.

—Aitor —dice, por fin.

—¿Qué?

—Hay una cosa que quiero decirte —me confiesa con un tono de voz asustado.

—Claro, tío. Tranquilo —respondo sorprendido por la sinceridad y miedo que le noto—. Cuéntame.

—Antes me has dicho que si escribía a mi novia…

—Estaba de coña —le interrumpo—. Lo de escribir a las chicas de casa es muy típico en el Semo.

—Ya, pero déjame terminar —continúa convincente, pero con el mismo tono de miedo—. Aunque yo tuviera pareja… No sería una chica.

¿Cómo? ¿Que Oriol es...?

—Vamos, que soy gay —me confirma.

La confesión me pilla completamente desprevenido y tampoco sé qué decirle. No me hubiera imaginado nunca que Oriol fuera gay. Tampoco es que me vaya imaginando la sexualidad de la gente, pero reconozco que la confesión me ha sorprendido mucho.

—Pues muy bien —contesto restándole importancia—. No hacía falta que me lo dijeras. Me refiero: no va a cambiar mi forma de estar contigo. Si es lo que te preocupa, vaya.

—Lo sé, lo sé —me responde con cierta tranquilidad—. Pero bueno... Es un poco incómodo cuando me preguntan si tengo novia y tal. O dan por hecho que me gustan las chicas.

—Ya... La verdad es que no pareces gay —le digo.

Oriol de repente se empieza a reír y siento cómo el miedo ha desaparecido en sus palabras y da paso al entendimiento y la tranquilidad.

—Esa frase, aunque tú la digas con la intención de piropearme, es una de las frases más machistas y homófobas que existen —me explica de la forma más cercana posible—. ¿Cómo es ser gay? ¿Implica tener pluma? ¿Ser amanerado? ¿Afeminado? Cuando la gente me dice «no pareces gay» con tono de piropo, lo que está diciendo en el fondo es: me alegra de que seas un hombre que le gustan los hombres y que no tengas comportamientos socialmente femeninos. ¡Cómo si eso fuera malo!

—A ver, es una frase hecha —intento explicarme.

—Ya, ya. Y ese es el problema. Hay unos prejuicios establecidos por culpa de lo que socialmente se entiende por masculino y femenino. En un mundo ideal, la gente no se debería sorprender de que yo fuera gay.

Y tiene toda la razón del mundo. Yo he soltado la frase por restarle hierro al asunto, pero tiene tantas connotaciones negativas que lo que me sorprende es que Oriol no se haya ofendido con ella.

—¿Tienes novio entonces? —le pregunto.

—No, no tengo pareja —responde—. ¿Y tú?

—Tampoco… Estuve con una chica hace unos meses, pero… Bueno, no salió bien la cosa. Soy muy gilipollas a veces.

—¿En qué sentido? —me pregunta.

—No lo sé. Siento que no encajo en este mundo. Por eso… —continúo dubitativo—. Por eso antes cuando el Capitán me ha empezado a hablar de cómo era él con dieciséis años y de lo mucho que se veía reflejado en mí… ¿será este el único lugar en el que encaje? ¿En el que me sienta a gusto?

—¿Te sientes a gusto? —me pregunta.

—Sí y no. Cavar, plantar y toda esta mierda es un rollo, pero no sé… Conocerte a ti o a Nerea… Es guay. Siento que formo parte de algo y no me siento tan solo.

—Yo echo de menos a mi familia y a mis amigos —me confiesa—, pero reconozco que este Semo ha merecido la pena solo por conocerte.

—¡Lo mismo digo! —le contesto con una sonrisa bobalicona que se me dibuja en la cara.

Los pensamientos comienzan de nuevo a invadirme. ¡Qué valiente es este tío! Siento una profunda admiración por su valentía y, sobre todo, por lo buena persona que es. Me vuelvo a preguntar por qué está aquí. Cada día que pasa y descubro algo nuevo de él, me entra la curiosidad por saber lo que ha hecho. Al fin y al cabo, todos tenemos nuestros secretos y venimos aquí con ellos. Ojalá lo hubiera conocido antes, más allá de este desierto. O no. Quizás la vida y el destino te da a las personas que necesitas justo cuando te hacen falta. Del mismo modo que también te las quita…

—Me encantaría quedarme frito… —me confiesa.

—¿Quieres que te enseñe un truco?

—¿Tienes trucos para dormirte? —me pregunta sorprendido.

—Me lo enseñó mi hermana —le contesto orgulloso—. Venga. Cierra los ojos y respira profundo. ¿Preparado? Uno, dos, tres, cuatro…

Querida Erika:

Parece mentira que lleve dos meses aquí. El tiempo pasa volando, pero, a la vez, veo todo demasiado lejano. Siento como cada día este lugar me amolda y transforma en alguien distinto. ¿O quizás me está enseñando a conocerme y a descubrir quién soy realmente? Cuando echo la vista atrás para ver al Aitor que se subió a ese Convoy Errante y lo comparo con el que soy ahora, no termino de reconocerme.

Siento también que estoy en una especie de limbo mental. Me dejo llevar por la inercia de El Desierto y mi día a día se convierte en una rutina que odio y, a la vez, soy adicto a ella. Como si yo fuera un caballo y este lugar tomara las riendas de mi vida: vivo cada día haciendo lo que me ordenan. Obedeciendo a los deseos del Capitán. ¿Tengo alguna meta u objetivo? Quizás la cuenta atrás que supone acabar el Semo. Pero después, ¿qué? ¿Qué voy a hacer con mi vida? ¿En dónde me veo? Desde que el Capitán me hizo esa pregunta, mi cerebro no para de repetírmelo. Aunque yo no quiera. Como si fuera un germen, un virus que me ha contagiado.

Así que procuro no mirarme al espejo, ni tampoco quiero imaginarme la vida cuando se acabe esto. ¿Es posible que El Desierto se convierta en el único lugar en el que pueda estar? ¿El único sitio en el que me siento parte de algo? Nerea habla de sus planes de hacer una carrera de informática y robótica cuando termine esto; Nando está tentado de volver a Argentina para montarse un restaurante de comida española. ¡Hasta Dafne tiene planes más allá de El Desierto! Es cierto que este sitio te cambia. O, más bien, te hace enfrentarte a ti mismo. Y yo tengo demasiadas preguntas a las que no sé si quiero dar respuesta. Porque la única cosa que es cierta a día de hoy es que estoy perdido. Camino sin rumbo, pero no vivo. Sobrevivo. Y yo no he nacido solo para sobrevivir. Necesito vivir, sentir, disfrutar.

Es cierto que aquí hay cosas que me motivan. Como, por ejemplo, mi labor de mantenimiento en el pozo. Cada vez que bajo a limpiar los filtros, se aviva en mi interior una llama que me hace disfrutar del trabajo. Y mira que mi cometido consiste en quitar el fangoso barro que se queda atascado en las tuberías, dentro de una fría e incómoda estancia en la que Murillo me vigila con ojo avizor. Pero me siento vivo y útil porque es un trabajo que me ha encomendado a mí el Capitán.

Y luego está Oriol. Hacía mucho tiempo que no tenía un amigo así, Erika. Me recuerda mucho a Rojas, ¿te acuerdas de él? David Rojas. Mi mejor amigo de la infancia. Fuimos inseparables desde párvulos hasta los diez años, cuando sus padres se mudaron a Barcelona y lo tuvieron que sacar del colegio. ¡Qué mal lo pasé! Desde entonces no he tenido un amigo tan íntimo. Sí, lo sé, están Arturo, Domi y Nate. Pero con ellos es distinto. Son más... ¿burros? ¿Tú me imaginas contándoles a estos las movidas que hemos tenido? ¿Me imaginas llorándoles en el hombro, abriéndome a ellos? No. Porque no puedo. Son mis colegas y los quiero, pero su falta de inteligencia emocional me hace guardarme muchas cosas dentro.

Con Oriol es distinto. Desde que se abrió conmigo en el Asfixiador, nos apoyamos mucho el uno en el otro. Los dos nos contamos nuestros miedos y preocupaciones. Y, de alguna manera, siento que él es el único que me conoce de verdad, del mismo modo que siento que yo para él soy lo mismo.

¿Cómo es posible que una persona se haya convertido en mi mejor amigo en tan poco tiempo? Lo sé, sé que esto es la exaltación de la amistad de los primeros meses. La emoción de conocer a alguien con el que conectas tanto que quieres que sea tu mejor amigo para toda la vida y sientes que esa amistad no va a cambiar nunca.

Oriol ha venido para quedarse en mi vida.

Y esto... También me aterra un poco porque... ¿qué pasa si no?

¿Qué pasará cuando terminemos el Semo?

¿Seguiremos siendo Oriol y yo tan buenos amigos?

Me aterra pensar que se pueda evaporar la única cosa que me gusta de El Desierto.

Un soldado debe tener cuidado con el sirope

El tronco del arce parece más duro de lo que en realidad es. Bajo esa primera capa de corteza robusta que protege al árbol tanto del frío como del calor, se encuentra el jugoso lugar del que extraemos el sirope. Comienzo perforando la madera con la broca manual de hierro que nos dan. Cuesta un poco al principio, pero una vez que has entendido cómo funciona se vuelve algo automático. Eso sí, al cuarto árbol perforado estás un poco cansado. Sobre todo, porque la fuerza del taladro la tienes que hacer tú y al final acabas con el brazo muy cargado.

La verdad es que me sorprende que aquí nos dejen manejar esta clase de herramientas sin un control más allá del ojo que nos echa Murillo de vez en cuando. En mi escuadra no hay ningún asesino (que yo sepa), pero sé que hay algún chaval con antecedentes violentos en el cuartel y es chocante que dejen manipular a esa gente objetos tan tentadores como este.

Una vez que he conseguido hacer el agujero lo suficientemente profundo, puedo introducir el punzante grifo en él. Se trata de un artilugio de metal, con forma de cilindro hueco, con un extremo punzante que se mete dentro del árbol y el otro con forma de boquilla para que pueda caer el sirope. El cilindro, además, tiene un grifo que hace de tapón para evitar la salida del sirope cuando queramos.

—Acuérdate de cerrar el tope —me advierte Oriol con un tono de burla y vacile—. No querrás liarla parda. *Otra vez.*

—*Ja-ja* —le contesto con el mismo tono.

En mi primera extracción de sirope de arce, se me olvidó cerrar el grifo al introducirlo y, lógicamente, la savia del árbol empezó a caer a borbotones por todas partes antes de que pudiera preparar el bote en el que debía de caer todo el jugo.

—¡Suerte que estás pendiente de mí para evitar la catástrofe! —digo mientras introduzco el grifo (cerrado) en el árbol y comienzo a preparar el tarro de cristal.

—Cuando quieras te doy una clase —contesta—. Son baratas. Te la dejo a dos-tres cigarrillos. Solo por ser tú.

—¡Anda, chaval! —le contesto con una risotada mientras abro el grifo y dejo que la dulce savia comience a salir—. ¡Si tú no fumas!

—¿Y qué? —me dice mientras termina de extraer el sirope de su árbol y se chupa el dedo manchado por el néctar—. Los cigarros son el dinero de este lugar. Que no me los fume solo implica que mi capacidad de ahorro es más alta que la tuya. Esto es como si en el mundo real te fumaras los billetes.

El mundo real… Ni que estuviéramos en una especie de simulador virtual. Pero sí que es cierto que entre lo lejos que estamos de casa, lo aislado que está este sitio y las normas de convivencia que tiene El Desierto, parece como si estuviéramos en otra realidad.

—¡Mierda! —se queja Oriol mientras se lleva el dedo a la boca.

En un abrir y cerrar de ojos me planto a su lado y veo que se ha llevado por delante parte de la piel del dedo con la broca manual, justo cuando iba a empezar a taladrar un nuevo árbol.

—Mira que eres patoso… —lo reprimo mientras le agarro la mano—. Déjame ver.

Se ha hecho un buen tajo, no te voy a engañar. Y eso me cabrea porque es un chaval que va con todo el cuidado del mundo, pero con cosas tan básicas como las herramientas de trabajo no piensa mucho.

—Será mejor que vayamos a la enfermería a que te curen. No vaya a ser que pilles el tétanos o algo así.

—Joder, no te pases, hipocondríaco —me espeta—. No es nada. Puedes volver a tu árbol. Gracias —sentencia con un guiño y un par de cachetes en mi moflete.

—¡Como se te infecte, verás! —le advierto.

Es curioso porque desde que vi a Oriol derrumbarse en El Asfixiador a unos metros de mí, llorando, gritando y escupiendo todo lo que tenía dentro, sentí una especie de custodia hacia él. El que considero más cuerdo y fuerte de la escuadra me enseñó su lado más vulnerable. Y en ese momento, al verlo así, quise que no se derrumbara. Porque si cae Oriol, caemos todos. El Asfixiador te obliga a sacar el niño asustado de dieciséis años que llevas dentro. Supongo que por eso he desarrollado este sentimiento de protección hacia él. Y ahora me preocupo por cosas tan tontas como un maldito corte.

—¡Déjame en paz, Nando!

La voz malhumorada de Nerea hace que nos giremos en su dirección para ver lo que ocurre. Nando intenta tranquilizarla diciéndole algo que no alcanzamos a escuchar.

—¡Que no me toques! —le insiste mientras él intenta agarrarla por el brazo.

Con una sola mirada de complicidad, Oriol y yo nos decimos todo y acudimos al lugar donde están nuestros compañeros para ver lo que ocurre.

—¿Qué os pasa? —pregunto con un tono de voz pacífico.

—Nada —me contesta Nando sin mirarme—. Sigan en la suya.

—¿Estás bien? —le dice Oriol a Nerea, ignorando al argentino.

—¡Ey, Freddy! —le grita Nando desafiante—. No se metan en lo que no les importa.

Yo doy de forma instintiva un par de pasos hacia él y le pongo la mano en el hombro.

—Relájate, Nando.

—No me toques —me ordena mientras me aparta la mano de mala gana.

—Aitor…

El tono de voz con el que Oriol me llama es una advertencia para que me relaje y no la líe más. Aún así no me giro y le mantengo la mirada a Nando, quien permanece igual de desafiante.

—¿Qué pasa, Aitor? —continúa Nando—. ¿Sos el nuevo Murillo o qué?

—No me busques, que me encuentras —le susurro.

Entonces Nando me da un empujón con el que casi pierdo el equilibrio. Una parte de mí desea sacar al perro rabioso que llevo dentro y enzarzarme en una pelea con él, pero la otra está domada por una extraña fuerza que no comprendo. Como si estuviera atado por la mirada de Oriol, que permanece quieto y pendiente de la situación.

—Esto no tiene nada que ver con ellos —se interpone Nerea.

—Bueno, vos gritaste para que vengan, así que ahora ellos son parte del problema —dice él—. Me vas a dar lo que me debés o si no…

—O si no, ¿qué?

Oriol, como si fuera un fantasma que acaba de manifestarse, vuelve a desconcertar a Nando.

—¡No estoy hablando con vos, boludo! —le grita—. ¡Andate al carajo! Y llevate a tu novio —le contesta refiriéndose a mí.

El perro que llevo dentro se desata y en dos zancadas estoy agarrando a Nando por la camiseta, a punto de darle un puñetazo. Pero algo me vuelve a detener y es el comportamiento de este. Nando no hace absolutamente nada. No se defiende.

—Dale, pegame —me ordena.

—¿Por qué quieres que te pegue? —le pregunto mientras aflojo la fuerza.

—¡Pegame! —me grita desesperado—. ¡Dame una piña, maricón!

Me vuelve a propinar otro empujón y yo, esta vez, no me encaro a él.

—¡¿Y?! ¡¿Qué esperás?! —me grita mientras se le rompe la voz—. ¡Pegame!

—¡Nando! —grita Nerea.

Nando me vuelve a dar otro empujón y me agarra por el pescuezo con furia, pero también con dolor. Porque, ahora mismo, los ojos llorosos de Nando transmiten impotencia y mucho dolor.

—Sos un cagón de mierda —me dice mientras intenta hacer lo imposible por no estallar—. ¡Cagón!

Entonces lo agarro de la nunca sin dejar de mirarlo a los ojos y, en vez de soltarle el puñetazo que quería, lo acerco a mí.

—Ya está, tío —le susurro—. Tranquilo. Todo va bien.

Nando me suelta y se derrumba en un mar de lágrimas. Yo le doy un abrazo mientras él deja que su niño de dieciséis años salga a la luz y maldiga lo mierda que es estar en este lugar.

Al menos él no ha tenido que ir al Asfixiador para hacerlo.

Un soldado no puede salir por la noche

Las escaleras que suben a los últimos pisos del cuartel chirrían tanto que parece que el pie se te va a hundir en cualquier momento. Por eso mismo, ir de noche a hurtadillas hasta la azotea del edificio es todo un reto.

—*Shhh…* —sisea Nando mientras intenta subir de puntillas—. Sigan mis pasos.

Lo que ha empezado siendo una broma por parte del argentino, se ha acabado convirtiendo en una especie de reto o misión suicida. Con el toque de queda tenemos completamente prohibido salir de nuestras habitaciones y, mucho menos, subir hasta la azotea del edificio para ver las estrellas.

—Más vale que tu novia nos deje pasar, boluda —le dice Nando a Nerea.

—¡Que no es mi novia! —susurra ella en un tono de voz más alto del que pretende.

—De momento… —le contesto yo por lo bajo.

Nerea me da un codazo y yo le respondo con una mueca burlona. Se ha convertido en el cotilleo de la escuadra desde que Tola nos contó que la descubrió a solas con Angélica (sí, la yaya que lideró nuestra primera novatada). Hace un rato, en la habitación, hemos estado vacilando y hablando de ello hasta que, por fin, nos lo ha confesado. Aunque yo, en el fondo, ya lo sabía porque me lo comentó por encima hace unos días. El caso es que ni Nando ni Dafne creen que tenga buena relación con una yaya, así que Nerea, ni corta ni perezosa, les ha dicho que es capaz de subirnos a la azotea porque Angélica está haciendo guardia y nos dejaría pasar.

La madera bajo mis pies vuelve a crujir y Nando se vuelve a girar para sisearme.

—¿Y qué hago? —le suelto—. ¿Decirle a la madera que se calle?

—¡Callate, boludo! —me contesta en susurros.

Detrás de mí, Oriol se empieza a reír y yo me giro para contestarle con otra mueca burlona.

—Nos van a descubrir, ya verás —le digo.

Pero no. Conseguimos subir hasta la azotea sanos y salvos. Incluso hemos pasado del cuarto piso sin que nos pillen, que es donde se encuentran las habitaciones de la Coronel, los capitanes y el resto de eminencias del sitio.

—Deja que a partir de aquí me encargue yo de esto, Nandito —le dice Nerea mientras le da un par de cachetadas en el moflete.

Lo primero que hace Nerea cuando abre la puerta de la azotea es ponerse a silbar una canción que desconozco, pero que debe de tratarse de algún código que tiene con la yaya porque, inmediatamente después, alguien le contesta con otro silbido que sigue la melodía. Mi compañera de litera se gira y nos hace un gesto para que pasemos. Me fijo en la sonrisa de bobalicona que luce ahora mismo y no puedo evitar sentirme contagiado por ella.

—Vaya, vaya…

Angélica aparece portando un fusil junto a otro de los yayos que nos dio la bienvenida en nuestra primera semana del Semo.

—Mis retoños favoritos —sentencia Angélica—. No me imaginé que fueras a subir. Y mucho menos con toda la pandilla —le dice a Nerea.

—Soy una caja de sorpresas —contesta ella.

—Como nos pillen, sí que nos vamos a llevar una sorpresa —avisa Angélica con la misma sonrisa que luce Nerea, sin dejar de mirarla.

—Y entonces ya nos olvidamos de volver a casa la semana que viene —contesta el otro yayo, preocupado.

—Joako, cállate, anda —le espeta Angélica—. No nos van a castigar por enseñar a nuestros retoños uno de los secretos más bonitos de El Desierto. Disfrutad de las vistas, chicos.

Nos acercamos al borde del edificio para contemplar la estampa y, la verdad, es igual de impresionante que verlo a plena luz del día. Si por la mañana el bosque de arces parece un lago de sangre, por la noche el rojo se transforma en negro y da la sensación de estar viendo una oscura laguna. Las hojas que se mueven por culpa de la suave brisa reflejan con sus movimientos la poca luz que les llega del cielo estrellado. Parece que esa laguna tuviera vida y bajo las hojas de los árboles se escondieran peces que, de vez en cuando, salen a la superficie. Al fondo, donde el bosque termina, vuelve a reinar otra vez la luz, y hace que la arena del desierto adquiera unos impresionantes tonos oscuros de color azul. Sobre nosotros se abre una bóveda estelar, repleta de pequeños puntitos que forman las constelaciones, planetas y demás astros desconocidos.

—Impresiona, ¿eh? —me dice Oriol.

Me he quedado tan embobado viendo el paisaje, que no me he dado cuenta de que el resto de la escuadra se ha quedado charlando con los yayos.

—Mucho —le confieso—. Deberíamos venir más aquí arriba. Se respira…

—Paz —me interrumpe él—. No me extraña que quieran entrar aquí.

—Los Salvajes… —verbalizo—. Menudo susto nos dimos aquella noche, ¿eh?

—Ya te digo… ¡Saliste corriendo como si el mundo se fuera a acabar!

—¡Mira quién habla! ¡Si me seguiste sin rechistar, chaval! —le contesto dándole un codazo.

Me fijo en las risas de Nando y el otro yayo que están intentando ligar con Dafne y Tola, mientras que Nerea permanece al lado de Angélica.

—Me gusta esto —le digo—. Estar todos aquí arriba haciendo lo que mejor se nos da.

—¿Que es…?

—Tener dieciséis años —le contesto—. Este sitio nos está haciendo crecer demasiado rápido y me gusta ver que de vez en cuando nos acordamos de lo que es disfrutar de la vida. Sin pensar en el futuro.

Oriol se queda unos segundos pensativo, sin dejar de mirar el cariño que se dan Nerea y Angélica.

—Pobre Nerea… —dice con tristeza.

—¿Por qué?

—Porque en cuestión de semanas se va a sentir un poco sola —me dice refiriéndose a Angélica.

—Bueno, imagino que será consciente de ello.

—Una cosa es ser consciente y otra enfrentarse a ello.

—Estará entretenida con nosotros. Somos un grupo majete.

Oriol me lanza una mirada que mezcla la burla con el escepticismo.

—Somos un grupo de *locos* —me corrige.

—¿Y quién no lo está? Te recuerdo que nos han mandado al peor destino del mundo porque cada uno tiene su mierda. Al menos no tenemos ningún asesino. Que yo sepa.

Oriol lanza un suspiro y se gira para contemplar de nuevo el paisaje.

—Uy… —le digo mientras me incorporo a su lado—. ¿Debería preocuparme por ese suspiro? Que lo hayas soltado justo después de que haya pronunciado la palabra «asesino», me da que pensar —le vacilo—. ¿Algo que confesar?

—Ya te confesé algo en el Asfixiador —me recuerda—. Ahora te toca a ti.

Yo me empiezo a reír.

—¿A mí? ¿Qué quieres que te confiese? —le pregunto

—¿Qué hiciste para acabar aquí?

—No estudiar. Delinquir… Lo típico.

—¿Qué tipo de delincuencia? —me pregunta, con mucho interés.

—¿Quién eres? ¿Mi abogado? —le contesto riéndome.

—No, venga, en serio: dime lo más chungo que hayas hecho. ¿Qué ha sido lo que más veces ha metido tu nombre en el sorteo del Semo?

Me toco la cabeza y empiezo a pensar. Puesto a confesar, qué mejor forma de hacerlo que con estas vistas y este ambiente tan ameno.

—Me pillaron con droga en clase —le suelto—. Pero no era para mí. Era para un amigo. Sé que suena a excusa, pero de verdad que yo no soy de drogas. Me gusta el tabaco, pero más allá de eso… No he probado nada. ¡Ni quiero! Además, recuerdo que me costó un par de semanas de expulsión en el instituto.

—Y un par de años aquí —apunta él, con cierta intransigencia.

—¿Y tú? —le pregunto, por fin, viendo una oportunidad para conocer su pasado—. ¿Por qué estás aquí?

—Esa es una pregunta, querido amigo, que no pienso responder —me suelta—. Aún.

—¡Joder! ¡Venga, Oriol! ¡Enróllate! —le digo—. Yo ya me he sincerado.

Oriol vuelve a refugiarse en su silencio y yo, dando por perdida la conversación, vuelvo a centrar mi atención en el cielo. El infinito manto de estrellas hace que distinga no solo polvo galáctico, sino también algunas formas y colores distintos. Es impresionante lo mucho que cambia el cielo cuando no existe contaminación.

De repente, veo un punto brillante moverse. Como una estrella fugaz, pero sin que esta sea rápida. Más bien se mueve de forma constante, como si fuera… ¿una nave espacial?

—Qué estrella fugaz tan lenta —le digo mientras señalo al cielo—. ¿O quizás es…?

—Un satélite —me contesta muy seguro antes de que pueda compartir mi teoría sobre los extraterrestres.

—¿Por qué sabes tantas cosas, tío? —le pregunto con cierto tono de burla—. ¡Déjame ser feliz con mis *ovnis*!

Él me contesta con una sonrisa, se gira de nuevo y se despide dándome una cariñosa colleja para volver con el resto de la escuadra.

Querida Erika:

El Desierto te purga.

Jamás pensé que fuera a decir esto, pero... sí, de alguna manera en este sitio te preguntas quién eres y por qué estás aquí. Supongo que hablar con Oriol y querer conocer su pasado me hace, irremediablemente, acordarme del mío.

Trescientas bolas... ¿Cómo es posible que haya metido tanto la pata en mi corta vida como para que mi nombre estuviera tantas veces en la lotería del Semo?

El otro día, antes de que nos metieran en el Asfixiador, cuando los soldados nos inmovilizaron en las duchas, me di cuenta de lo acostumbrado que estaba a las cargas policiales. Sabía qué hacer, cómo comportarme... No me había dado cuenta de lo interiorizado que tengo mi lado delincuente hasta ahora. Así que esta carta es, en parte, una forma de redimirme. Una forma de enfrentarme a mí mismo y de sincerarme contigo.

¿Recuerdas la última vez que papá y mamá me fueron a buscar a la comisaría? Sé que fue hace un año más o menos, pero... no te conté toda la verdad: no me detuvieron por haber robado unos videojuegos. No solo por eso, quiero decir.

Aquella tarde, Arturo, Domi y yo tuvimos la estúpida idea de jugar a los antisistemas. Había una manifestación en la calle. No recuerdo de qué. Creo que las protestas estaban relacionadas con la Ley de Reciclaje. El caso es que Domi conocía a un colega que estaba metido en los grupos antisistema; esos que se dedican a sembrar el caos allá por donde pasan. Nos contaba que se enfrentaban a la policía, salían corriendo y se escondían para volver otra vez a provocarlos... Pura adrenalina. Nos lo vendió tan bien que Arturo y yo decidimos acompañarlo. Nate fue el más sensato de los cuatro y decidió quedarse en su casa (también porque es un vago y lo de correr no lo lleva bien).

Mientras que la mayoría de la gente iba con sus pancartas y cacerolas gritando pacíficamente que la Ley de Reciclaje era un robo, nosotros y el resto de antisistemas comenzamos a provocar a los antidisturbios. La cosa se fue un poco de control, la verdad. Hubo gente que se unió a nosotros y empezaron a hacer barricadas (¡barricadas!) con contenedores de basura, prendiéndolos fuego. Utilizaban cualquier cosa para mantener alejados a los maderos.

Nos hicimos con, prácticamente, la calle Preciados entera. Así que cuando empezaron a sabotear las tiendas, yo entré en una de ellas y me llevé un par de juegos de la Play. Maldita la hora en la que lo hice porque... fue ahí cuando me detuvieron.

Ahora, ¿por qué hacía eso? ¿Qué se fraguaba en mi cabeza para ponerme a hacer barricadas y romper cosas en una protesta que, personalmente, me era indiferente? Creo que era la necesidad de pertenecer a algo. Molaba mucho ir por la calle junto a Domi y Arturo, con todo ardiendo a nuestro alrededor y nosotros caminando como si fuéramos los reyes del mundo. Como si fuéramos un escuadrón del caos. Los tres nos ayudamos y protegemos. Es más, ellos podrían haber huido perfectamente cuando entró la poli en la tienda y me detuvieron. Pero ¡se quedaron ahí! ¡Conmigo! Como si fuéramos una familia. Como si fueran mis hermanos mayores que, pasara lo que pasara, iban a estar ahí para protegerme.

Echaba de menos esa sensación, la verdad. La misma que sentía contigo. No te estoy culpando, ¿eh? Pero... sí que es cierto que no me dio tiempo a mentalizarme. Tampoco sé si quise hacerlo. ¿Cómo me ibas a dejar solo en casa, con papá y mamá? ¿Cómo te ibas a ir con la cantidad de planes que teníamos en mente? Construir la nueva casa del árbol, hacer el circuito en bici por el cauce del río, me ibas a enseñar a esquiar aquel invierno, íbamos a descender el barranco que hiciste con el tío cuando tenías mi edad el siguiente verano... Tengo la hermana de veintiún años más molona del mundo y, resulta, que un día, sin previo aviso, me deja solo.

Todas aquellas promesas se esfumaron de la noche a la mañana. Mi falta de madurez para afrontar las cosas me hizo refugiarme en la pandilla y busqué en ellos lo que tú ya no me dabas. Pero, la verdad, jamás lo he encontrado. Hasta ahora.

Quizás por eso el Capitán ve algo en mí. Porque yo ya tengo el compañerismo interiorizado.

Aunque esté intoxicado por el caos y la delincuencia.

Por aquella tarde no solo tuvieron que pagar mamá y papá una buena multa al Estado. También me castigaron con unos servicios sociales que, entre tú y yo, me medio salté.

No sé por qué me sorprende lo de las trescientas bolas.

Deberían de haber metido muchas más.

P.D.: Que Nate no viniera con nosotros a las caóticas movidas de los antidisturbios no implica que sea un santo, ¿eh? Te recuerdo que la expulsión de dos semanas me la llevé por su culpa. Guardarle la droga en mi taquilla del instituto no fue una buena idea.

Un soldado siempre limpia la mierda que no es suya

Hoy me toca hacer labores de mantenimiento en el pozo subterráneo. La verdad es que pensaba que iba a ser una tarea más habitual y que iba a estar ahí encerrado todo el santo día, pero el Capitán solo nos hace ir a Murillo y a mí un par de veces por semana. No te voy a negar que después de esas veinticuatro horas metidos en el Asfixiador, el Capitán nos echó una buena reprimenda a los tres por la pelea. De Oriol pasó un poco porque sabe perfectamente que los que nos enzarzamos fuimos Murillo y yo. El Capitán no quiso echar más leña al fuego, pero está emperrado en enseñar a Murillo a trabajar su arrogancia y ansias de poder conmigo.

—A ver si hoy te das un poco más de prisa en quitar la mierda de los tubos —me dice cuando vamos de camino a los sótanos del cuartel.

Murillo no es Murillo si no da órdenes. No hay día que no se queje o que no me eche en cara cosas que, supuestamente, hago mal. Y más aún cuando le toca sufrir en el pozo conmigo.

El sótano del cuartel es también uno de los almacenes de latas de conserva de El Desierto. Como aquí se está más fresco que arriba, este es un lugar idóneo para resguardar los alimentos del calor del día. Una vez que has cruzado todas las estanterías, el pasillo termina en una puerta de metal. Tras ella, se abre una garganta en donde las paredes de hormigón se transforman en tierra, como si fuera un pasadizo secreto que, en este caso, nos lleva a la estancia donde se encuentran el pozo y el suministro de agua de El Desierto.

Recorrer este pasillo es algo lúgubre porque la única fuente de luz viene de las bombillas que cuelgan de forma improvisada del techo, unidas todas ellas por el mismo cable. La gravilla del suelo cruje con cada pisada que damos, el olor a humedad crece con cada metro que avanzamos y a medida que nos vamos acercando más al pozo, el ruido de las depuradoras y bombas de agua se hace más ensordecedor. Después de unos minutos, el pasillo de arena se abre en una improvisada cavidad en la que hay un agujero por el que suben un par de tuberías que terminan su viaje en la maquinaria que me encargo de manipular y limpiar.

El ruido puede cansar de primeras, pero una parte de mí lo agradece porque así no tengo que hablar con Murillo. Eso sí, cuando me toca limpiar los filtros, hay que apagar todo y ahí sí que reina el silencio.

El pozo no tiene ninguna barrera de protección. Es un agujero bastante grande en el que cualquiera de nosotros podría resbalar y caer a las entrañas de la tierra para acabar ahogándose o muriendo de una hipotermia en las lagunas subterráneas.

—Joder —protesto mientras veo cómo el barro emana de uno de los filtros—. ¡Otra vez! Te juro que no entiendo qué mierda succiona esto ahí abajo.

—Pues barro —me suelta Murillo—. Límpialo y así nos vamos cuanto antes.

Mi teoría es que las paredes de la caverna se deben de estar resquebrajando y por eso los filtros se llenan más rápido de fango. Ordeno a Murillo que apague la máquina mientras comienzo a desatornillar la depuradora. Sé que no le hace ni una pizca de gracia que le dé órdenes, pero no te voy a negar que estoy disfrutando de tenerlo a mi disposición durante un breve período de tiempo. Cada vez que le ordeno algo, me gruñe y lo hace con desgana, soltándome, a la mínima que puede, un comentario de los suyos.

—¿Seguro que lo limpias bien? —me pregunta—. Parece que hay más barro que el otro día.

—Se habrá desprendido otro trozo de pared —contesto, haciéndome el sabelotodo.

—No entiendo cómo puede haber ahí abajo un lago.

—Te iba a preguntar si no te habían enseñado en el colegio lo que es un lago subterráneo, pero teniendo en cuenta que aquí no somos buenos estudiantes… Me lo voy a ahorrar.

—¿Y tú sí o qué? —me dice desafiante—. ¿Sabrías explicarme por qué hay agua ahí abajo?

—No —miento—. Yo solo me limito a hacer lo que me ha ordenado el Capitán.

—Oh, claro… El bueno de Aitor, ¡qué obediente! —se burla alzando las manos—. Das asco.

Tengo que confesar que estas frases incendiarias que me suelta Murillo con desgana me recuerdan a las que le decía yo a Oriol en las primeras semanas de Semo y, curiosamente, hago lo mismo que hacía él conmigo: ignorar. Esto me hace pensar en la relación que tenemos Oriol y yo ahora y me planteo que quizás algún día Murillo y yo podamos soportarnos y llegar a ser amigos.

—Acércame el cubo, anda —le ordeno.

Él me hace caso sin rechistar mientras yo comienzo a sacar los filtros que están completamente cubiertos de lodo.

—Joder, me va a hacer falta más agua… Hay demasiado barro.

—Apáñatelas con lo que tienes —me espeta.

—De acuerdo, pero entonces no van a quedar completamente limpios. Si quieres, le explicamos al capitán por qué sigue saliendo barro de los grifos.

Murillo resopla y regresa al almacén por el pasadizo en busca de un par de garrafas de agua. La verdad es que podría limpiar perfectamente los filtros con el agua que tengo, pero teniendo la oportunidad de estar solo durante unos minutos, ¿cómo voy a desaprovecharla?

Me acerco al pozo para asomarme a él e intentar, una vez más, ver el fondo. Pero, como si fuera una garganta que baja hasta las tripas de la tierra, la oscuridad se hace dueña del agujero y me impide ver la altura a la que estoy.

—¡Hoooolaaaa!

El grito que suelto hace que mi voz viaje por las paredes del pozo hasta desembocar en un prolongado eco unos segundos después, descubriendo así de manera acústica la apertura de la caverna. Si mi voz produce eco, significa que el agua no ha cubierto la gruta al completo y que, por tanto, con un buen equipo de escalada podríamos descender hasta ahí abajo para ver qué está provocando lo del barro. Ahora, no me fío de hacerlo teniendo a Murillo como compañero. Lo veo capaz de soltar la cuerda y…

—¿Qué haces? —me pregunta mientras me descubre mirando a la oscuridad del pozo.

—Pensar en cómo podemos solucionar este problema.

—¿Quieres bajar ahí? —me pregunta, sorprendido.

—Si tuviéramos un arnés y unas cuerdas creo que podría bajar por la tubería y ver qué es lo que está haciendo que esto trague tanto barro. Igual se ha atascado.

—Estás loco… —me dice—. Ni se te ocurra decírselo al Capitán. Se va a reír en tu cara.

—En serio, creo que no es tontería planteárselo —insisto—. Igual hay alguna tubería rota o…

—Tú limítate a hacer lo que se te ha ordenado, retoño —me interrumpe.

Yo le contesto alzando los hombros de manera pasivo-agresiva y continúo limpiando los filtros con las garrafas de agua que me ha traído.

Una hora después y con la tarea terminada, subimos al despacho del Capitán para informarle de la situación. Le explico mi teoría acerca del desprendimiento de paredes, incluso que las tuberías estén succionando un barrizal en vez de agua limpia. El Capitán asiente de manera indiferente y nos invita a salir de su despacho para que volvamos con la escuadra. Sin embargo, para mi sorpresa, Murillo le pide hablar en privado.

—Vaya yendo usted con los demás, cabo —me ordena el capitán.

Me despido poniéndome firme y cierro la puerta. Podría hacerle caso e irme inmediatamente con el resto de la escuadra, pero una parte de mí está tremendamente intrigada por saber qué tiene que decirle Murillo al Capitán. Así que me alejo un poco y después pongo sigilosamente la oreja al lado de la puerta.

—He tenido una idea, mi Capitán —anuncia Murillo, orgulloso—. Creo que no sería tontería bajar por el pozo y ver lo que ocurre ahí abajo. Podríamos hacerlo con un arnés y unas cuerdas.

En el rostro se me dibuja una sonrisa de incrédulo. ¿Cómo puede ser tan sinvergüenza este chaval?

Un soldado disfruta mirando a las estrellas

Nos han vuelto a castigar a toda la escuadra. Esta vez la culpa ha sido de Nerea que ha decidido pinchar un poco a Dafne hasta que esta estalló y el asunto ha llegado a las manos (y a los pelos). Estábamos haciendo nuestras labores de reforestación cuando, de repente, Nerea ha empezado a echarle tierra a Dafne con la pala *sin querer*. A la primera, Dafne le ha bufado. A la segunda, se ha encarado. Y a la tercera, se han enzarzado.

Hemos tenido tan mala suerte que esta noche había un problema con los turnos de las guardias, así que lo han solventado repartiéndonos a toda la escuadra por los distintos puntos de vigía. Si algo bueno puedo sacar de todo esto es que me ha tocado hacer patrulla con Oriol. Esto me encanta porque la guardia se convierte en un agradable paseo en el que podemos hablar de nuestras cosas, desconectar del mundo y mirar a esa bóveda estrellada que nos cubre mientras filosofamos.

—¿Te das cuenta de que en unas semanas volverá a pasar el tren por esa vía? —le digo a Oriol mientras señalo el rail por el que viaja el Convoy Errante.

—Pobres chavales… —murmura desganado.

—¿Crees que te llegará alguna carta?

Que Oriol me conteste con un gesto de desgana y se limite a caminar cabizbajo sin despegar la vista del suelo, me hace pensar que algo le ronda en la cabeza.

—¿Estás bien? —le pregunto sin más preámbulo.

—Sí, sí —me contesta con una falsa efusividad—. Estoy cansado, solo es eso.

—Bueno, ya verás cómo con este paseo te despejas —le animo mientras le doy un empujón cariñoso.

La luz del crepúsculo comienza a desaparecer y, con su despedida, llega el frío y esa oscuridad brillante que caracteriza tanto a El Desierto. Jamás pensé que me fuera a encariñar con los paisajes de este lugar. Supongo que es lo que tiene estar encerrado aquí desde hace casi tres meses… Acabas valorando lo que tienes. Pero, sin duda, lo más impresionante es el cielo estrellado que nos cubre. El Desierto no tiene contaminación lumínica; lo único que puede dificultar la observación de estrellas es la bruma de polvo que a veces se forma por las noches. Aun así, el cielo nocturno es un espectáculo en el que se pueden ver hasta las partículas de estrellas y la vía láctea.

—¿Sabes? Me siento superpequeñito cuando me da por observar las estrellas —le confieso a Oriol—. Mira, ahí está el Cinturón de Orión.

Pero él permanece callado, sin ni si quiera molestarse a echar un ojo a lo que digo.

—Creo que son esos tres puntos de ahí —continúo mientras me paro y señalo al cielo—. Nunca la había visto tan nítida. Se puede ver hasta la nebulosa. ¿Sabes lo que es?

Me doy cuenta de que Oriol ha seguido avanzando, sin hacer un esfuerzo por mirar e interesarse en lo que le estoy contando.

—Oye, ¿en serio que no te pasa nada? —le insisto.

—¡Que no, pesado! —me contesta de malas formas—. Déjate de estrellas y vamos a hacer la guardia de una vez. Que cuando antes terminemos, antes nos iremos a dormir.

La conducta de Oriol me deja bastante descolocado. ¿Qué mosca le ha picado? ¿A qué viene esta rabieta? La emoción que sentía hace un momento por pasear con él se ha esfumado de un plumazo. ¿Le habrá dicho algo Murillo o el Capitán? Como ya conozco a Oriol y sé que tiene una mala noche, me limito a seguir caminando en silencio, a esperas de que sea él quien saque un tema de conversación. Pero después de unos cuantos minutos sin que mi amigo tome la iniciativa, comienzo a silbar y a darle empujones cariñosos para relajar el ambiente y animarlo.

—Joder, Aitor, déjame en paz —me suelta, irritado.

—Pero ¿a ti qué coño te pasa? —le pregunto parándome en seco, ya con la paciencia consumida—. ¿Me lo vas a contar o qué? ¿Ha pasado algo hoy con Murillo o con alguien del grupo?

—Te he dicho que no… —contesta con una agresiva condescendencia.

—Oye, relájate, ¿eh? —le digo, ofendido—. Que yo no te he hecho nada.

Oriol resopla y comienza a caminar más rápido hasta el punto que se pone a correr como un loco, como si huyera de algo.

—¿¡A dónde vas?! —le grito mientras lo sigo—. ¡Oriol!

—¡No me llames así!

—¿Y cómo quieres que te llame? —le pregunto sin dejar de correr e intentando no quedarme sin aliento.

—¡Déjame en paz, joder! —me dice, cabreado.

—¡Está bien! ¡Tú ganas! —le contesto mientras me detengo—. Piérdete un rato, anda. Y ya cuando te relajes me dices qué cojones te pasa.

Se detiene unos cuantos metros más adelante, agitado. Cuando me dispongo a avanzar hacia él, veo como va directo y decidido a la valla, estudiándola, como si sus intenciones fueran…

—¡Oriol! —le grito cuando veo que empieza a escalar la verja.

Me pego tal carrera que en cuestión de zancadas estoy agarrándolo por los tobillos para que vuelva a poner los pies en el suelo.

—Joder, Oriol, ¿te has vuelto loco?

—¡Que no me llames así! —me dice—. ¡Suéltame!

La fuerte patada que recibo en el pecho hace que me caiga de golpe y comience a toser. Oriol está completamente desatado y no tengo ni idea de qué cortocircuito se ha roto en su cabeza para que llegue a esta situación. Cuando es consciente del golpe que me ha dado, se gira y me mira desde arriba, aún colgado de la verja.

—¿Estás bien? —me pregunta, preocupado.

—¡Que te jodan! —le grito, aún en el suelo, tosiendo.

De repente, me siento como hace unas semanas cuando me peleé con Murillo y fue él quien intentó tranquilizarme. La diferencia es que en este caso el que está cuerdo y ha recibido de forma injusta un golpe, he sido yo. Supongo que son cosas del karma y de su brillante sentido del humor.

Intento incorporarme, pero me quedo sentado al ver cómo Oriol sigue ahí arriba pegado a la valla, como si fuera un bicho que se ha quedado atrapado en una telaraña. Noto que intenta contener las lagrimas. Puedo sentir cómo está reteniendo el miedo que tiene y ansía desesperadamente alimentar su furia para llenarse de valor y hacer lo que quiere hacer. Pero es incapaz. No ahora, al menos. Oriol se deja caer y comienza a llorar derrumbado en el árido suelo, mientras no deja de maldecir y dar puñetazos a la tierra.

—Ya vale —le digo acercándome para que deje de dar golpes a la gravilla—. ¡Joder, Oriol, basta! ¡Te vas a hacer daño!

Le tengo que agarrar las manos para que deje de autolesionarse.

—No me llames así… —me susurra entre llantos.

—¿Y cómo quieres que te llame? —le pregunto—. Todo esto es muy raro. No entiendo nada. ¿Qué te pasa? Háblame, por favor.

La luz de la noche ilumina el rostro del Oriol cuando lo alza y junta su mirada con la mía. El dolor que escuché en el Asfixiador, lo estoy viendo ahora en sus ojos. Y me destroza por dentro verlo así.

Cuando siento que sus fuerzas han mermado y no pone resistencia, le libero las manos.

—¿Quieres saber por qué estoy aquí? —me pregunta, sollozando—. ¿Quieres saber a quién escribo mis cartas?

—No hace falta que me lo cuentes, Oriol. Eres mi amigo y solo me importa que…

—No me llamo Oriol —me interrumpe.

La confesión me deja completamente descolocado. Como si mis padres me hubieran dicho, de repente, que soy adoptado o algo por el estilo.

—¿Cómo? —pregunto, anonadado y con cierto tartamudeo que no puedo controlar.

—Oriol es… Es mi hermano.

Un soldado siempre tiene secretos

Unai. Ese es el verdadero nombre de la persona que se encuentra ahora mismo en frente de mí. Ni él ni yo nos hemos podido levantar del suelo aún. Permanecemos en silencio. Yo asimilando que mi mejor amigo de El Desierto no es quien creía que era y él…

Él supongo que aliviado por soltar algo así.

—Sé que tendrás muchas preguntas —me dice—. Y quiero contártelo todo. De verdad.

—Estoy deseando escuchar esta historia —le contesto sin dejar de mirarlo a los ojos, con cierto enojo y ansioso por recibir las explicaciones oportunas.

—Oriol y yo somos hermanos gemelos. Fue a él a quien lo destinaron aquí —comienza a relatar.

Me cuenta que su hermano no es un modelo a seguir, que siempre ha ido a su puñetera bola. Y mientras que él ha sido el gemelo *bueno* que estudiaba, sacaba buenas notas y ayudaba a sus padres, Oriol pasaba olímpicamente de todo. Hasta el punto en que tuvo problemas con el tráfico de droga.

—Resultaba bastante irónico que un camello como mi hermano acabara en un desierto como este. Como si el destino se burlara de él y le diera lo que se merece —continúa mientras se pone a dibujar garabatos en el suelo con sus dedos—. Pero a Oriol le cuesta mucho enfrentarse a la realidad. Siempre ha vivido en su burbuja utópica.

—Y huyó, ¿no? —concluyo.

Él asiente. Me explica que fueron juntos al sorteo del Semo. Su hermano estaba inquieto aquella mañana porque una parte de él sabía que algo malo iba a ocurrir y cuando su nombre salió de la lotería… Se marchó.

La cantidad de recuerdos que me invaden ahora mismo me empiezan a agobiar. Me siento tan identificado con el verdadero Oriol… Incluso lo admiro por haber sido capaz de asistir al sorteo. Cada vez que recuerdo la cara de mis padres cuando decidí quedarme en casa… Jamás voy a poder borrar de mi cabeza la tristeza con la que papá me enseñó cuál era mi destino para hacer el Semo. No estaba afligido por mi actitud, sino por lo que me esperaba…

—No supe nada de Oriol hasta tres días después —continúa relatando—. Apareció en nuestro cuarto por la noche, sin que mis padres se enteraran. Y me dijo que no podía hacer el Semo, que se iba a fugar con su novia. Empezó a contarme una historia sobre bajar hasta el sur y de ahí viajar a Marruecos… —hace una pausa, aún conteniendo las lágrimas de dolor—. Yo le dije que estaba loco, que pensara en papá y mamá. ¡No podía marcharse! ¡Mis padres no tenían ni tienen el dinero suficiente para pagar la multa por desacato!

Unai se lleva las manos a la cabeza y comienzo a resoplar. Sus palabras están cargadas de dolor e impotencia. Por cómo habla de su hermano me hace pensar que lo quiere con locura, aún sintiéndose tremendamente traicionado por él.

—Si Oriol no venía, mis padres irían a la cárcel por su culpa. La única forma que tenían de librarse era impugnando la paternidad sobre él. Y jamás serían capaces de hacer algo así. Antes estarían dispuestos a encarcelarse los dos años de Semo que renunciar a su hijo.

—Así que viniste tú en su lugar —remato.

Unai se había librado de hacer el Semo. Su nombre no salió en la lotería. Pero cuando vio que su hermano no iba a cumplir con su deber, no tardó en alistarse en su nombre.

—Pensé que no sería tan malo. Una parte de mí tenía hasta curiosidad… —me dice forzando una sonrisa con la que da la sensación de que esté recordando a ese Unai ingenuo de hace unos meses.

—¿Y cómo conseguiste hacerte pasar por él? —le pregunto, intrigado—. Me refiero, ¿tenéis las mismas marcas?

—No, Oriol no tiene despigmentación —me explica—. Pero somos gemelos. Creo que lo único que nos diferencia es eso. Así que cuando me alisté dije que había sufrido un accidente y que no había actualizado la foto del DNI.

Este tío no ha roto un plato en su vida, me decía a mí mismo hace unas semanas. Y no iba mal encaminado. Unai transmite bondad y valentía. Aún estoy asimilando la historia que me acaba de contar. El sentimiento de decepción y confusión que he sentido cuando me ha dicho que no se llamaba Oriol se ha transformado por completo en pura admiración.

—Menuda historia… —confieso, por fin.

—Ya… Yo tampoco soy muy consciente de lo que he hecho, si te soy sincero. Lo veo todo como en tercera persona, ¿sabes? —me dice soltando otra sonrisa—. En plan: he sustituido al imbécil de mi hermano. Y no sé si eso me hace más imbécil a mí.

—Ni se te ocurra —le ordeno mientras me acerco a él—. No voy a dejar que te insultes y flageles por lo que has hecho. Tu hermano no es consciente de lo afortunado que es por tenerte. Porque además esto no lo has hecho por él. Lo has hecho por tus padres y eso… —Noto cómo las palabras se me entrecortan por un nudo que se me hace en la garganta—. Eso es admirable. Ojalá tuviera el valor que tú tienes, Oriol. Digo… *Unai*. ¡Dios! Se me va a hacer muy raro tener que llamarte ahora de otra forma.

Él me sonríe, aún con los ojos llorosos. Después lanza un suspiro, aliviado. Como si se hubiese quitado de la espalda una carga que ya casi no podía soportar. Pero creo que también respira tranquilo por haberlo compartido conmigo y no haberse sentido juzgado. No hay cosa más triste y dolorosa que juzguen tu vida y tu historia personas que no tienen ningún derecho a hacerlo.

—Vamos —le digo mientras me levanto y le ofrezco mi mano—. Demos un paseo, nos va a sentar bien después de esto.

Él me agarra la mano y continuamos nuestra patrulla. Permanecemos callados mientras caminamos, escuchando solo el silencio de la noche que se rompe con la gravilla que pisamos. Lo miro de reojo y veo que está contemplando el firmamento que nos envuelve. En sus ojos puedo ver cómo el dolor que siente sigue latente, pero también una leve llama que le da esperanza y tranquilidad.

—Son los restos de estrellas muertas —dice, rompiendo el silencio—. Las nebulosas, digo.

—No me extraña que lo sepas si eres tan buen estudiante —le respondo con una sonrisa vacilante—. ¡Y yo aquí dándote lecciones de astronomía!

Los dos empezamos a reír y yo le vuelvo a dar otro empujón cariñoso. Él me devuelve el gesto y comenzamos a vacilar e intentar hacernos cosquillas. No hay cosa ahora mismo que me haga más feliz que verlo sonreír. Más aún después de todo lo que me acaba de contar. Me siento un privilegiado al ver que se ha abierto tanto conmigo y me ha confesado sus secretos. Sin embargo, yo…

—Oye, Aitor —me dice, sacándome de mis pensamientos—. No hace falta que te lo diga, pero no le cuentes esto a nadie, por fa.

—Tú lo has dicho: no hace falta que me lo digas —contesto mientras le doy otro codazo.

—Y también quiero que sepas… —me dice mientras se detiene de golpe y me mira a los ojos—. Quiero que sepas que si te he contado esto es porque no quiero que me sigas llamando como alguien que no soy. Tú, al menos. El resto me da igual cómo me llame. Tú… Tú *me importas*. Posiblemente, seas la única persona con la que puedo ser yo mismo en este lugar.

Los ojos de Unai se vuelven a llenar de lágrimas. Esta vez de emoción. Siento que a los míos les ocurre lo mismo porque empiezo a sentir un nudo en el estómago que me sube hasta la garganta y me cuesta tragar.

La única persona con la que puedo ser yo mismo.

Escuchar esas palabras de su boca me ha puesto los pelos de punta porque, en parte, siento que me ocurre algo parecido: él es el único que me conoce aquí. El único que me puede guiar. Sus consejos y compañía me hacen sentir como si estuviera en casa. O, mejor dicho, como si estuviera en mi cuarto. En mi perfecto y secreto mundo personal.

Conocer a Unai es una de las mejores cosas que me han pasado, no solo en este lugar, sino en los últimos años. Hablar con él se ha convertido como en oxígeno para mí. Siento que tenemos una conexión tan especial que… se ha convertido en una adicción.

Dios, si de por mí fuera haría guardia con él todas las noches, paseando bajo esta bóveda nocturna. Disfrutando de nuestras charlas y confidencias. Solos, caminando por este desierto, con las estrellas como único testigo de nuestros secretos.

No me imagino El Desierto sin él.

—No te ha molestado lo que te he dicho, ¿verdad?

Me doy cuenta de que me he quedado petrificado en el sitio. Callado. Lidiando con todos estos pensamientos, con un cúmulo de emociones que este paraje desértico ha despertado en mi interior. Unai me estudia confundido y algo asustado, intentando descifrar lo que se fragua en mi interior.

Le sonrío.

—¿Cómo me va a molestar? —contesto.

Doy un paso y lo rodeo con mis brazos, llevándolo hacia mí. Él se aferra a mi espalda, de la misma forma que yo lo hago a la suya.

Quiero que sepa que estoy aquí. Que pase lo que pase no me voy a marchar.

Y es entonces cuando lo siento.

Siento que todo se nos derrumba y, a su vez, se nos irradia. Siento que el cariño y el amor que tengo por este chico es algo que nunca había experimentado con alguien. Y lo sé porque, de una forma que no sé explicar, nuestros cuerpos se han fundido en uno, como si nuestras almas se hubieran desnudado y fusionado en los mismos sentimientos.

El tiempo se detiene.

Sobran las palabras y, durante unos instantes, me olvido del mundo y de mí mismo. Solo me refugio en él y en este abrazo. En sentirlo y que me sienta. Porque no solamente dejo que se exprese mi alma, sino también mi cuerpo.

Me separo de él con los ojos llorosos y en su cara puedo ver la felicidad que yo siento. Pero también la confusión.

Jamás me imaginé que un abrazo podía significar tanto.

Jamás pensé que un puñetero abrazo pudiera cambiarlo todo.

¿Cómo es posible que se pueda pasar de la perfecta felicidad al más insoportable terror en cuestión de segundos?

¿Cómo es posible que la vida te pueda dar un giro de ciento ochenta grados en un momento?

¿Cómo es posible... que mi cabeza intente comprender algo que mi corazón no sabe explicar?

¿Qué me ha pasado?

Llevo días en un estado mental que ni yo mismo sé comprender. En mi interior tengo tal cúmulo de emociones y sentimientos que me da vértigo enfrentarme a todos ellos. Siento como si todo lo tuviera perfectamente ordenado y, de repente, un huracán hubiese entrado y me hubiese puesto todo patas arriba.

Quiero comprender lo que me está pasando, pero...

¿Cómo es posible que ahora le tenga miedo? ¿Cómo soy capaz de sentir terror por él cuando antes sentía paz?

Intento comprender lo que me pasa. Darme un baño de lógica y analizar lo que está ocurriendo aquí. Porque esta confusión es culpa de este lugar, de todo lo que vengo arrastrando desde casa, de la vida que dejé allí... De saber quién soy.

No quiero confundir las cosas porque, sobre todo, no quiero hacerle daño. ¡Por Dios! Si hace casi un año estaba saliendo con una chica. ¡No tiene sentido!

Claro que quiero a Oriol Unai. Y sin él, estar aquí no tiene sentido, pero de ahí a... No soy capaz de escribirlo. Porque soy un...

Un cobarde.

Por eso huí el día del sorteo del Semo.

Por eso me aparté de él y me di media vuelta para regresar al cuartel, sin decir una palabra.

Por eso te escribo estas cartas edulcorando la realidad, diciéndome que esto no es tan malo, que se me da bien disparar con el fusil, que me quieren y encuentro mi hueco.

Por eso no quiero hablar con mamá y papá de ti, de lo que pasó.

Porque soy un maldito cobarde.

Aún no soy capaz de despedirme. No quiero decirte adiós, Erika. Porque antes de que te marches, hay demasiadas cosas que quiero vivir contigo. Pero no puedo. Ya no. Te echo demasiado de menos y no sabes la falta que me haces. Me siento tan... tan solo...

Así que dime... Si no soy capaz de asumir que mi hermana mayor ya no está en este mundo, ¿cómo voy a asimilar que me he enamorado de un chico?

Un soldado tiene que esconder bien las raíces

—¿Me estás escuchando?

Despierto del limbo en el que estaba y me encuentro a Nerea fuera del hoyo que acabamos de hacer, mirándome con una mueca que mezcla la confusión con el enfado. Aún tengo la pala en la mano y sigo en el interior del agujero, petrificado.

—No, perdona —le digo mientras le doy la herramienta para poder salir del hoyo.

—Estás de un raro últimamente…

Me sacudo la tierra que me ha caído mientras cavaba y le contesto con un forzado gesto despreocupado. Mientras vamos de camino a donde están los arbolitos que tenemos que plantar, Nerea vuelve a intentar retomar la conversación.

—El caso es que me ha dicho que si quiero acompañarla en su última guardia y pasar la noche juntas.

—¿De quién estamos hablando? —pregunto, confundido.

—¿Me estás vacilando? —me dice mientras se para en seco y me lanza una incrédula mirada—. ¡De Angélica! ¿Has estado escuchando algo de lo que te llevo diciendo durante la última hora?

—¡Ah, sí! Perdona, es que he dormido fatal y…

—Aitor.

Escuchar su voz me corta la respiración de golpe. Y cuando me giro y lo miro a los ojos, sé lo que quiere.

—¿Podemos hablar? —me pregunta Unai.

—Pues… Es que íbamos a por uno de los arces para plantarlo —me excuso—. Quizás en otro momento.

—Os acompaño, que yo también tengo que hacerme con uno.

Suelto un suspiro de paciencia del que se percata hasta Nerea. Me limito a caminar sin decir palabra alguna, dando algo de brío a mis piernas para evitar la conversación con Unai.

—Oye, ¿te pasa algo conmigo? —me susurra, intentando que Nerea no lo oiga—. Desde lo del otro día no me miras ni me diriges la palabra casi ni…

—Está muy raro, ¿verdad? —interviene mi compañera.

—Nerea, no te metas donde no te llaman —le suelto para después dirigirme a Unai—. Y no, no me pasa nada. Simplemente es que estoy…

—¿Cansado? —vuelve a insistir Nerea.

—¡Cansado de ti! —le contesto de mala gana mientras agarro uno de los arbolitos y me lo llevo de vuelta al hoyo.

—Déjame que te ayude —me dice Unai mientras intenta sujetar el tronco del arce.

—No, puedo yo solo. Gracias.

Cuando les doy la espalda, puedo notar las miradas de Unai y Nerea puestas en mí. Una intentando averiguar lo que me pasa y la otra… El otro no sé que tiene en la cabeza. ¿Cómo se le ocurre sacarme el tema delante de Nerea?

Dejo con desgana el árbol en el suelo. Me estiro los brazos e intento crujirme la espalda porque siento una punzada de dolor por agarrotamiento.

¿Qué estoy haciendo? ¿Debería hablar ahora con él? No, no es el momento. Necesito un tiempo.

Tengo que concentrarme en el trabajo, así que comienzo a estudiar el hoyo que hemos hecho y el árbol que he escogido para proceder a su plantación. Esto me viene bien. Necesito hacer cosas mecánicas para entretenerme y estar ocupado, evitando así lidiar con la fiesta de emociones y sentimientos que tengo en mi interior.

—A ti te ha pasado algo con Oriol —me dice Nerea mientras deja en el suelo el saco de nutrientes y abono.

Su deducción me vuelve a sacar de la rutina de trabajo. ¿Cómo lo sabe? ¿Se lo habrá contado él?

—No —le contesto mirándola a los ojos para después volver a darle la espalda y centrarme en el arce.

Comienzo a quitar el papel que envuelve y protege las raíces del árbol. Después, con sumo cuidado, vuelvo a agarrar la planta y empiezo a introducirla despacio en el agujero. Mientras, Nerea va colocando las raíces de tal forma que esté todo bien distribuido. Una vez el árbol está asentado, comenzamos a echar de nuevo la tierra en él, mezclada con el abono.

—¿Sabes? Uno de los problemas que tenemos los hackers es que estamos tan acostumbrados al lenguaje informático que se nos olvida a veces que somos seres humanos —me dice mientras va echando el abono—. Se nos da muy bien observar y deducir cosas, pero lo de comunicarnos…

Nerea hace una pausa mientras espera a que yo eche más tierra para repartir y mezclar el abono.

—El caso es que, te pase lo que te pase con él, háblalo.

—¿Te ha contado algo? —le pregunto.

—No. Es igual de reservado que tú —me contesta—. Pero eres el único de la escuadra con el que habla. Y eso es algo que vemos todos. Estáis los dos muy raros desde hace días. Él está triste. Y tú… Tú pareces haber visto un fantasma.

—Estoy bien —niego mientras cargo con fuerza la pala y echo la arena en el agujero.

Es algo que vemos todos… Noto como se me empieza a hacer un nudo en la garganta. El corazón se me empieza a acelerar. Mis pulmones empiezan a pedir más aire del que respiran. Y yo me limito a echar palas de tierra, una tras otra, en el maldito agujero. Como si cubrir las raíces del árbol, enterrara también mis preocupaciones.

—No pasa nada —me dice mientras me agarra la pala—. Lo sabes, ¿verdad?

—Suelta la maldita pala, Nerea.

Le contesto enfadado porque sé por dónde van los tiros y no quiero hablar del tema. Ella me hace caso y me deja que siga a lo mío. No tardo en rellenar el hoyo y en marcharme de ahí para evitar seguir hablando del asunto.

—Termina de poner las pierdas y el abono —le ordeno mientras me doy la vuelta y me voy andando hacia el cuartel.

Comienzo a caminar por la carretera de arena que se adentra en el bosque de arces. Murillo vendrá a buscarnos en poco menos de una hora, pero yo prefiero ir caminando al cuartel. Necesito estar un rato solo, despejarme.

Tenía tantas ganas de dejar los hoyos que me he traído, sin darme cuenta, la pala conmigo. Intento tranquilizarme, despejar mi mente, pero vuelvo a escuchar su voz.

—¡Aitor! —grita Unai mientras viene hacia mí corriendo.

Yo no me giro, me limito a mirar al frente y continuar caminando por la carretera.

—Vuelve con la escuadra —le ordeno.

Pero él me agarra del brazo y me fuerza a girarme.

—Tenemos que hablar —me dice con unos ojos de tristeza que me obligan a mirar a otro lado.

—No hay nada de lo que hablar.

Porque no quiero hacerlo ahora. No estoy preparado. Le vuelvo a dar la espalda lo más rápido que puedo y retomo mi camino, pero él me adelanta y me detiene otra vez, poniendo su mano en mi pecho.

—Sí que lo hay —me implora.

Unai me contiene como si fuera un muro que está a punto de derrumbarse. Como si quitar la mano supondría que el embalse se rompiera y todo se fuera a la mierda.

—Unai, por favor... —le susurro.

—Ese abrazo... No consigo quitármelo de la cabeza. Y encima me llevas ignorando desde entonces y...

Le doy un empujón y vuelvo a mis andadas. No quiero hablar. No estoy preparado para tener esta conversación. Pero él vuelve a insistir, esta vez con más fuerza que nunca, agarrándome con tanto ímpetu que consigue acercarme a unos centímetros de él. Y yo, como si fuera presa de un campo magnético, me quedo atrapado.

—Aitor, joder, escúchame —me implora sin dejar de mirarme a los ojos—. No quiero que nada cambie entre nosotros, ¿lo entiendes? Ni siquiera por ese abrazo. Tengo muchas cosas en la cabeza ahora mismo y estoy hecho un lío. No quiero cagarla contigo... Lo único que sé y que tengo claro es que te necesito en mi vida. Necesito que volvamos a estar como antes. Y si... —intenta continuar mientras se le cortan las palabras—. Y si hay que olvidar lo del abrazo, se olvida. ¿Vale? Pero no... No me ignores de esta forma, por favor. Porque me está matando.

El claxon del camión que conduce Murillo nos hace girar hacia el cuartel y ver cómo el vehículo viene a toda velocidad en una nube de polvo. Nos echamos a un lado para que pueda pasar, pero este se detiene a nuestro lado.

—¿Qué hacéis aquí? —pregunta Murillo por la ventanilla.

—Iba a hacer pis —miento.

—¿Con la pala? —se burla—. Vengo a buscarte. Así que vacía tu vejiga y súbete al camión, que el Capitán quiere vernos. Y tú —le dice a Unai— vuelve al maldito trabajo.

Un soldado siempre hace caso a su capitán

Los quejidos de la madera anuncian nuestra subida por las escaleras. Yo sigo a Murillo en silencio hasta el despacho del Capitán. ¿Nos querrá dar más responsabilidades? ¿Volverá a ponernos juntos en otra tarea? Suficientes cosas tengo ya en mi cabeza como para agobiarme ahora más de la cuenta con responsabilidades militares que no quiero.

—¡Adelante! —grita el Capitán tras haber llamado Murillo a la puerta—. Tomen asiento, caballeros. *Caballeros* —repite—. ¡Qué lástima que ya no se utilice esta palabra de manera más habitual! Se están perdiendo las buenas costumbres.

—Siempre podemos intentar recuperarla, mi Capitán —añade Murillo en un repugnante intento de peloteo del que se percata hasta Orduña.

—Los he hecho venir porque he estado dándole vueltas a la propuesta de bajar al pozo y... ¿qué demonios? ¡Vamos a intentarlo! —anuncia mientras da un golpe a la mesa con la palma de la mano—. ¿Qué les hace falta?

Murillo me lanza una mirada para que hable por él y mi respuesta se limita a cruzarme de brazos y quedarme callado. ¿No quería llevarse el mérito de todo esto? Pues que hable y le explique al Capitán *mi plan*. ¡Así aprende que hay que saberse las cosas antes de robarlas!

—Murillo —insiste el Capitán—. ¿Qué le hace falta para bajar al pozo?

—¿Bajar, yo? —responde asustado—. No sé si estoy capacitado para…

—Pero, vamos a ver, si fue usted quien me propuso descender para ver lo que ocurre.

—Sí, pero… —contesta cabizbajo—. Para que baje él.

El Capitán resopla y se toca las sienes.

—¿Quién de ustedes dos sabes utilizar arneses, cuerdas y esa clase de material de escalada?

—Yo, mi Capitán —respondo seguro.

—Así que, ¿la idea de bajar al pozo fue suya, soldado? —me pregunta mientras mira de reojo a Murillo.

—Sí, se la comenté a Murillo y me dijo que lo hablaría con usted. Me alegra mucho que decida apostar por nuestro plan. Creo que el problema de abajo es…

El Capitán alza la mano, ordenando que me calle y se centra en Murillo que aún sigue sin despegar la vista del suelo.

—Murillo, regrese con la escuadra y asegúrese de que hayan cumplido sus objetivos del día —le ordena.

—Sí, señor —anuncia Murillo mientras se levanta.

Yo hago lo mismo, pero el Capitán me ordena quedarme. Cuando Murillo cierra la puerta, Orduña se gira y se queda mirando por la ventana unos segundos, pensativo, mientras niega con la cabeza.

—Lamento que Murillo haya intentado marcarse un tanto a tu favor —me dice, tuteándome.

—Señor, creo que ha habido un malentendido. Yo a Murillo le comenté el plan y él…

—Él me lo contó como si fuera suyo —me dice mientras se gira—. Y lo sabes. Sabes que quería robarte la idea para llevarse el mérito. Porque es muy buena, Aitor. No nos vamos a engañar.

El Capitán abre uno de sus cajones y saca de él un paquete de tabaco. Se lleva un cigarrillo a la boca para después ofrecerme a mí otro que rechazo con toda la educación del mundo, aunque me muera de ganas por fumarme uno.

—Murillo es una persona difícil. Me imagino que te habrás dado cuenta ya. Ni su escuadra lo soporta —dice mientras se enciende el cigarro—. Pero no es mal soldado. Le puede la ambición y el poder, sí. Pero cumple con su cometido y aunque no le haga gracia estar contigo en el pozo, lo hace.

El Capitán se vuelve a sentar en su butaca, sin dejar de degustar el cigarro.

—También te digo que si hace estas tonterías de robarte las ideas es porque está celoso de ti. Tú tienes un potencial que él no tiene. Eres buen soldado, buena persona. No solamente cumples órdenes, sino que intentas ir un paso más allá y buscarle sentido a lo que estás haciendo. Te calé desde el primer día, hijo. Mucho ruido, pocas nueces. ¿Recuerdas?

Me siento ahora mismo un suculento filete de carne a ojos del Capitán. Solo le falta relamerse. Parece que siente orgullo de lo que ha ocurrido y está feliz porque la idea de bajar al pozo sea mía y no de Murillo. Veo en sus ojos una extraña chispa de ambición y de esperanza, como si tuviera grandes planes para mí. Estoy agobiado.

No quiero ganarme más enemigos en este sitio. ¿Cuántos Murillos habrá? ¿Cuántos soldados se verán amenazados por las responsabilidades que me dé este señor?

—Ahora quiero que me cuentes bien tu plan, por qué crees que hay que bajar ahí y cómo pretendes hacerlo.

Le cuento lo mismo que le dije a Murillo, pero explayándome más: mis deducciones sobre los desprendimientos, los barrizales, etc. Durante casi una hora, estamos encerrados en su despacho hablando, no solo de lo que ocurre ahí abajo, sino también de mis conocimientos de escalada. Desde que era pequeño, mi madre siempre me llevaba con mi tío a hacer deportes de montaña: desde subir paredes, hasta descender barrancos. Hace años que no practico esta clase de deporte, pero supongo que lo de ponerse el arnés es igual que montar en bici: no se olvida.

Después de la charla, el Capitán me acompaña hasta uno de las armerías y ahí me dice que le pida al encargado lo que necesite para bajar. La soldado tarda en encontrar un poco el material, pero finalmente acaba dándome la linterna, el arnés con su mosquetón y una cuerda larga.

—Hace años que no se utiliza esto —advierte la chica—. Ten cuidado.

Al Capitán parece importarle un bledo mi seguridad porque ignora por completo el comentario de la cabo. Yo lo sigo sin rechistar y justo cuando vamos de camino al sótano, aparece toda mi escuadra con Murillo.

—¿Ya han terminado, soldados? —pregunta el Capitán—. Tienen una hora libre antes de comer. Salvo ustedes dos —nos dice señalándome a mí y a Murillo—. Aitor, usted vaya bajando al sótano con el material. Murillo, venga conmigo antes de ayudar a su compañero.

Compañero. El Capitán cada vez va allanando más el terreno para ponerme a la misma altura que el furriel, como si quisiera ir mentalizándolo de las responsabilidades que me está dando y que dentro de poco seremos iguales. Y lo sé por la mirada que me lanza Murillo cuando desaparece con él.

—¿Te vas a convertir en el deshollinador del pozo?

Cuando me giro, me vuelvo a encontrar con Unai, que me mira sonriente y vacilón. Como si intentara que la cosas volvieran a ser como antes. Yo le devuelvo la sonrisa.

—Eso parece. El Capitán quiere que baje a los lagos subterráneos a ver por qué entra tanto barro en la maquinaria.

—¿Ahora? —pregunta, sorprendido.

—Sí...

Puedo ver cómo Unai baja la cabeza algo decepcionado porque se había hecho las ilusiones de tener un rato libre en el que podíamos hablar. Y yo, en el fondo, preferiría mil veces estar con él y charlar de todo esto antes que bajar por el pozo con Murillo.

—Oye, Unai —le susurro—. Esta noche hablamos de todo, ¿vale? Dile a Nerea que avise a Angélica para que nos dejen subir a la azotea. Así estamos tranquilos.

Él sonríe emocionado, asintiendo con efusividad y se marcha casi dando brincos de alegría, como si fuera un niño pequeño a punto de abrir los regalos de Navidad. Yo dejo que se me escape una boba sonrisa al verlo así y me doy la vuelta una vez que ha desaparecido con el resto de la escuadra.

El poder que tiene Unai sobre mí es algo que me asusta, pero soy adicto a esa sensación. Su felicidad es la mía. Y aunque me aterre hurgar en mi interior y comprender muchas de las cosas que me pasan, en algo estoy completamente de acuerdo con él: es una persona que quiero en mi vida.

Un soldado siempre termina atando cabos

Aún no me he acostumbrado al olor a humedad de este tugurio. La sala del pozo, con su lúgubre luz procedente de las viejas bombillas que cuelgan del techo, no es un lugar en el que me guste pasar mucho tiempo. Entre el moho, lo cargado que está el ambiente y el molesto ruido de la maquinaria, acabas con la cabeza como un bombo.

Todavía estoy esperando a que llegue Murillo, así que mientras aprovecho para estudiar de nuevo el pozo. Enciendo la linterna y apunto la luz al interior de la oscura garganta por la que suben las dos tuberías, sin éxito de ver el fondo. Tampoco es que la luz de la linterna tenga mucho alcance, pero… ¿qué profundidad tendrá? ¿Quince? ¿Veinte metros? No hay documentos que recojan los datos de las obras de perforación que se hicieron aquí. Ni siquiera sé si existen planos del edificio entero. Al menos que estén en El Desierto, claro.

Lo único que se me ocurre para resolver mis dudas es hacer un cálculo aproximado con la cuerda que me han dado, pero primero tengo que saber cuántos metros tiene esta. Así que empiezo a enrollarla desde el codo hasta mi mano, suponiendo que cada vuelta alrededor de mi brazo es un metro.

—Treinta metros —susurro—. Espero que sea suficiente…

Agarro con fuerza uno de los extremos de la cuerda y comienzo a dejar caer el resto para calcular la profundidad del pozo. Si esta se moja o impregna de barro, significará que ha tocado fondo y, por tanto, los metros de cuerda limpia será la distancia que tengo que bajar. Si es que hay suficiente, claro.

La chirriante puerta de acceso me avisa de que alguien ha entrado en el pasadizo que lleva hasta donde estoy. Murillo aparece dando zancadas, cabreado y pegando gritos.

—Pero ¡¿quién cojones te crees que eres?! —me dice mientras me da un empujón.

El traspié que me llevo por poco me hace acabar dentro del pozo. De un salto consigo sortearlo, pero por no perder el equilibrio, tengo que soltar la cuerda y esta, obviamente, desaparece en la oscuridad del agujero.

—Pero ¡¿tú eres tonto?! —le grito—. ¡Mira lo que has hecho! ¡Por tu culpa he tenido que soltar la única cuerda que tenemos para bajar ahí!

—Te gusta lo de mandar, ¿eh? —continúa, ignorando lo que le acabo de decir—. ¿Te la pone dura que el Capitán te vaya a nombrar furriel?

La pregunta de Murillo me deja descolocado. ¿Cómo que *furriel*?

—Pero ¿qué dices? ¡Yo no quiero ser furriel! —le grito.

—¡Y una mierda!

Murillo libera toda su furia y adrenalina abalanzándose sobre mí. Los dos caemos al suelo y él comienza a darme puñetazos como si su vida dependiera de ello.

—¡No me vas a quitar el puesto, hijo de puta! —me grita—. ¡Yo soy el furriel de esta escuadra! ¿Me oyes? ¡YO!

La boca me empieza a saber a sangre. Hago todo lo que puedo por quitármelo de encima, pero me resulta imposible. Comienzo a sentir un profundo mareo que va en aumento con cada nuevo golpe que me da.

—¿Ya te ha dicho que le recuerdas a él? —me dice, refiriéndose al Capitán—. ¿Ya te ha dicho que puedes tener un futuro prometedor aquí?

La envidia que hay en las palabras de Murillo se traducen también en un sentimiento de traición hacia el Capitán, como si esto que me está preguntando se lo hubiera dicho a él tiempo atrás. Intento abrir la boca para contestarle, pero lo único que puedo hacer con tanto golpe es balbucear.

—¿Cómo dices? —me pregunta al cerciorarse de que estoy débil.

—Me… —digo con la boca adormilada y magullada—. Me ha dicho…

Tengo la lengua y los dientes tan inundados en sangre, que me veo obligado a escupir las babas teñidas de rojo para poder continuar hablando. Como veo que Murillo se ha detenido a esperas de que termine mi frase, aprovecho estos segundos de tregua para coger toda la fuerza que puedo y preparar mi contraataque.

—Me ha dicho —formulo por fin mientras le miro a los ojos— que nadie te soporta.

Con estas palabras, la rabia me devuelve las fuerzas y consigo quitarme a Murillo de encima, propinándole un puñetazo en la mandíbula y otro en el estómago. El gesto de dolor que hace me da una oportunidad para lanzarme sobre él y retenerlo mientras le agarro las muñecas.

—Me ha dicho que te puede el orgullo y la ambición. Que a ti lo que te gusta es mandar, pero aun así cree que eres un buen soldado.

¿Sabes lo que yo pienso? —le pregunto, mirándolo como si fuera una presa que voy a devorar—. Que eres un fracaso de persona. Que nadie te quiere porque solo piensas en ti mismo. Que solo mandas para sentirte mejor porque lo que te gusta a ti no es dirigir una escuadra. Es el poder y que te hagan caso. No dejas de ser un niñato consentido que se va a quedar solo en esta vida.

La rabia de Murillo se transforma en dolor y no puede evitar que las lágrimas le empiecen a emanar de los ojos.

—Te voy a matar… —me dice sollozando.

—No, Murillo —le digo mientras dejo de hacer fuerza—. Te vas a matar tú solo como sigas por este camino.

Cuando veo que no pone resistencia, me quito de encima suyo y lo dejo en el suelo, llorando y lamentándose. Me empiezo a tocar la cara con cuidado porque, a pesar de tener partes adormiladas por los golpes, en otras empiezo a sentir el dolor. Me miro el uniforme y veo que tengo restos de sangre en él. Cuando me toco la nariz, me da un punzante dolor con el que casi me pongo a llorar. Estoy seguro de que este imbécil me la ha roto.

—En menudo lío nos has metido —le suelto—. Y encima me has hecho perder la maldita cuerda —le espeto mientras lanzo una mirada al pozo.

Siento que la sangre no deja de emanar de la nariz, como si tuviera una congestión. Tengo que ir a la enfermería a que me curen estas malditas heridas… ¿Qué mierda voy a decirles? Siento lástima por Murillo y no quiero que el Capitán se entere de la paliza que me acaba de dar. Más que nada porque eso me hará ganar más puntos como futuro furriel y es algo que no pienso que ocurra. Pero ¿quién se va a creer que esto me lo he hecho por un accidente?

Me giro a Murillo y veo que sigue en el suelo llorando, escondiendo su rostro en el polvo de la tierra, como si fuera un despojo humano.

—Vamos —le digo mientras le ofrezco la mano—. Levántate.

Sus sollozos se detienen de golpe. Cuando me mira, un escalofrío de terror me recorre la espalda. La mitad de su cara está llena de arena, sus ojos se han hinchado en sangre por culpa del dolor y de la rabia, la boca la tiene llena de babas. El rostro de Murillo es pura ira. Su respuesta es un escupitajo que me lanza a la cara, pero que acaba cayéndome en la mano. Me limpio y, con un gesto de negación, me despido de él.

—Tienes un problema muy serio, tío —sentencio, mientras le paso por encima.

Estoy a punto de sortear el pozo para ir directo al pasillo cuando, de repente, escucho cómo se levanta.

—Aitor —me dice, con una voz calmada.

Cuando me giro, Murillo me da una embestida tan fuerte que me hace caer de espaldas al pozo. El grito que pego se corta de golpe cuando siento como mi cuerpo comienza a golpearse con las tuberías y las paredes del agujero mientras caigo libremente.

Intento agarrarme a las cañerías, pero estoy cayendo de una forma tan descontrolada que me resulta imposible conseguirlo. Noto golpes cada vez más fuertes en mi espalda, piernas, brazos. En mi cara.

De repente, siento como si algo se me clavara en la cabeza y hace que todo se vuelva negro. El tiempo se detiene. Ya no siento que esté cayendo. No oigo ni puedo ver nada en esta perfecta oscuridad. Tampoco huelo ni escucho. Hago por mirarme las manos, pero no siento el tacto de estas. Ni siquiera sé si estoy levitando o es que, directamente, mi cuerpo ha desaparecido.

Es entonces cuando una tenue pero brillante luz aparece frente a mí. Una fuerza invisible me empieza a llevar hacia ella, como si mi cuerpo fuera un trozo de hierro atraído por un imán.

—Enano… —Escucho.

La voz de Erika proviene de esta estrella que tengo en frente. No soy consciente de su tamaño porque no sé si la tengo a unos centímetros o a millones de kilómetros. He perdido por completo la percepción del tiempo y del espacio.

—No tengas miedo, enano.

Con cada palabra que dice, la luz parpadea y se vuelve más brillante.

—Erika… —susurro.

Y entonces veo a mis padres en casa, arropándome cuando era tan solo un bebé. Veo a Erika ayudándome a montar el puzzle que me trajeron los Reyes Magos cuando tenía seis años. Veo a mamá llevándome de la mano durante mi primer día de colegio. Veo a papá tirándose conmigo por el tobogán de nuestro parque acuático favorito.

Pero de repente la luz se vuelve negra y veo a Erika diciéndome que está enferma. Escucho a mamá y a papá llorar a escondidas en su habitación. Veo el hospital en el que la vi por última vez y me vuelvo a enfrentar al recuerdo en el que se despidió de mí.

—Basta… —suplico. No quiero enfrentarme a esto. No quiero.

La luz se vuelve más oscura, pero no deja de iluminarme, como si cada rayo fuera una puñalada de dolor e impotencia. Las voces se han multiplicado. Me veo gritando a mis padres, pegando a mis amigos, huyendo del colegio. Veo cómo me encierro en mi habitación y lloro desconsolado metiendo la cabeza debajo de mi almohada. Siento que me ahogo. Que me vuelve a dar un ataque de pánico, pero esta vez hay tanta oscuridad que no puedo coger aire.

Y entonces aparece él.

Con sus marcas de despigmentación, mirándome por primera vez en el Convoy Errante, asustado porque el tren se había detenido en mitad de la nada. Veo el miedo en sus ojos marrones que los dos compartimos con la primera novatada. Veo nuestro primer paseo por la guardia. Con cada recuerdo que tengo de Unai, la luz se empieza a volver más blanca, cálida y brillante.

Veo la valla.

El cielo estrellado.

El abrazo.

Nos veo fundidos en uno. Aterrados pero tranquilos porque nos tenemos el uno al otro.

Entonces lo veo a él en la azotea. Solo. Mirando al cielo que ha sido testigo de todo. Esperando a que suba a nuestro encuentro.

Y siento una punzada de dolor en el corazón porque eso no va a pasar. La culpabilidad me invade de nuevo porque no he sido capaz de decirle a tiempo que lo quiero. Que me he enamorado de él. No he sido capaz de estar a su altura, de ser valiente y justo con él.

Solo quiero otra oportunidad. Sé que de mi hermana no me quise despedir, pero no me quiero ir sin decirle nada a Unai. Por favor.

—Enano. —Vuelvo a oír.

—No, no quiero. Todavía no, Erika. Mi destino no es este. Yo no…

Dejo de sentir los pulmones. No puedo respirar. Tampoco hablar. El rostro de mi hermana aparece en la luz. Sonriente. Siento su calor. Su paz.

Y lo último que veo es cómo se acerca a mí, me seca las lágrimas, pone sus manos en mis hombros y me dice:

—Cierra los ojos. Respira. ¿Preparado? Uno, dos, tres, cuatro…

Un soldado llamado Unai

Querido Oriol:

Me quiero ir de aquí. Y no te haces una idea de lo mucho que me odio a mí mismo por haber sido tan tonto de haber asumido algo que tú deberías de haber hecho. Tu irresponsabilidad y egoísmo no tienen límites y, por mucho que seas mi hermano, cada vez me cuesta más reconocerte como tal.

¿Cómo has sido capaz de largarte?

¿Cómo puedes tener el estómago para hacer lo que has hecho?

No solo por papá y mamá que, demostrado está, te dan igual. ¡¡Por mí!!

¿Te creías que me iba a quedar de brazos cruzados y dejar que mis padres vayan a la cárcel por culpa de tu cobardía? Siempre que me da el bajón pienso en ellos y en que, gracias a mí, están bien. Pero cada vez se hace más cuesta arriba... Cada vez me importan menos.

Si hubieras sido responsable por una puta vez en tu vida, no habría tenido que sacarte las castañas del fuego.

Otra vez.

No habría tenido que venir aquí.

No lo habría conocido a él.

Y ahora no tendría que echarlo de menos.

Me quema el pecho cada vez que lo pienso. Como si, de repente, me hubieran extirpado un pulmón. Aitor, sin querer, se convirtió en el oxígeno que me hacía respirar en este maldito lugar. ¿Por qué la vida es tan injusta? ¿Por qué el destino quiere que me pasen estas cosas? ¿Sabes qué? Llegué a pensar que, si la vida me había traído hasta aquí, era porque tenía que conocerlo. Pero ¿qué sentido tiene ahora?

¿Sabes qué es lo que más me destroza? Que no llegamos a hablar de lo que nos estaba pasando. Aquella noche iba a saberlo y, quizás, volver a abrazarlo. Esa era mi mayor ilusión: volver a abrazarnos, volver a sentirme tan protegido y a la vez tan protector. Aún no sé en qué momento me enamoré de él. Ocurrió y no lo vi venir. Supongo que eso es lo que tiene el amor de verdad. Que aparece sin avisar... Y se marcha de la misma forma.

Han pasado dos meses desde que Aitor murió. Todavía me cuesta escribirlo. Me cuesta incluso pensarlo. ¿Cómo ha podido morir? Así, de repente. Ya no está. El Capitán nos explicó que fue un accidente. Estaba descendiendo por el pozo cuando la cuerda se rompió y cayó a las entrañas de la Tierra. Murillo fue el único testigo, por eso no me creo que haya sido un accidente. Ese bastardo ha sido la última persona en verlo con vida. Y, lo que más me duele, la última persona que vio Aitor.

Llevo dos meses intentando asumir esto, convenciéndome de que puedo aguantar un año y medio aquí. Solo. Los dos sabemos que eso no va a pasar, Oriol. Yo no estoy hecho para esto. Así que, si por alguna casualidad has vuelto a casa y llegas a leer esta carta, hazme un favor: sálvame, hermanito. Te necesito.

Porque si nadie me ayuda a salir de aquí... tendré que encargarme yo de hacerlo.

Cueste lo que cueste.

Un soldado en busca de la verdad

No han calentado bien mi estofado de carne. La gelatina de la lata de conserva no se ha derretido y transformado en la salsa que debería acompañar al plato. Las patatas, para variar, están duras mientras que la zanahoria se deshace con solo mirarla. Hace unos meses me daba un asco tremendo comer esta mierda, pero a día de hoy mi estómago está más que acostumbrado a ello.

He leído multitud de libros en los que el protagonista, un pobre desdichado sin un duro, lo único que pedía al cielo era llevarse un plato caliente a la boca o un trozo de pan al bolsillo. En El Desierto no sé si prefiero eso o darme una ducha decente.

—Y entonces va y le dice: «¿vas a echar raíces aquí o qué?».

Nando se empieza a reír de su propio chiste, mientras que Tola se limita a resoplar y pone los ojos en blanco. La única a la que le ha hecho algo de gracia es a Dafne quien, como viene siendo habitual, se centra en devorar su estofado sin importarle la temperatura ni el sabor.

—¿De verdad te acabas de inventar un chiste sobre un soldado de El Desierto o te lo han contado? —pregunta Nerea con condescendencia—. Porque es malísimo.

—¡Qué poco sentido del humor tenés, amiga! —suelta Nando—. Desde que se fue tu novia no hay quien te aguante.

—Que te den —le contesta mientras le hace un corte de manga. Después se levanta con brusquedad de la mesa y se lleva su bandeja con la comida aún sin terminar.

Unos días después de la muerte de Aitor, llegaron los nuevos reclutas y se marcharon los yayos. Así que no soy el único que está echando de menos a una persona que ya no está. Nerea no llevó muy bien que Angélica terminara el Semo y regresara a casa. Además, después de haberse despedido con un apasionado beso en público, son numerosos los dedos que han estado señalando a Nerea por el cuartel. Ya sea porque una retoño se ha liado con una yaya o por su orientación sexual.

En cuanto a Aitor, nadie dice nada. Fue un shock para todos durante los primeros días, pero después su nombre desapareció de la boca de mis compañeros. Como si algo en el cerebro les hubiese eliminado el recuerdo que tenían de él. La única que de vez en cuando lo nombra es Nerea. Y lo hace, sobre todo, conmigo.

Cuando terminamos de comer, salimos un rato al patio para disfrutar del tiempo libre que nos queda antes de ponernos otra vez con nuestros respectivos quehaceres militares. Mientras que Tola se vuelve a ir con los yayos y Dafne y Nando se tumban en una sombra para echarse una pequeña siesta, yo opto por ir en busca de Nerea. Me la encuentro apartada en la zona que da al bosque de arces, sentada en el suelo y fumándose un cigarrillo. Sé que lleva fatal los comentarios que Nando le hace respecto a Angélica. No solo por la burla, también por los recuerdos y el vacío que le ha dejado la yaya.

—Pasa de él —le digo mientras me siento a su lado—. No le des el placer de hacerte daño. O al menos que no se te note.

Nerea permanece con la mirada perdida en el bosque de arces, inmersa en sus pensamientos.

—Soy el chiste de todo el cuartel —dice mientras da otra calada a su cigarrillo—. ¿Y sabes qué es lo mejor de todo? Que volvería a repetir ese último beso una y otra vez.

La sonrisa que deja escapar de sus labios delata que se refugia en ese recuerdo siempre que puede, convenciéndose a sí misma de que todo ha merecido la pena. Sus palabras me transportan a aquel abrazo con Aitor… A pesar de que fue uno de los momentos más bonitos de mi vida, no consigo alegrarme por haberlo vivido ahora que ya no está.

—Y también… —añade mientras aparta la vista del bosque y me mira—. También me tranquiliza saber que está en casa. A salvo.

Tengo que apartar mis ojos de ella porque sé lo que me está diciendo con la mirada. Ahora soy yo el que mira al interior del bosque, intentando contener las lagrimas cargadas de dolor e impotencia. ¿Cuándo voy a aceptar que ya no está? ¿Cuándo va a desaparecer de mis recuerdos? Una parte de mí desearía perder la memoria y olvidarlo para siempre, pero la otra se abraza a los recuerdos de tal forma que el dolor se convierte también en una extraña felicidad. Porque, por muy duro que esté siendo esto, haber conocido a Aitor en este infierno es una de las cosas más bonitas que me han pasado.

Nerea me agarra la mano bien fuerte, como si quisiera compartir conmigo su energía al ver que no soy capaz de disimular mi tristeza.

—Supongo que no tengo la habilidad de ponerme una máscara y esconder tras ella el dolor —le confieso dejando que las lágrimas salgan de mis ojos.

—Eso no es una habilidad. Es una maldición —me contesta sin soltarme—. Estamos acostumbrados a lidiar y expresar las cosas buenas que nos pasan, pero cuando algo nos duele, lo reprimimos. Y eso hace que te vaya consumiendo poco a poco por dentro.

—Él me decía que esto era la supervivencia del más fuerte. Y yo le decía que no, que aquí el que sobrevivía era el más listo. —Necesito parar unos segundos antes de continuar, no quiero que esto se convierta en el festival de la llorera—. No paro de preguntarme qué es lo que pasó ahí abajo. Quién fue el listo y quién, el fuerte.

—Hay cosas que es mejor no preguntarse, Oriol —me contesta—. Más aún cuando tienes que ver al otro implicado todos los días.

—Pero quiero saber lo que pasó. Quiero que me mire a los ojos y me cuente la verdad —suelto cortando mis lágrimas de golpe y dejando que la furia me empiece a dominar.

—¿Y luego qué?

—¡Justicia! —grito.

—No existe eso en este lugar.

—Pues habrá que instaurarla —respondo decidido—. Voy a llegar al fondo de este asunto, Nerea. Te lo juro por su vida. He intentado olvidarlo, pero… Sé que la única forma de volver a recuperar el sueño es conociendo la verdad.

Nerea me suelta la mano y deja que su mirada se vuelva a perder en el bosque, como si en el follaje de los árboles fuera a encontrar la respuesta a las preguntas que se está haciendo ahora mismo.

—¿Sabes que fui a un colegio de monjas? —me pregunta—. Su lema era «La verdad os hará libres». Curiosamente, esta frase influyó mucho en que saliera del armario. Otra cosa es que ellas lo aceptaran —dice soltando una tímida carcajada.

—Yo tuve suerte. Nadie le dio importancia más allá del «¡Ah, pues no pareces gay!».

—O el: «Pues conozco a un gay que es muy simpático» —añade ella entre risas.

—«¿Y quién de los dos es el chico y quién es la chica?» —imito con un tono de burla.

Los dos nos quedamos unos segundos en silencio, sonriendo, mirando al bosque. Como si encontramos en los arces una extraña sensación de paz que no puedo explicar.

—*La verdad os hará libres…* —repite—. Creo que los problemas en mi vida empezaron cuando quise descubrir la verdad de todo. ¡Y mira dónde estoy!

—Pero eres honesta con las personas que te rodean —añado—. Y para conseguir eso, primero has tenido que ser honesta contigo misma. Eso es importante.

—Sí, supongo que sí —me contesta mientras se gira y me regala una sonrisa—. ¿Sabes que la primera vez que me derrumbé en este lugar fue con él? Pelando patatas, nada más y nada menos…

—Aitor tenía el don de hacerte estallar cuando menos te lo esperas.

Nerea se queda callada durante unos segundos, como si estuviera ordenando en su cabeza los recuerdos y poniendo calma a los sentimientos que le brotan del pecho.

—Vamos a descubrir qué le pasó —sentencia—. Y después…

Se hace un silencio porque no sabe cómo seguir. ¿Qué pasa si resulta que Murillo lo mató? ¿O qué ocurrirá si me encuentro con que fue un accidente? No lo sé. Lo único que tengo claro es que quiero saber la verdad.

—Y después ya veremos —digo, terminando su frase—. Tenemos unos cuantos meses para averiguarlo, ¿no?

Un soldado aprende a conducir en el Semo

Una de las cosas que haces después de los tres primeros meses como retoño del Semo es aprender a conducir. A la gente le suele emocionar esta idea, pero yo no tengo ningún interés en saber cómo se maneja un coche o, mejor dicho, un camión. ¿Qué sentido tiene gastarse dinero en un vehículo cuando en mi barrio voy andando a todas partes? Además, hoy en día casi todos los coches son automáticos. ¡Y estos malditos trastos de cuatro ruedas que hay en El Desierto tienen marchas!

Nos han dividido por parejas a toda la escuadra, asignándonos un jeep y un recluta experimentado para que haga de profesor de autoescuela. Ahora pasamos las tardes alternando las prácticas de tiro, el trabajo en los hoyos y manejando estos trastos. Al haber entrado un nuevo grupo de reclutas, nos han podido dar más tareas mientras que a los retoños les toca cavar y plantar arces durante tres meses.

—Empieza tú, anda —me dice Dafne mientras se sube a los asientos traseros del jeep.

Me quedo mirando la puerta del piloto, luchando contra la pereza y mentalizándome de que me va a tocar conducir. Tras lanzar un cansado y frustrado suspiro, entro en el coche. A pesar de los meses que llevo aquí, me sigue molestando el olor a rancio y cuero gastado que emana del interior de los jeeps. Con cierto repelús acomodo el asiento a mi estatura y coloco los espejos retrovisores. Finalmente, me pongo el cinturón a la espera de que entre el soldado que me va a formar hoy. Y no pienses que esto es como los coches de autoescuela, que en el asiento del copiloto también hay pedales. Aquí el único que puede frenar soy yo, así que eso aumenta los peligros que suponen las lecciones de conducción.

La Mili, que es así como llamaban al Semo hace muchos años, servía, principalmente, para alfabetizar a los varones, enseñarles a conducir y darles un oficio. En aquella época, muchos de los fontaneros, electricistas o, incluso, conductores de autobús que había, salieron de La Mili. Hoy en día, lo único que sacamos de provecho del Semo es que volvemos a casa, supuestamente, con el carnet de conducir. Porque ya sabes a qué se reduce nuestra labor: plantar árboles.

—Vaya, vaya… Hoy me toca enseñar al mismísimo Freddy Kruger.

La voz de Murillo me pone de punta el vello de la nuca. No por terror, sino por rabia. Como si fuera un gato al que se le eriza el lomo cuando se siente amenazado. No me puedo creer que me vaya a tocar de profesor. ¡Y encima con Dafne detrás! Creo que si estrellara este coche contra un árbol, convertiría al mundo en un lugar mejor.

—¿Vas a arrancar o qué? —me pregunta.

Sin mirarlo, pulso el botón de encendido que activa el motor eléctrico del jeep. Las luces del salpicadero se iluminan y, con un suave pitido, el coche me avisa que ya está listo para avanzar.

—No sé cómo de malo eres conduciendo —me suelta Murillo mientras abre la ventanilla del coche—, así que vamos a hacer el circuito básico. Ve a la entrada norte.

Las únicas veces que los reclutas podemos salir del cuartel son para hacer expediciones y maniobras o para entrenamientos de este tipo. Y mientras que los otros dos jeeps con mis compañeros de escuadra se adentran más en El Desierto, nosotros vamos a dar vueltas estúpidas por la cantina abandonada y la estación del Convoy Errante.

Mientras hago el insulso circuito en forma de ocho, Murillo no deja de silbar una molesta canción que lo único que hace es agotar más mi paciencia. Procuro concentrar todos mis sentidos en la conducción del vehículo y me limito a seguir en silencio.

—Vamos a simular un «ceda el paso» —anuncia—. ¿Sabes lo que es?

—Sí —contesto tajante.

—A ver si es verdad —me desafía—. Hazlo en ese cruce, anda.

Con todo el cuidado del mundo, reduzco el coche a la marcha más baja y me detengo, simulando que miro los posibles vehículos que puedan venir. Después, vuelvo a reanudar el camino.

—¡Mal! —me grita—. ¡No puedes pararte en un «ceda»!

—¿Y si viene un coche? —pregunto con condescendencia.

—¡Pues te paras!

—Pero si me has dicho que no me pare… —le contesto.

—Reduces a primera y sin que las ruedas del coche se lleguen a detener, miras si viene alguien —dice mientras alza las manos—. Ya lo entenderás con el tiempo, Freddy. Vamos a dar otra vuelta, que veo que esto de ceder el paso es un nivel muy avanzado para ti.

Agarro el volante con fuerza, concentrando mi furia en él, mientras procedo a hacer de nuevo el circuito del ocho.

—¿Tú también eres tan mala? —pregunta Murillo a Dafne.

—A mí háblame cuando esté ahí sentada —le contesta de mala gana.

Murillo se empieza a reír, como si estuviera consiguiendo lo que busca.

—¿Os he dicho ya que sois la peor escuadra de El Desierto? —nos dice con su repugnante tono de superioridad, como si fuera un profesor malvado y amargado—. Caváis mal, disparáis mal y de conducir no hablemos. ¡Me estoy jugando la vida por estar con vosotros en este coche! Por suerte, la selección natural está haciendo su trabajo. Ya solo quedáis cinco.

El fuerte frenazo que doy hace que Murillo se choque contra el salpicadero por no llevar el cinturón. ¿Acaba de decir lo que creo que acaba de decir? ¿Este sinvergüenza y asesino acaba de soltar este comentario tan horroroso sobre Aitor?

—Pero ¡¿qué cojones haces, Freddy?! —me grita, aún con las manos puestas en el salpicadero—. ¡No frenes de esta manera, imbécil!

Yo sigo aferrado al volante, agarrándolo con tanta fuerza que temo que se vaya a partir. Murillo no deja de gritarme e insultarme, pero no le presto atención porque ahora mismo mi cabeza solo piensa en una cosa: el asesino de Aitor está sentado a mi lado.

—¡Pienso hablar con el Capitán para que no te deje tocar un trasto de estos en tu puta vida! —continúa él.

—¿Sabes qué es lo primero que hay que hacer cuando te subes a un coche? —le pregunto sin quitar la vista del horizonte—. Ponerte el cinturón.

Las ruedas del jeep empiezan a girar a tal velocidad que el tirón que da el vehículo vuelve a colocar a Murillo contra el asiento. Mi pie ha pisado a fondo el acelerador y he sacado el coche de la ruta, llevándolo en línea recta sin un destino. El jeep va cada vez más deprisa, como si fuera un avión que está intentando alcanzar la velocidad adecuada para el despegue.

—Oriol, para —me ordena.

Pero yo no le hago caso. Porque, para empezar, no soy Oriol. Ya estoy harto de escuchar el nombre de mi hermano una y otra vez.

Sigo con el pie puesto en el acelerador, sin dejar de observar cómo la aguja del velocímetro va señalando cada vez números más grandes.

—¡ORIOL! —me insiste.

El tono de voz de Murillo ha pasado de la superioridad al terror. Puedo olerlo. Si el miedo se pudiera degustar, me estaría relamiendo ahora mismo con él.

—¡Oriol, para el coche! —me grita Dafne por detrás.

Sigo concentrado en la carretera, mirando ese horizonte por el que sueño escapar algún día. La adrenalina que me posee ahora mismo es fruto de esta sensación de poder y, sobre todo, de la libertad. Puedo conducir un coche de estos y huir hasta donde me lleve. Puedo volver a casa.

—¡Barranco! —anuncia Murillo—. ¡Para el coche, ya, por favor!

—Sabes que no le llegabas ni a la suela de los zapatos, ¿verdad? —le digo refiriéndome a Aitor.

—¡Oriol! —grita Dafne mientras señala al horizonte.

El frenazo que pego, acompañado del giro de volante, hace que el coche comience a derrapar. La nube de polvo que nos envuelve me quita toda la visión. No veo nada. Quizás nos caeremos al precipicio y estas son las últimas personas que veo en mi vida. Pero me es indiferente. ¿Sabes por qué? Porque al menos arrastro a Murillo conmigo.

Cuando el coche se detiene, estamos a unos pocos metros del pequeño barranco que se abre en las entrañas de la tierra. Lo primero que hago es quitarme el cinturón y salir del coche, acercándome hasta el borde del precipicio por el que he estado a punto de tirarnos. Se trata de un pequeño y profundo cañón; no muy ancho, pero sí lo suficiente como para que el coche se hubiera caído en él.

—¡Estás loco! —me dice Murillo mientras sale del jeep en estado de shock—. ¡Loco! ¿Qué mosca te ha picado? ¡Podrías habernos matado!

—He frenado, ¿no? —le suelto sin dejar de mirar al abismo—. No sabré hacer el ceda al paso, pero creo que lo de acelerar y frenar lo tengo controlado.

—Esto no va a quedar así… ¡No va a quedar así! Pienso informar al Capitán de tu conducta y que te metan en el Asfixiador durante siete días por intentar matar a un furriel.

—Tiene cojones que hables tú de matar a gente… —murmuro.

—¿Qué has dicho? —me pregunta.

Limito mi indiferente respuesta a levantar los hombros sin dejar de concentrarme en el paisaje. Me están entrando unas ganas tremendas de empujarlo por el precipicio y que se pierda en las profundidades del cañón.

—¡Que qué has dicho! —grita mientras me agarra del hombro.

—¡No me toques! —le contesto de mala gana.

—¿O qué? —me encara.

—Em… chicos —interviene Dafne.

—¿Eh? —me insiste Murillo ignorando a mi compañera—. ¿Qué vas a hacerme? —me dice dándome otro empujón en el hombro.

—¡Chicos! —grita Dafne.

—¿¡Qué?! —responde Murillo girándose con brusquedad.

Cuando miro a Dafne, veo que está señalando un poste de madera con varios palos que forman una estrella. Como si fuera una primitiva señal que nos quiere advertir de los peligros que están más allá del cañón.

—¿Qué es esto? —pregunta Dafne asustada.

Murillo y yo nos acercamos poco a poco al objeto para estudiarlo de cerca. Los palos que forman la estrella de David están atados entre ellos con cuerdas de distintos colores, teñidas de rojo, blanco y azul. De cada punta de las estrellas cuelgan varios hilos con huesos de animales.

—Meteos en el coche —nos ordena Murillo—. ¡YA!

Dafne hace caso, pero yo me quedo unos segundos más contemplando el objeto que, sin duda, simboliza lo que los tres creemos.

—Lo han hecho ellos, ¿verdad? —pregunto—. Los Salvajes.

—Oriol, metete en el coche de una puta vez.

—¿Qué significa? —pregunto.

—Que estamos en su territorio —sentencia—. ¡Vámonos!

Un soldado siempre piensa en los demás

Al salir del jeep, Murillo me agarra por la pechera con fuerza y me empotra de forma brusca contra el vehículo.

—Como se te ocurra volver a desobedecerme, te encierro en el Asfixiador una puta semana, ¿me has entendido? —me dice sin dejar de mirarme a los ojos—. ¡Te he preguntado si me has entendido, Freddy!

Cada vez que me llama así, siento como si mis venas fueran a explotar por culpa de la rabia que las recorre. Sin embargo, una parte de mí está disfrutando con esto. He asustado a Murillo, se ha visto amenazado por mí. Y verlo así es una de las cosas más satisfactorias que me han pasado en las últimas semanas. Me siento como un niño que ha jugado por primera vez con un mechero y ha disfrutado prendiendo fuego una hormiga. Y quiero más. Aun así tengo que tranquilizarme. Encararme de nuevo con Murillo va a empeorar las cosas, aunque dudo de que tenga la potestad para encerrar a alguien en el Asfixiador.

—Y ni se os ocurra decir ni una palabra de lo que hemos visto —añade refiriéndose a la señal de los Salvajes—. Por tu culpa, nos hemos salido de los límites permitidos. No deberíamos haber acabado ahí.

—Bueno, me toca conducir a mí, ¿no? —interrumpe Dafne.

Murillo me suelta de golpe y se gira hacia mi compañera que permanece completamente pasiva a las amenazas y advertencias del furriel.

—Que os jodan a los dos —sentencia mientras levanta el dedo y se marcha.

—Pero ¿nos vas a dejar aquí? —grita Dafne mientras ve como Murillo se aleja—. ¡Oye!

Yo sigo completamente indiferente a lo que hace Murillo y dejo que mis pensamientos se pierdan mientras fijo la vista en el horizonte. ¿Qué querrá decir esa señal de los Salvajes? No sabía que ellos también tenían unos límites que marcaran su territorio. Una señal es sinónimo de comunicación, por lo tanto estamos ante unos salvajes que, tal vez, no sean tan salvajes. Nos están advirtiendo que esa es su zona, del mismo modo que nosotros lo hacemos con las vallas que cercan el cuartel.

¿Qué pasaría si alguien cruzara los limites de los Salvajes? ¿Nos atacarían? ¿Aprisionarían? ¿Habría alguna forma de pasar inadvertido?

—Pues nada. A esperar al resto —dice Dafne mientras se sienta encima del capó del coche y se comienza a quitar la camiseta para tomar el sol—. Oye, ahora que estamos tú y yo solos, ¿te puedo hacer una pregunta?

—Ya me la has hecho —respondo.

—¿Por qué tienes esas marcas en la cara? ¿Te quemaste en un incendio o algo así?

—Pues la verdad es que…

¿Tengo ganas de explicarle a esta muchacha lo que es la despigmentación? La única persona que sabe que me llamo Unai está muerta. Sinceramente… ¿quiero contar la verdad? Puedo ser quien me dé la real gana. Ni siquiera tengo que hacerme pasar por mi hermano, lo único que necesito de él es su maldito nombre.

—Fue ácido —le explico.

—¿Ácido? —me pregunta, anonadada—. ¿Eso te lo hizo una droga?

Ya sabía que esta mentira iba a ser demasiado culta para ella. Me estoy arrepintiendo de no haber ido por el camino del incendio.

—No, la droga no. El compuesto químico. Mi padre era… —digo mientras improviso la historia a medida que hablo—. Un científico que experimentaba con… la resistencia de los metales. Un día se llevó el trabajo a casa y acabó produciendo una reacción gaseosa que me hizo esto.

—Qué hijo de puta —me suelta—. Lo odias, ¿verdad?

Su reacción me deja desconcertado.

—¿A quién? —pregunto, confundido.

—A tu padre. Por haberte dejado así —me contesta mientras me señala la cara con un gesto de desagrado.

—Em… Sí, mucho —le digo siguiéndole la corriente.

—Ya, te entiendo perfectamente.

Dafne se refugia en el silencio y se queda mirando al cielo, carente de nubes. Como si la conversación le hubiera despertado sentimientos que tenía guardados. Como si, de repente, se hubiera sentido identificada con mi mentira, transportándola a su casa mentalmente.

—Tu padre también te echaba… ¿ácido? —pregunto con cierto miedo.

—No, no. Mi padre no hace ciencia ni nada de eso. Es un fracasado. Por su culpa, mi madre se fue de casa —me confiesa sin dejar de mirar al cielo.

—Vaya… Lo siento…

—No es culpa tuya.

Me sorprende ver a Dafne tan abierta conmigo. Siempre ha sido una persona que llama la atención por el carácter que tiene y lo mucho que se ofende por todo. Así que es sorprendente ver que tiene un lado sensible con sus problemas personales y sus batallas mentales y emocionales. Como si fuera un aguacate rugoso, con una piel dura, áspera y desagradable, tras la que se encuentra un interior blando.

—Tampoco lo odio tanto… —añado, intentando restarle importancia al asunto—. Cometió un error que me ha afectado a mí de por vida, pero… no es el fin del mundo.

—Solo te ha dejado la mitad de la cara jodida —ironiza.

—Bueno, a mí me gusta. Y no puedo hacer nada por quitármelo, así que mejor aprender a vivir con ello, ¿no? —le digo con un tono lo más optimista posible—. Esto no es ninguna desgracia. Soy yo, forma parte de mí y me gusta que sea así.

Dafne me mira de reojo, estudiándome de arriba abajo con algo de incredulidad. Después empieza a reírse a carcajadas.

—Fan total —me suelta—. Si está muy bien que te quieras, querido. Pero… Sigues teniendo la mitad de la cara quemada. ¿Y quién tiene la culpa de eso?

Intento contener el resoplido en el que se me va a ir la poca paciencia que me queda y me armo de temple para volver a explicarle a Dafne el meollo del asunto.

—Nadie, Dafne. Eso es lo que intento decirte. No responsabilizo a nadie de lo que me pase porque eso generaría en mí un odio y una frustración que me estancaría de por vida. Culpar de lo que no te gusta a alguien es igual que estar todo el rato preguntándose por los posibles futuros o pasados que podrías haber vivido. ¿Qué hubiera pasado si mi padre no hubiera hecho el experimento? ¿Qué hubiera pasado si no hubiese hecho el Semo? ¿Qué hubiera pasado si no hubiera llevado el coche hasta el precipicio?

—Pues que yo estaría conduciendo ahora.

—¡O no! ¡No lo sabes! No sabes qué hubiera pasado si yo me hubiese limitado a hacer el circuito que Murillo quería que hiciese. Es más, si quieres conducir puedes hacerlo. Las llaves están puestas.

Dafne me vuelve a mirar, estudiándome el rostro, como si intentara verle el lado positivo a mis queridas manchas de despigmentación.

—¿Qué hubiera pasado si tu madre no se hubiera ido de casa?

Puedo ver cómo mi pregunta se le clava en el corazón porque vuelve a apartar la mirada y a centrarse en el azulado firmamento que nos cubre.

—No lo sé —sentencia—. Supongo que… Que yo hubiera acabado aquí de cualquier forma.

—Tampoco lo sabes.

Me siento ahora mismo como si fuera un domador de leones que acaba de amansar a esta bestia parda responsable de gran parte de los castigos que nos han puesto. Así que, confiando en mi hazaña, me subo al capó del coche y me tumbo a su lado a contemplar el cielo.

—Eres un tipo muy extraño, Oriol —me confiesa—. Pero me caes bien. A todo el mundo le caes bien. ¿Qué has hecho para acabar aquí?

El resoplido que suelto es por culpa del peso que soporto cada vez que me toca enfrentarme al pasado, a las preguntas y a la verdad. Cada vez que me llaman Oriol, se enciende en mi interior un impetuoso fuego que me va quemando cada vez más. Porque esa misma pregunta que me hace Dafne, me la hago a mí mismo todas las mañanas: *¿qué he hecho yo para acabar aquí?*

—Pensar en los demás antes que en mí —le suelto.

—Y eso es… ¿malo? —me pregunta ella.

—Lo peor de lo peor —contesto.

Querido Oriol:

Llevo unas semanas dándole vueltas a la idea de largarme de aquí. Desde que vimos aquella señal en el borde del cañón, no he dejado de preguntarme qué clase de monstruos son los Salvajes. No nos hemos vuelto a topar con ninguno desde aquella primera guardia que hicimos Aitor y yo por la valla norte. Y, en el fondo, la criatura no quería atacarnos. Tan solo cazar esa serpiente. Es más, se podría decir que aquel Salvaje le salvó la vida a Aitor. O se la alargó un poco, más bien... El caso es que, ¿quiénes son? ¿Qué hacen? Estamos dando por hecho que viven aquí, pero... ¿y si al igual que nosotros tienen un hogar? ¿Existiría otra forma de volver a casa más allá del Convoy Errante?

Te juro, hermano, que me entran ganas de escaparme en una de las guardias que haga. Echar a andar y ver qué pasa. Pero aún no he perdido la cordura y no me voy a dejar llevar por los impulsos que me dan. Todavía tengo la esperanza de que leas mis cartas y sepas hacer lo correcto. También es cierto que no te veo capaz de estar fuera de casa tanto tiempo. Ni a ti ni a Sophie. ¿Cuánto tiempo vais a ser capaces de aguantar allá donde estéis? Os tendréis que poner a trabajar ambos para llevaros pan a la boca y tú lo de trabajar... Difícil. Salvo si es un buen cargamento de droga, ¿verdad?

Pero ¿qué estoy diciendo? Perdóname, hermano. A veces no me reconozco. Es cierto que este lugar te cambia... Desde que pasó lo de Aitor siento que, dentro de mí, hay un extraño que se hace más fuerte con cada día que pasa. Como si mi alma se hubiera vuelto adicta a la rabia y al dolor. Hay veces que no lo controlo. No pienso las cosas antes de decirlas... Me siento como si fuera el Doctor Jeckyll a punto de transformarse en Mister Hyde.

¿Será ese mi destino en este desierto?

Un soldado tiene prohibido ir a hurtadillas

Despierto en mitad de la noche. No sé cuántas horas faltan para que salga el sol, y menos para que suene la sirena de «buenos días». Cada vez me resulta más habitual enfrentarme al insomnio. No recuerdo lo que sueño. No sé si son pesadillas, pero sé que cuando abro los ojos no los voy a poder volver a cerrar hasta que el sol se vuelva a ocultar. Empiezo a dar vueltas en mi litera, como si en algún recoveco del colchón o bajo la almohada fuera a encontrar de nuevo la somnolencia, pero mi cerebro está tan espabilado que la cantidad de pensamientos que me acechan me lo impiden.

Decido levantarme con cuidado y aprovechar la vigilia para ir al baño. Los silenciosos pasillos del cuartel están únicamente iluminados por unas tenues luces, como si fueran las velas que se utilizaban antaño cuando no había electricidad. La magia se rompe cuando entro en el servicio y un sensor enciende la violenta luz blanca que inunda toda la estancia.

Después de vaciar mi vejiga en uno de los urinarios, me acerco al espejo y me echo un poco de agua fría en la cara. Las ojeras que se dibujan en las cuencas de mis ojos, así como la hinchazón de mis párpados delatan que habré dormido un par de horas como mucho. Pero no tengo sueño. Estoy demasiado despierto. Y no quiero volver a la cama para seguir dando vueltas.

Decido ir a la azotea del edificio, para ver si con un poco de suerte consigo conciliar el sueño mirando las estrellas. Subo con sumo sigilo las escaleras de madera, haciendo lo posible para que no crujan y abro la puerta del tejado despacio para que no chirríe.

Sentir el aire fresco y renovado hace que mis pulmones se hinchen y, de alguna forma, siento que me purgo. Como si estar en este edificio me ahogara cada vez más, como si cada bocanada de aire que diera cada soldado de El Desierto cargara más el ambiente y agotara el oxígeno.

La noche me da paz, tranquilidad e intimidad. Supongo que me recuerda a Aitor. Me sigue impactando pensar que hace unos meses era él quien se apoyaba aquí arriba conmigo y esto hace que se me remuevan un montón de recuerdos... ¿Cómo es posible que en tan poco tiempo me haya podido impregnar tanto de una persona? El vacío que me ha dejado es inexplicable. Siento que una parte de mí ha muerto con él. Siento que una parte de mi alma fue engullida por ese pozo y permanece enterrada en las entrañas de este maldito lugar.

—¡Eh, tú!

Se me habían olvidado las guardias que hacen los soldados aquí arriba. Cuando estaba Angélica, subíamos con toda la tranquilidad del mundo. Ahora tengo que explicarle a este tío qué estoy haciendo aquí y convencerlo para que no dé parte de ello.

El soldado me alumbra con la linterna que lleva mientras se acerca a paso ligero a mi posición. Yo no me inmuto, ni siquiera intento girarme.

—No puedes estar aquí —me dice cuando llega a mi posición—. Está prohibido.

—Ya, lo sé... —le contesto aún dándole la espalda—. Es que no podía dormir.

Maldigo no haberme traído el paquete de tabaco para sobornarlo con un par de cigarros y que me deje tranquilo.

—Tienes que irte —me ordena.

—Solo necesito...

Cuando me giro y veo al soldado que tengo en frente, no puedo terminar la frase. Su cabello negro azabache, la piel morena por culpa de las horas que ha pasado cavando hoyos a merced del sol, esos ojos verdes de ciencia ficción, la barba incipiente que recorre todo su mentón y limita la comisura de sus perfectos labios. ¡Qué bien le ha quedado siempre el uniforme amarillo!

—Tienes que irte de aquí, Unai —me dice Aitor mientras da un paso más y se pone a unos centímetros de mí.

Puedo sentir el calor de su cuerpo y de su aliento. Contengo la respiración como si se fuera a desvanecer su imagen con tan solo un soplido. Y entonces, sin decir palabra alguna, volvemos a abrazarnos y a fundirnos el uno en el otro.

El tiempo se detiene y me concentro en sentir cada parte de él. El deseo se empieza a transformar en pasión. El cariño, en amor. Cada vez nos aferramos más fuerte, como si intentáramos fusionarnos en uno. Como si de ello dependiera nuestra vida.

Cuando estoy a punto de acariciar su rostro y a tan solo unos milímetros de juntar sus labios con los míos, Aitor desaparece.

—¡EH!

El grito me hace abrir los ojos del sueño que estaba teniendo despierto. En el lugar donde estaba Aitor me encuentro a otro soldado que no conozco.

—¿Qué haces aquí? ¡Está prohibido subir a la azotea! —me espeta—. Voy a tener que dar parte de ello, cabo.

—Por favor... —suplico—. No podía dormir, me he agobiado y...

—No es mi puto problema.

Lanzo un resoplido y, sin decir nada, me dispongo a ir a la puerta por la que he entrado, pero el soldado me lo impide dándome un empujón.

—¿A dónde crees que vas?

—A mi cuarto.

—Antes me tienes que dar tu número de identificación —me ordena mientras me mete la mano en el cuello para sacar la chapa de identidad.

—No la tengo, me la he dejado en mi cuarto —confieso—. Junto al tabaco.

Veo el destello que buscaba en los ojos del soldado. Este destello de lucidez que tiene la gran mayoría de fumadores, desesperados por hacerse con la mayor cantidad de cigarrillos.

—Si me dejas, puedo bajar en un momento a por ello —le oferto indirectamente.

—Quiero cinco cigarrillos.

Asiento conforme con el trato y regreso por donde he venido, no sin antes advertirme que como no regrese me buscará por todo el cuartel mañana hasta dar conmigo. Indiferente a sus amenazas, bajo de nuevo las escaleras con sumo cuidado, pero justo cuando estoy en el pasillo de los oficiales, escucho la voz de una mujer.

—¿En qué estás pensando? —dice ella, en un tono de voz de reproche—. ¿Sabes en la que nos puedes meter? No voy a consentir bajo mi maldito mandato que algo así pueda ocurrir.

Aunque el sonido esté acolchado por las paredes de una de las habitaciones, puedo reconocer la voz de la Coronel.

—Amaia, me conoces —le contesta el Capitán—, y sabes que no haría nada si no estuviera completamente seguro de…

—¿De qué? ¿De que no va a decir nada? Por Dios, Orduña… ¡Son delincuentes! ¡No se está acostando contigo por placer! ¡Abre los malditos ojos!

Se hace un silencio entre los dos y yo, en vez de seguir mi camino, decido acercarme un poco más para pegar la oreja y escuchar mejor la conversación.

—Quiero que pongas fin a esto —le ordena ella.

—Sí, mi coronel.

—Suficiente tenemos ya con lo del cabo Murillo y el pozo.

El corazón me da un vuelco al escuchar el nombre del furriel y la palabra «pozo» en una misma frase.

—¿Se sigue hablando de ello? —pregunta el Capitán.

—Ha causado revuelo, sí —confiesa ella con un suspiro—. Asesinato, accidente, ¿qué más da? ¡Son todos unos malditos delincuentes! Por eso se los envía aquí. A la sociedad debería de darle igual. Son jóvenes que no valen nada. Simples peones. Fundamentales, eso sí, para lo que estamos haciendo *aquí*.

—No era un mal chico —dice el Capitán refiriéndose a Aitor.

—Tampoco tenía que ser bueno si lo han destinado a El Desierto —añade—. De todos modos, tendríamos que averiguar si Murillo lo tiró o no.

—¿Va a influir en algo? —pregunta el Capitán.

—Si siguen pidiendo explicaciones, habrá que dar la cabeza de alguien —anuncia—. Si es un accidente será la tuya. Si es un asesinato…

El crujido de la madera que piso calla de golpe a la Coronel. En cuestión de segundos estoy bajando las escaleras hacia mi pasillo.

Puedo escuchar cómo a mis espaldas se abre la puerta de la habitación del Capitán para comprobar la fuente del ruido. Comienzan a caminar, como si pudiera seguir mi rastro. Yo me meto en el baño de nuevo porque sé que, si continúo hasta el cuarto, me van a ver. Entro corriendo en uno de las retretes y cierro la puerta. ¿Pero la luz? Se van a dar cuenta de que hay alguien aquí dentro. En un último intento por salvarme el cuello, tiro de la cadena como si acabara de hacer mis necesidades y salgo al lavabo para asearme las manos. La puerta del baño se abre de golpe y aparece el Capitán.

—¿Qué hace despierto, cabo? —me pregunta con un tono de voz grave y amenazante.

—Tenía que ir al servicio, señor —contesto.

Él se percata del sonido de la cisterna y, por un momento, parece que lo convence. Aún así da un par de pasos hasta mí, como si fuera un león a punto de atacar a su presa.

—No me estará mintiendo, ¿verdad?

—No, señor —le digo con toda la inocencia del mundo—. ¿Por qué iba a hacerlo?

El Capitán se toma unos segundos más para estudiarme. Sé que nunca he sido de fiar para él. Más que nada porque creo que sabe que escondo varias cosas. Siento que no me considera otro delincuente más.

—Debería dormir más, cabo —me dice mientras se da la vuelta—. Esas ojeras que tiene lo delatan.

El Capitán desaparece por donde ha venido y yo me permito derrumbarme un momento después del subidón de adrenalina que me ha dado. Si pretendía conciliar el sueño, ahora puedo olvidarme de ello.

Un soldado nunca debe hacer de verdugo

—¿¡Qué me estás contando!?

Nerea eleva tanto la voz que le tengo que chistar para que el resto de soldados que están disfrutando de su hora de descanso no se fijen en nosotros. Estas cosas de hablar a escondidas me ponen paranoico, aunque estemos apartados de la escuadra y del resto de soldados. Su reacción al contarle lo que escuché ayer en la habitación del Capitán la ha dejado completamente atónita.

—¿Sospechan que ha podido ser Murillo y no han hecho absolutamente nada? —me susurra, intentando controlar el volumen de su voz por culpa de la indignación que transmite.

—Eso parece —contesto cabreado—. ¿Cómo no va a estar esto lleno de delincuentes si sus directivos también lo son?

—Lo dices como si tú estuvieras aquí por ciencia infusa —me espeta.

—Ya me entiendes… —le contesto, intentando salir de la malparada frase que he soltado.

Cada vez me cuesta más seguir tras la máscara y el personaje de Oriol porque no actúo como él. Sobre todo con Nerea. Uso el nombre de mi hermano, pero no sigo sus pasos y tampoco me comporto como lo haría él. Así que esto hace que, de vez en cuando, meta la pata soltando frases que desentonan con el ambiente de este lugar.

—¿Tú qué es lo que quieres? —me pregunta Nerea—. ¿Justicia? ¿Venganza?

—¡Quiero la verdad!

—Eso es algo demasiado utópico. Y más aún sabiendo que los de arriba lo están encubriendo. Piensa en ti. ¿Qué te daría una paz mental?

—Que Murillo confesara —sentencio.

Nerea se queda pensativa durante unos segundos. Después se pone de pie y comienza a caminar de un lado a otro, como si fuera el mismísimo Sherlock Holmes intentando dar con la solución del caso.

—¿Cómo puedes hacer que una rata te diga que es una rata? —murmulla mientras se rasca el mentón.

—Hay que hacerle chantaje.

—Bueno, pero ¿cómo? ¿Qué podemos tener contra él para que confiese lo que hizo? Me refiero: ¿qué puede ser peor que que te acusen de asesinato?

La pregunta que plantea Nerea tiene toda la lógica del mundo. ¿Cómo podemos dar con el mayor temor de Murillo? ¿Qué podemos usar en su contra para que asuma la responsabilidad de la muerte de Aitor?

O quizás… Podríamos utilizar el ego de Murillo y su afán narcisista de adoración para que confiese todo.

—¿Y si hiciéramos que se sintiera orgulloso? —propongo.

—¿Orgulloso de qué?

—De haberlo matado —le digo mientras me acerco a ella, como si mis palabras tuvieran la solución a nuestro problema—. ¿De qué otra forma podría confesar si no? Le encanta alardear.

La cara de extrañeza con la que me contesta Nerea me confirma que no tiene ningún sentido lo que estoy diciendo. Me dejo caer exhausto sobre el tronco del arce, desesperado por intentar encontrar el camino correcto para hacer justicia, no solo por Aitor, también por las demás personas que hayan podido sufrir la tiranía y los encubrimientos de este infierno porque…

—¿A cuántas personas más les habrá pasado algo así? —verbalizo—. ¿Cuántos crímenes están escondiendo el Capitán y la Coronel? Esto es muy serio, Nerea… ¡Este sitio apesta a mierda corrupta!

La patada que doy contra el suelo alza una ridícula nube de polvo con la que identifico mi frustración y cabreo. ¿De qué sirve enfadarme y consumirme de esta manera si el ruido y las repercusiones van a ser nulas?

—Veo bastante difícil que Murillo confiese, la verdad —me dice mientras se sienta a mi lado—, pero… ¿y el Capitán?

Ahora soy yo el que le contesta con un gesto de confusión. No porque me parezca una bobada lo que está proponiendo, sino porque no sé a lo que se refiere.

—Me he perdido.

—Me has dicho que la bronca que le estaba echando la Coronel al Capitán antes de escuchar todo lo de Murillo era porque se estaba acostando con alguien, ¿no? Y él parecía…

—Muy enamorado, sí —interrumpo—. U obsesionado. No sabría decirte. Pero intentaba justificarlo.

—Vale, pues… Chantajeémoslo —propone mientras nos sentamos en el suelo—. Podemos incluso echarnos el farol de conocer a la chica y a cambio de nuestro silencio…

—Queremos la cabeza de Murillo —respondo emocionado.

—Un poco violento, pero sí —contesta—. Esa es la idea.

Me quedo unos segundos pensando en el macabro y descabellado plan que acaba de proponer mi compañera. Con él se me vienen las últimas palabras que le dijo la Coronel a mi Capitán: hace falta un cabeza de turco. Si se ve amenazado, podría tener la excusa perfecta para ir a por Murillo. Además, por lo que me contaba Aitor, no le tiene mucha estima.

—Podría funcionar —digo en alto más para mí que para ella—. Pero ¿cómo lo hacemos?

—Nosotros no podemos exponernos. Hay que buscar la forma de comunicarnos con él sin que sepa quiénes somos —dice mientras se rasca el brazo y esboza una sonrisa—. Y se me ocurre una manera de hacerlo.

—¡Freddy! ¡Nerea!

El grito de Nando nos rompe la pompa conspiratoria en la que estamos. Nuestro querido compañero se acerca a nosotros luciendo su pecho palomo, como si los meses que lleva de Semo lo hubieran convertido ya en un auténtico soldado que derrocha hombría y experiencia en el campo de batalla.

—¿Por qué están tan alejados del grupo? —nos pregunta.

—Queríamos una sombra —miento.

—¿Ocurre algo? —dice Nerea.

—No, nada, solo que…

Nando se gira hacia atrás y es entonces cuando veo a unos metros más allá a un grupo de soldados nuevos que lo observan con fascinación.

—¿Estás con los nuevos retoños? —pregunta Nerea.

—Sí, les estoy enseñando cómo son las cosas por acá —dice con una malvada sonrisa.

Cuando Nando vuelve a girarse para mirar a los retoños, me doy cuenta de que esto no va a acabar bien porque sus intenciones con nosotros no son buenas.

—¿Qué quieres, Nando? —le pregunta Nerea.

Como respuesta, el argentino en un abrir y cerrar de ojos se baja los pantalones y la ropa interior hasta los tobillos, mientras baila una danza al son de una canción que tararea.

—*¡Viene el helicóptero!* —canta mientras da saltos.

Antes de que Nerea se pueda poner en pie, Nando ya se ha agarrado de nuevo los pantalones y vuelve corriendo hacia los retoños, aún con el culo al aire.

—¡Te la voy a cortar, cerdo! —grita Nerea mientras va directa a él.

Yo permanezco en el arce, dispuesto a contemplar el espectáculo. Pero cuando veo que Nando se refugia con el resto de soldados y Nerea está dispuesta a enfrentarse a él, decido ir hasta su posición.

—¡Relajate, amiga! —dice Nando mientras se ríe acompañado de los retoños—. Les estaba enseñando cómo se comporta un hombre del Semo.

—No hagáis caso a este —habla Nerea directamente a los chavales—. Que se cree que tiene unos dotes de hombría muy grandes, pero en el fondo…

El gesto que hace mi compañera con la mano, afecta al orgullo de Nando, aparcando su sonrisa y encarándose a la chica.

—¿Qué sabés vos de hombría? ¡Si sos una tortillera! ¿Ya le estás comiendo la concha a otra?

Nerea está a punto de darle un puñetazo cuando con un par de zancadas me he interpuesto entre ellos.

—Ya vale, Nando —intervengo mientras detengo a Nerea.

—Eso, eso. Parala. Que no quiero hacer daño a una niña.

Nerea se vuelve a encarar y yo tengo que hacer más fuerza para detenerla. El clamor de los retoños por la pelea entre mis dos compañeros de escuadra empieza a escucharse por gran parte del patio y se forma un círculo alrededor nuestro.

—¡Eres un gilipollas! —grita Nerea.

—Déjalo… —insisto esta vez a mi amiga—. No merece la pena, en serio.

—El que sí que sabe de hombres es Freddy —anuncia Nando a todo su público—. Ahora está triste porque su novio se ha muerto. ¿Querés a uno de estos retoños para compensar, putito?

No lo dejo terminar la pregunta. El puñetazo que le doy en la cara va acompañado de una patada en su preciada entrepierna. No sé con qué fuerza le he dado, pero imagino que ha sido suficiente porque Nando está en el suelo retorciéndose de dolor mientras que el improvisado público aplaude, ríe y vitorea mis golpes. Después, me acuclillo junto a él y lo agarro con fuerza del pelo para acercar mi boca a su oreja.

—La próxima vez que vuelvas a hacerme un comentario así, te corto la lengua.

Sentencio mi frase soltándole la cabeza con brusquedad. El círculo de personas se abre para dejarme salir, sin quitarme la mirada de encima.

Supongo que están igual de sorprendidos que yo.

Supongo que el cordero acaba convirtiéndose en lobo si no quiere ser devorado.

Supongo que cada vez me parezco más a mi hermano.

Un soldado siempre tiene que mantener la cordura

Todavía no me he acostumbrado a sentir el disparo del fusil cada vez que aprieto el gatillo. Nunca me han gustado las armas. A mi hermano Oriol sí que le interesan los juegos de guerra en los que disparas en primera persona o las partidas online con otros jugadores. Mi afición a la videoconsola se reduce a los títulos de aventuras, supervivencia y terror en los que también tienes que disparar, pero no es el entretenimiento principal. Es más, en los juegos de zombies siempre intento utilizar menos munición y más evasión: salir corriendo antes de que me atrape el muerto viviente me genera una sensación de terror mayor que la de ponerme a dar tiros a diestra y siniestra. Así que si ni en los videojuegos soporto utilizar un arma, imagina en la vida real.

—Oriol, ¿cuándo va a aprender a agarrar bien el arma? —me dice el Capitán mientras me quita el fusil y se lo pone él—. Como no ponga la culata así, va a seguir haciéndose daño con el retroceso del disparo.

Me devuelve el arma e intento copiarle el gesto, mientras apunto a una de las dianas. El tiro no llega a dar ni siquiera a los aros más exteriores del objetivo.

—Se ha acostumbrado a disparar mal y ahora le va a costar el doble corregir esa posición y a afinar su puntería —me dice—. Pruebe otra vez.

Intento mantener la posición que me ha dicho y corregir el disparo, pero vuelvo a fallar.

—Ya veo que lo suyo es el combate cuerpo a cuerpo —concluye—. Lo tendré en cuenta para ponerlo en primera fila si nos invaden.

La noticia de la pelea que tuve con Nando corrió como la pólvora el mismo día que tuvo lugar. Tanto a él como a mí nos han castigado con una guardia que tenemos que hacer esta noche en la zona sur de El Desierto, junto a Murillo. Un cóctel que, como podrás deducir, me tiene completamente *entusiasmado* (en el sentido más irónico).

—No se te da muy bien lo de pegar tiros, ¿eh, Freddy?

La voz de Murillo me da tal repelús que el arma se me descoloca, aprieto el gatillo sin querer y acabo alcanzando la diana de Tola, que está a mi izquierda.

—¡Oriol! —me grita el Capitán—. ¡Tenga cuidado, hostias!

—Cualquier día matas a alguien —me dice Murillo, mientras se sienta a mi lado—. ¿Estás preparado para la guardia de esta noche?

—Déjame en paz —le contesto—. Me desconcentras.

—Un soldado tiene que saber lidiar con las distracciones. Forma parte del entrenamiento.

Yo permanezco en silencio, aferrado al arma y haciendo todo lo posible por ignorarlo, pero Murillo está juguetón y ha venido a sacarme de quicio. Imagino que después de la pelea con Nando, me he convertido en una especie de filete para él. Está deseoso de ponerme a prueba y llevarme al límite para que estalle.

—Venga, Freddy —insiste—. Tú puedes. ¿No aprendiste nada de Aitor? ¡Él disparaba genial!

La risa de Murillo me revuelve el estómago. Cada vez que menciona su nombre me entran ganas de vomitar, pero que encima lo haga con burla me enerva todavía más. Siento como mi cuerpo empieza, de nuevo, a hacerse preso de la furia.

—*Uno, dos. Freddy ya llegó* —empieza a cantar—. *Tres, cuatro. Enciérrate en tu cuarto.*

Murillo no duda en dar un paso más y empieza a clavarme su delgaducho dedo en el costado para hacerme cosquillas.

—Murillo, para. Por favor —le suplico con toda la paciencia del mundo.

—No quiero.

Vuelvo a disparar, intentando concentrar todas mis emociones en el tiro. Como si del fusil no solo saliera la bala, también la rabia contenida que tengo ahora mismo.

Sorprendentemente, acierto en uno de los círculos de mi diana.

—¡Vaya! —me dice él—. Parece ser que esto funciona… Aunque todavía tienes que dar al centro de la diana. ¿Qué te puede motivar? ¿Qué haría Aitor?

—No sigas por ahí… —le advierto.

—Oh, sí… —continúa él ignorándome—. Él te daba… ¡esto!

Cuando siento cómo su mano se introduce de forma violenta en mi pantalón, no solamente me levanto del suelo por el dolor, también por la cólera que dejo que me posea. En un abrir y cerrar de ojos, estoy en pie por encima de Murillo, apuntándole con el fusil al pecho.

—¿Quieres saber lo que me motiva? —le pregunto, mientras lo miro a los ojos.

—¡Oriol! —grita el Capitán.

La cara de terror que pone Murillo vuelve a calmar el monstruo que llevo en mi interior. El furriel sigue en el suelo, arrastrándose hacia atrás como si fuera un cangrejo. Decido cargar el arma para que se piense que voy en serio y, en el fondo, una parte de mí está deseando apretar el maldito gatillo.

—¿Crees que puedo fallar desde aquí, Murillo? —le pregunto.

—¡Oriol! ¡Suelte el maldito fusil! —me ordena el Capitán.

Pero yo lo ignoro y sigo avanzando hacia él.

—¿Lo mataste? —le pregunto, directamente.

—No sé de qué me hablas… —balbucea.

—¿Mataste a Aitor?

—Estás loco… ¡Capitán! —grita, implorando auxilio.

—¡Oriol! ¡Le estoy ordenando que baje el puto fusil!

—¡Cómo deis un paso más lo mato!

Mi amenaza deja a todo el mundo en el sitio. Incluso al Capitán, quien me mira atónito unos pocos metros más allá de mi posición.

—Quiero que este malnacido confiese lo que hizo, mi Capitán —le explico para volver a girarme hacia Murillo—. ¿Mataste o no mataste a Aitor?

—¡No! —dice él.

—¡MIENTES! —grito mientras introduzco el cañón en su pecho—. ¡Sé que lo has hecho tú! ¡Y no pienso dejar que…!

Alguien me golpea con tanta fuerza que acabo en el suelo soltando el fusil. El peso de Nando me tiene completamente inmóvil y mientras que Murillo aprovecha para escapar, el Capitán acude a ayudar a mi compañero para mantenerme en el sitio.

—¡Solo quiero que confiese! —digo con lágrimas en los ojos.

—Callate, loco —apunta Nando.

El capitán, con ayuda de Nando y Murillo, me arrastra hasta el interior del cuartel para llevarme hasta el sótano y meterme en el Asfixiador. En el trayecto no dejan de insultarme, amonestarme y mencionar a Aitor. Tanto Nando como Murillo empiezan a decirle que yo estaba obsesionado con él, que era con el único con el que me relacionaba. Pero no es la cantidad de comentarios homófobos que salen de sus bocas lo que me preocupa, sino la indiferente actitud del Capitán al escucharlos. ¿Por qué no los manda a callar? ¿Por qué les permite hablar así a un compañero de escuadra?

Cuando me empujan al interior del cuarto y cierran la puerta de golpe, la oscuridad vuelve a ser lo único presente. Entonces, me doy cuenta de lo estúpido que estoy siendo. Me doy cuenta de que no puedo ir por el camino de la violencia y la fuerza. ¡Tengo que seguir el consejo que le di a Aitor! Aquí gana el más inteligente. Y Murillo me ha superado hoy por goleada… Ahora el Capitán ha visto mi ataque de locura y no… No puedo hacer nada. ¡No quiero seguir aquí! ¡Yo no pertenezco a este sitio!

—Freddy, Freddy… —me dice Murillo desde la mirilla cuadrada que tiene la puerta—. Ahora no eres tan valiente, ¿eh?

Me seco las lagrimas y me acerco a él.

—Sé que has sido tú, asesino —le suelto—. Tarde o temprano vas a pagar por lo que has hecho.

Murillo empieza a reírse mientras se rasca el mentón. Después acerca su boca al hueco y susurra:

—¿Y cómo piensas demostrarlo?

Un soldado no puede ponerse estratégico

No sé cuánto tiempo más me van a tener aquí encerrado. Ni siquiera sé cuánto llevo. Y aunque esta es la segunda vez que me meten en el Asfixiador, uno jamás se puede acostumbrar al aislamiento completo. Más aún cuando la vez anterior pasé esas veinticuatro horas escuchando su voz para calmarme.

Si hay algo que me asfixia ahora mismo es que esta habitación me obliga a enfrentarme a mis miedos, traumas y pensamientos. Tengo tantas cosas con las que lidiar, tantos sentimientos que afrontar y desenredar… Empezando por mi hermano. ¿Cuándo voy a asimilar que no me quiere? ¿Cuándo voy a asumir que Oriol ha ido siempre a su bola, anteponiendo sus intereses a los de los demás? Tanto mis padres como yo hemos estado salvándole el culo una y otra vez, excusándolo en sus acciones. Es más fácil mirar la paja en el ojo ajeno, dicen.

Siempre me he quejado de los padres que no hacen más que defender a sus pequeños demonios hagan lo que hagan. Hubo una vez en el colegio que Oriol se puso como un energúmeno porque no quería hacer un ejercicio de Matemáticas y cuando la dirección del centro habló con mis padres, ellos se limitaron a decir que algo le habrían hecho al niño.

O aquella vez cuando éramos mucho más pequeños y necesitaba que me dejara un par de lápices de colores. Él se negó a prestármelos porque eran suyos. Cuando se los quise quitar sin su permiso, me los acabó clavando en la mano. ¿Qué hicieron mis padres? ¡Nada! ¡Porque solo éramos niños! Hay personas que nacen con algo terrorífico dentro. Una mayor tolerancia al mal. Como si necesitaran alimentarse de desgracias e infamias para sobrevivir.

Y a pesar de todo esto me pregunto si un monstruo nace o se hace.

Me miro a mí mismo desde este zulo opaco y siento que tengo dentro algo que está creciendo. Como un tumor invisible que va haciéndose más grande alrededor de mi corazón y me va succionando el alma cada día que pasa. Siento que el extraño monstruo que hay en mí se ha descontrolado desde la muerte de Aitor. Nunca antes había tenido estos ataques de rabia, esta obsesión por castigar a alguien, este deseo de venganza. El buen juicio, la bondad y, sobre todo, la lógica que siempre me han caracterizado se están viendo mermados por este maldito monstruo.

Es por esto mismo que, en parte, quiero creer en la bondad de Oriol. Del mismo modo que en alguien bueno puede haber cosas malas, ¿puede existir en alguien malvado la benevolencia?

Lo más gracioso es que, a pesar de todo, no me arrepiento de haberlo sustituido.

Por mucho que quiera borrar estos últimos meses de mi vida, venir aquí me ha dado uno de los momentos más bonitos que he vivido con alguien.

Aunque la vida me lo haya quitado.

Y eso es lo que me destroza por dentro… ¿qué he hecho mal para que me pasen estas cosas? He sido una persona que ha estudiado, que ha sido responsable con el cometido que se le ha asignado, he ayudado a mis padres, familiares y amigos…

He nacido con una despigmentación de la que estoy orgulloso, pero que, no nos engañemos, suele impresionar a la gente de primeras. No me considero una persona fea, pero sí que estas manchas que tengo en la cara no me ayudan a ligar.

Porque, además, soy gay. Y no lo digo de manera despectiva.

Siempre he sido una persona que ha defendido, luchado y creído en la igualdad. De tener una vida con las mismas oportunidades que un heterosexual, de poder enamorarme de un chico del mismo modo que mi hermano se enamoraba de una chica en el instituto, de poder conocer a alguien en una fiesta… Pero formo parte de un colectivo minoritario. No tengo las mismas oportunidades que el resto del mundo para tener una vida normal. Por mucho que me empeñe en creer lo contrario.

La gente se sigue sorprendiendo cuando se enteran de mi homosexualidad y lo convierten en una característica que hace que me defina. ¡Y no! Siempre he querido pasar desapercibido, no llamar la atención. Siempre he querido vivir tranquilo… Y me he comportado de la forma más sana para llegar a mi objetivo.

Pero cuando llegas a un punto en el que lo has dado todo por todos y ves que la vida te sigue dando la espalda, te preguntas a qué mundo perteneces.

¿Qué he venido a hacer aquí?

¿Por qué me está tocando vivir todo esto?

Aitor es la única persona en años que me ha hecho sentir vivo, que me ha hecho olvidarme del resto. Aitor ha conseguido que todo haya merecido la pena para llegar hasta aquí.

Por eso mi única obsesión ahora mismo es desenmascarar a Murillo y que pague por su crimen. ¿Qué pruebas tengo? ¡Ninguna! Pero no me hacen falta. Nerea y yo tenemos un plan que va a poner al Capitán contra la espada y la pared y que convertirá a Murillo en el objetivo principal.

«Te prometo que pagará por lo que ha hecho», susurro a la pared, como si Aitor pudiera escucharme. «Te lo prometo».

Un escalofrío me recorre todo el cuerpo al no escuchar su voz, pero a la vez siento que está conmigo. Supongo que el ser humano tiene que tener esa sensación de inmortalidad... De creer en un más allá, en un lugar en el que las almas de nuestros seres queridos siguen vivas, con nosotros. Protegiéndonos y arropándonos en los momentos más duros, escuchándonos en los más frágiles. Me da cierta paz saber que Aitor está conmigo y que, allá donde esté, una parte de mí estará con él.

—Unai.

Escuchar mi nombre real me hace dar un respingo y aparcar mis pensamientos. Solo una persona de este lugar sabía que estaba sustituyendo a Oriol. Solo una persona sabía ese nombre. Pero el tono de voz es... ¿de una mujer?

La trampilla de la puerta a través de la que los guardias me pasan la comida se abre y deja pasar un rayo de luz que ilumina la lúgubre habitación.

—Unai, despierte —me ordena la voz de la mujer.

No es una voz joven. Es adulta, decidida, con fuerza. Me acerco a la luz aún cubriéndome los ojos por culpa de la oscuridad a la que se han acostumbrado. Solo puedo ver la silueta de la figura que se encuentra al otro lado de la puerta.

—¿Le sorprende que sepa su nombre?

—¿Quién eres?

—Es comprensible que no me reconozca, teniendo en cuenta que solo me ha visto un par de veces desde que está aquí.

Y entonces me doy cuenta. Pero no por su rostro, sino por la voz. Esa misma voz que escuché hace unas noches a hurtadillas en el pasillo del último piso. Una voz femenina fuerte que exigía al Capitán varias cosas y que confesaba darle igual la muerte de Aitor.

—Coronel… —susurro.

—Unai, sabe que hacerse pasar por otra persona es un delito, ¿verdad? —me pregunta—. Podría dejarlo encerrado aquí el resto del Semo.

No sé qué decir. Me empiezan a dar pinchazos en la cabeza, como si me fuera a dar un ataque de migrañas.

—Era eso o que metieran a mis padres en la cárcel. Mi hermano huyó.

—Su hermano tiene una responsabilidad con este país. No usted.

—Y yo tengo una responsabilidad con mi familia —contesto agitado.

—Usted no tiene familia más allá de estos limites. No hasta que termine el Semo. Así que deje de pensar en lo de fuera y piense en lo que está haciendo aquí dentro.

Las palabras de la Coronel me atraviesan el pecho como si fueran flechas de metal oxidadas. Lo único a lo que me puedo aferrar fuera de este lugar es a mis padres. Y si les pasa algo porque yo haya ocupado el lugar de mi hermano, jamás me lo perdonaré. Ni a mí ni al maldito sistema del Semo. Que la Coronel sepa mi secreto y venga a decírmelo no es casualidad, así que hago la pregunta que me ronda ahora mismo en la cabeza:

—¿Qué es lo que quiere?

Ella se queda un rato en silencio. Después ordena que abran la puerta de metal. La luz entra por el recoveco como si el agua escapara de un embalse. Me tengo que volver a cubrir los ojos por culpa de la luz blanca que hay en el pasillo, pero no tardo mucho en acostumbrarme a ella y en ver de cerca a la mujer que está al mando de todo esto.

La Coronel luce un uniforme militar del mismo color que el nuestro. No tiene una complexión fuerte, pero tampoco menuda. Imagino que hace años luciría más musculatura, pero al tener ahora un trabajo de oficina, se acerca más al aspecto de una mujer de negocios que al de un soldado de campo al que estamos acostumbrados a ver. Recoge su corto cabello rubio en una coleta con la que deja el rostro mucho más libre. Sus ojos azules son hipnóticos y fríos. Con ellos domina a todo aquel que osa llevarle la contraria. Como si fuera una serpiente que hipnotiza a sus presas con la mirada.

—¿Por qué has amenazado a Murillo? —me pregunta.

—Usted sabe por qué —respondo desafiante.

—No hay pruebas de que haya hecho tal cosa —me contesta.

—¿Qué les van a decir a su familia? ¿Que fue un accidente? —le suelto mientras le mantengo el pulso con la mirada.

—No sabe dónde se está metiendo, Unai —me amenaza—. Lo que debería preocuparle es lo que le voy a decir a *su* familia.

Me muerdo los labios y me tomo unos segundos para meditar lo que está ocurriendo. No quiero que la serpiente me muerda y envene antes de tiempo. Si la Coronel ha venido a verme es porque sé algo que puede poner en peligro este lugar y su reputación.

—¿Qué es lo que quieres? —vuelvo a preguntar.

—Deje en paz a Murillo y yo dejaré en paz a su familia.

—¿Y qué pasa con Aitor?

—Fue un accidente —contesta ella.

—¡Ni siquiera os habéis molestado por recuperar su cuerpo!

Ella chasquea la lengua y da un par de pasos hacia mí para mirarme a los ojos de cerca. Como si ahora la cobra fuera yo y ella la encantadora de serpientes.

—Le voy a dar un consejo, Unai: deje a los muertos en paz. Céntrese en los vivos y en lo que le ofrezco. Olvídese de Aitor, de

Murillo, termine los meses de Semo que le quedan y regrese a su casa como si no hubiera pasado nada. De lo contrario, lo denunciaré por falsear una identidad, encubrir a un fugitivo y eso implicaría, entre otras muchas cosas, que sus padres fueran una larga temporada a la cárcel —me advierte—. ¿Tenemos un trato?

Aparto la mirada de sus ojos un momento. No tengo muchas más opciones. No puedo luchar contra un sistema que lleva funcionando con estos engranajes corruptos tanto tiempo. Ni siquiera sé si mi familia está bien, pero… ¿acaso tengo forma de saberlo? ¿Acaso tienen forma de demostrármelo? Ninguna. De la misma forma que yo tampoco puedo demostrar que Murillo tiró a Aitor por ese pozo.

¿Quiero seguir este camino? ¿Quiero aceptar sus condiciones y hacer como si no hubiera pasado nada? Al fin y al cabo, soy un recluta de El Desierto y aquí todo el mundo piensa en su ombligo.

Quizás debería aceptar.

O quizás debería seguir fiel a mis ideales y seguir adelante con mis intenciones.

—Tenemos un trato —miento.

Un soldado que cree en algo

Subir a hurtadillas al último piso del cuartel se ha convertido en un hobby para mí. La diferencia con las veces anteriores es que hoy lo hago a plena luz del día.

—Recuerda —le digo a Nerea—. Entramos, dejamos la nota y nos largamos.

La tranquilidad que transmite mi compañera es algo que me tiene completamente fascinado, como si esto de infiltrarse en sitios fuera el pan suyo de cada día. Aunque, la verdad, tratándose de una hacker no me sorprende en absoluto. Nerea no me ha contado las hazañas de su vida antes de El Desierto, pero si está aquí es por algo. No me quiero imaginar qué otras cosas ha falsificado además de sus notas de clase…

Aprovechando que nuestro Capitán está comiendo con otros oficiales, hemos decidido subir a su despacho para dejarle sobre el escritorio la nota anónima en la que lo chantajeamos para que deje de encubrir a Murillo por su crimen.

Sabemos lo de la chica. Si no quieres meterte en un lío,
haz justicia: Murillo es un asesino.

No me cabe la menor duda de que cuando lea la nota, voy a ser su primer sospechoso. Pero que el sujeto del mensaje esté en plural me guarda bastante las espaldas porque significa que no soy el único que sabe su secreto.

Cruzamos el pasillo de la última planta hasta que llegamos a la puerta de su despacho. Mientras que Nerea camina con paso ligero y decidido, yo voy cubriendo la retaguardia, sin dejar de mirar atrás y a los lados para cerciorarme de que nadie nos vea.

—Tú nunca te has colado en la sala de profesores, ¿verdad? —me pregunta Nerea.

—¡No! —respondo con un gesto de indignación que representa lo impensable que es para mí tal cosa.

—Eres una caja de sorpresas.

Nerea abre la puerta del despacho como si nada, mientras que yo la cierro con sumo cuidado una vez que estamos dentro.

—¡Esto no es un instituto! —la regaño—. Si nos descubren, estamos muertos.

—Relájate, Oriol. Déjame disfrutar de esto, que creo que es lo más emocionante que voy a hacer en este lugar —me contesta mientras comienza a pasearse por la habitación, contemplando los cuadros que lucen la pared—. No hay cosa que me dé más pereza que los trofeos y diplomas de un hombre blanco heterosexual de la generación de mis padres. ¿Sabes qué simboliza esto? Que la tiene pequeña.

—O que el autoestima no es su fuerte —añado.

—Es lo mismo. ¿Crees que lo harán aquí? —me pregunta refiriéndose a los encuentros fortuitos que tiene con la misteriosa soldado del cuartel.

—¡Nerea, por favor! Déjate ya de tonterías. Pon la maldita nota en el escritorio y vámonos de aquí —le ordeno, desesperado.

Mi compañera no se molesta en disimular la risa que le provoca mi nerviosismo, pero al menos me hace caso y salimos del despacho dejando todo tal y como está. La verdad es que es una suerte que no haya cámaras en los pasillos. Con eso de que aquí la tecnología está, prácticamente, prohibida, nos ha facilitado bastante el trabajo. Aunque también pienso que si no han puesto vigilancia en todo el cuartel es por algo. ¿Qué horrores habrían grabado aquí a lo largo de los años? Si no han decidido invertir en cámaras es porque no quieren ser vistos.

Cuando salimos al patio de descanso, vamos directamente a nuestro rincón habitual de los arces. Siento un cosquilleo en el estómago, fruto de la adrenalina que me ha dado todo esto. Ahora mi cabeza no deja de pensar en qué ocurrirá cuando vea la nota. ¿Subirá después de comer a su despacho? ¿Y si, de repente, la nota se cae o se traspapela? ¿Y si no la ve? ¿Y si…?

—¡Oye! —me grita Nerea—. Llamando a Oriol, ¿hay alguien ahí?

—Sí, perdona. Ahora sí.

—¿Ahora sí? Eres un personaje —me contesta riéndose—. Decía que qué vamos a hacer si no se toma la amenaza en serio.

Pues buscaremos otra forma de hacer justicia, supongo. No me entra en la cabeza cómo es posible que en un lugar como este, se siga permitiendo a los delincuentes que cometan sus crímenes y actos vandálicos. Este destino del Semo debería servir no solo para plantar árboles, también como correccional y sistema de reinserción social de esta gente. Ignorar a un asesino te convierte en partícipe de sus actos. Y si nadie en este maldito cuartel es capaz de hacer lo correcto, entonces ¡seré yo quien se tome la justicia por su mano!

—Confiemos en que funcione —concluyo.

La tarde se pasa más lenta de lo habitual. No paro de preguntarme si ya habrá visto la nota. Me imagino los múltiples escenarios en mi cabeza que pueden acontecer, así como las reacciones que puede tener el Capitán.

Cuando el sol comienza a esconderse en el horizonte y la alarma de toque de queda suena por todo El Desierto, me vuelve a dar ese pinchazo en la barriga por culpa de los nervios y la adrenalina. ¿Qué pasa si me cruzo con él? ¿Qué pasa si me agarra por banda y me acusa por lo de la nota?

Para mi sorpresa, la hora de la cena y los minutos de lavado e higiene transcurren con perfecta normalidad. Eso sí, no hay ni rastro del Capitán. La pesadez del día culmina cuando nos toca encerrarnos en las habitaciones y dormir. De vez en cuando intercambio alguna mirada de complicidad con Nerea y ella, por supuesto, aparenta estar la mar de tranquila. Apuesto a que esta noche dormirá como un bebé. Yo, por el contrario, me auguro una noche de no pegar un ojo…

Y no me equivoco.

El estado de inquietud que tengo es extremo. Mi mente comienza a plantearse cientos de escenarios posibles. Quizás el Capitán no ha leído la nota o directamente la ha ignorado. Quizás ha huido por la noche, asustado por las consecuencias que puedan tener sus actos. También puede ser que yo sea su principal sospechoso y… Y que esté planeando quitarme del medio por el mismo pozo por el que Murillo tiró a Aitor.

No sé cuánto tiempo llevo dando vueltas en la litera, pero doy por perdida la posibilidad de dormir esta noche, así que decido levantarme y salir de nuevo de la habitación. Decido llevar conmigo una de las cajetillas de tabaco que guardo en mi petate y, después de volver a pasar por la planta de los oficiales de la forma más sigilosa y rápida que puedo, acabo saliendo a la azotea.

—Tú… —me dice nada más verme el soldado que me dejó marchar la última noche que subí aquí—. ¿Cómo tienes los cojones de subir hasta aquí otra vez? Espero que hayas traído…

—Sí, sí —lo interrumpo mientras le doy el paquete entero de tabaco—. Con intereses incluidos. Si no te importa, me voy a quedar aquí un rato. Prometo no hacer ningún ruido.

El soldado acepta sin rechistar y, sin decir palabra alguna, vuelve al extremo en el que estaba haciendo su guardia mientras se mete un pitillo en la boca y lo enciende.

Yo me voy al extremo opuesto, a la parte que da al bosque de arces y que se ha convertido en mi balcón personal. Me produce cierta paz y tranquilidad estar aquí y despejar mi mente mientras observo el firmamento y las estrellas. Otra cosa no, pero el cielo de este sitio es algo que echaré de menos. No me importaría que siempre fuera de noche en El Desierto, aunque haga más frío. El manto de estrellas y astros que me cubre es tan brillante e hipnótico que convierte a todos mis problemas en algo insignificante. Como si yo me empequeñeciera con ellos y desapareciera ante la inmensidad del infinito firmamento que me rodea.

Un pequeño punto brillante cruza de forma tranquila por el cielo. *Qué estrella fugaz tan lenta*, me dijo. ¿Por qué todo me recuerda a él? Me resulta inevitable no controlar esa punzada de dolor, fruto de la soledad y de la pérdida. Justo cuando el satélite está a punto de desaparecer, una estrella fugaz (de verdad) atraviesa el firmamento.

—Ay, Aitor… ¿en qué lío me he metido? —susurro al cielo.

—Querrás decir en qué lio nos has metido.

La voz de Nerea me hace volver al mundo de los vivos de golpe.

—¿Qué? ¿No puedes dormir? —me pregunta mientras se pone a mi lado.

—No… No estoy acostumbrado a esta tensión —le confieso.

—Cualquiera de nosotros estaría durmiendo como un tronco después de haberse colado en el despacho de Orduña —me repite.

—Bueno, vosotros sois vosotros y yo…

—Eres tú, ¿no? —me responde Nerea con una sonrisa.

Mi amiga no es tonta y sé, perfectamente, que hay algo en mí que no le cuadra. Me limito a devolverle la sonrisa y regreso con mis pensamientos al firmamento.

—¿Crees en la vida después de la muerte? —pregunto.

—¿Te refieres en el cielo y esas cosas?

—No necesariamente —me explico—. ¿Sabes? Mi abuela murió cuando yo era muy pequeño. Tuvo un accidente y falleció bastante joven. Tengo recuerdos muy fugaces de ella, pero… —hago una pausa por culpa de una imagen suya que me viene a la cabeza: jugando conmigo, tranquila, feliz y sonriente—. Pero me acuerdo de muchas cosas porque, según mis padres, tenía una relación muy especial y pura con ella.

»El caso es que cuando ya no estaba con nosotros, empecé a preguntar por ella y una noche, mi madre señaló a la estrella más brillante que vio en el firmamento y me dijo que estaba ahí, cuidando de mí.

»Yo no soy de rezar, la verdad. No creo en Dios, pero sí en ella. Y creo que me reconforta de alguna manera saber que ahí arriba hay alguien que me escucha y me manda energía cada vez que me hace falta… Me reconforta saber que en alguna de esas estrellas está también Aitor.

—Siento lo de tu abuela —me contesta—. Y también lo de Aitor.

Nerea me aprieta bien fuerte la mano y yo le contesto con una sonrisa de agradecimiento. Nos quedamos unos minutos más ahí arriba hasta que empiezo a bostezar. No sé cuánto tiempo hemos estado, pero decidimos bajar de nuevo a nuestra habitación por culpa del frío.

Sin embargo, justo cuando hemos dejado el piso de los oficiales y estamos a punto de llegar a la siguiente planta, escuchamos en el pasillo una voz que reconocemos al instante.

—¡No me jodas, niña! —grita en susurros el Capitán—. ¿A quién se lo has dicho?

—¡A nadie! Te juro que…

—¡No me mientas! —le contesta cabreado mientras le suelta una bofetada.

El golpe suena más que sus palabras y hace que se forme un silencio sepulcral, como si el Capitán tuviera miedo de ser descubierto por el ruido que ha hecho el manotazo.

—Yo no he dicho nada —insiste la chica entre sollozos.

¿Esa voz…?

Nerea me hace un gesto para seguir nuestro camino, pero una parte de mí se quiere quedar para ver el rostro de la chica.

—¡No! —me susurra Nerea mientras me agarra de la camiseta—. ¡La vas a liar más! Y a ti te dará igual que te descubran, pero yo no quiero que este tipo sepa que estoy metida en esto. ¿Me entiendes?

La postura de Nerea me hace reaccionar y ceder en esto. Así que, por mucho que la curiosidad me pueda, le hago caso a mi compañera y regresamos en silencio y lo más rápido que podemos a la habitación.

—Ya sabemos que ha recibido la nota —sentencia Nerea antes de entrar en el cuarto—. Y la confirmación de que está abusando de una recluta.

Mientras me meto de nuevo en la cama no dejo de preguntarme quién será la chica. Su voz me resulta tan familiar…

La puerta de la habitación se abre. Yo me hago el dormido porque lo primero que pienso es que el que ha entrado es el Capitán. Pero entonces veo que la figura descubre las sábanas en las que, supuestamente, duerme Tola y quita la almohada que simulaba el bulto de su cuerpo. La influencer convicta se mete de nuevo en la cama y el silencio de la noche vuelve a gobernar el cuarto.

No hace falta que me siga preguntando de quién es esa voz.

Tampoco qué hacía Tola fuera de la cama.

Mis sospechas se confirman cuando a la mañana siguiente veo que la chica tiene un moretón en la cara.

Un soldado debe apoyar a otro soldado

Nadie ha dado mayor importancia al moretón que tiene Tola en la mejilla. Nadie salvo Nerea y yo. Mientras desayunamos, Nando ha soltado uno de sus chascarrillos inoportunos preguntando por el golpe de la muchacha y ella no ha tenido mayor problema en sonreír y mentirle. Si no supiera la verdad, me hubiese creído completamente que Tola resbaló anoche en el baño y se dio con el canto de una de las puertas de los retretes. Pone los pelos de punta ver lo bien que esta chica oculta la realidad…

Murillo no tarda en meternos a los cinco en el jeep y llevarnos hasta la zona de trabajo que nos toca hoy. Desde hace unas semanas, la Coronel ha puesto como prioridad aumentar el ritmo de reforestación de la zona sur, así que un montón de escuadras estamos repartidas por el mismo lugar.

—A ver si hoy rendís más —protesta Murillo—, que ayer me dejasteis como el culo.

—Pues no sé qué esperas para agarrar una pala y ponerte a cavar con nosotros, majo —le espeta Dafne—. Que los tienes bien gordos, hijo mío.

Llegados a este punto del Semo, todos tenemos asumido que, por mucho que nos castiguen y echen la bronca, Dafne va a seguir contestándole a Murillo. Por supuesto, él también se ha acostumbrado a que la chica le suelte lo que le venga en gana porque en vez de cabrearse con ella, opta por ignorarla.

El furriel nos deja en los hoyos y antes de marcharse nos agrupa, como de costumbre, por parejas. Como si de un juego caprichoso del destino se tratara, me ha tocado con Tola. ¿Debería decirle algo? Si le hago saber que sé lo que está pasando, ¿nos ayudará a destapar toda la mierda que hay en el cuartel? Nerea parece que me ha leído la mente porque no tarda en acercarse a mí y susurrarme por lo bajo.

—Creo que deberíamos decirle que sabemos lo del golpe.

—Sí, yo también lo creo... Unidos somos más fuertes —concluyo.

Cuando llegamos a la zona en la que vamos a cavar, Nerea no duda en ponerse con Dafne a nuestro lado. Imagino que para estar pendiente de cómo reacciona Tola. La verdad es que me tranquiliza saber que la tengo cerca por si mi compañera de pico y pala se pone a la defensiva cuando le confiese que sé su secreto.

Empezamos a trabajar, mientras que yo no dejo de preguntarme cómo voy iniciar la conversación... Siempre me ha dado mucho reparo tratar temas delicados y este, en concreto, es de los más complicados porque no solo implica el abuso del Capitán. También es la única forma de poner a nuestro oficial contra la espada y la pared para llegar hasta Murillo.

—Supongo que hoy tampoco me vas a dar conversación —me suelta al cabo de un rato.

Sorprendido, paro un momento de trabajar y me quedo observando el golpe ahora que la tengo más cerca. La verdad es que es un buen moretón… Va a tardar unos cuantos días en desaparecer.

—¿Qué? —me pregunta mientras me descubre observándola.

—Nada, nada —contesto tímidamente mientras desvío la mirada y me pongo a trabajar.

—Oye, tú… redes sociales y estas cosas no tienes, ¿verdad?

—Tengo Instagram, pero no subo fotos —confieso.

—Pues es una pena. Están muy de moda ahora los tipos como tú.

—¿Como yo? —pregunto, confundido.

—Sí —me contesta mientras me hace un gesto que se refiere a mi cara—. Todas las historias de superación y de desvalidos guapos triunfan mucho.

—Vaya… Gracias por el piropo.

—No es un piropo. Es la verdad. Eres mono, tímido… Tienes todos los ingredientes para contar historias intensas de superación en redes y forrarte en dinero —explica mientas va echando la tierra del hoyo fuera—. Y además soldado de El Desierto. ¡Qué rabia me da no tener una cámara para hacerme unas fotos en este lugar! Aunque, entre tú y yo, creo que hay una de estas réflex antiguas en el almacén. Uno de los yayos me ha dicho que la va a intentar arreglar para hacerme fotos —me dice, emocionada—. ¡Tú también deberías hacerte!

—No, no —contesto nervioso—. Yo no soy de fotos. No valgo para eso.

—¡Vamos! ¡A todo el mundo le encanta hacerse fotos!

—Me gusta pasar desapercibido —insisto.

—Pues con esa cara lo tienes difícil, querido —contesta con un tono que, si no fuera porque ya conozco a esta chica, me lo tomaría bastante ofensivo.

Desvío la mirada al hoyo de al lado, en el que Nerea me mira impaciente y me hace un gesto para que le saque el tema de conversación. Yo le contesto con la mano para que se tranquilice. Odio cuando me ponen bajo presión. Tola se da cuenta y se gira hacia atrás para ver con quién hablo.

—¿Qué os pasa? —pregunta extrañada.

—Nada, nada —contesto más nervioso que nunca—. Es que…

—No iréis a hacerme una novatada, ¿verdad? —me contesta mientras agarra la pala—. Mira que te doy un palazo y me quedo tan ancha.

—¡No, no! —le digo con efusividad para tranquilizarla—. Es que… Dios, esto es muy incómodo.

—Oriol —me dice mirándome a los ojos—. Suéltalo.

Yo respiro hondo y me acerco a ella para susurrarle por lo bajo lo que ocurre.

—Sé lo de tu golpe.

La cara de Tola se queda helada. La he pillado completamente desprevenida y prueba de ello es la sonrisa forzada que pone para restar importancia al asunto.

—¿Viste el golpe que me di en el baño? —pregunta, con una carcajada nerviosa.

—Más bien escuché *cómo te dieron* el golpe.

Tola intenta mantener el tipo, pero puedo ver cómo la saliva se le atraganta. Aún así, sin dejar de sonreír, vuelve a agarrar la pala para seguir cavando.

—No sabes lo que estás diciendo.

—Sí. Sí que lo sé —contesto soltando la pala y acercándome a ella—. Y quiero ayudarte.

—No te he pedido ayuda —me contesta, ofendida.

—Ya lo sé y no hace falta. Sé que…

—¡Qué mierda vas a saber tú, bicho raro! Deja de montarte películas.

Miro atrás y veo que Nerea está observando la conversación, esperando a mi señal para intervenir. Yo le respondo con una mueca con la que queda bastante claro que la cosa no va bien.

—Escúchame, Tola. Cuando me enteré, no sabía que eras tú… ¡Ni siquiera pensé que estuviera abusando de ti! Si lo llego a saber, no hubiese escrito esa nota y…

—¿Fuiste tú? —me interrumpe de golpe, mientras me lanza una mirada de odio—. ¿Tú escribiste esa amenaza?

—Tola, sé que suena muy complicado, pero es que saben que Murillo mató a Aitor y…

—¡Me importa una mierda! —me grita—. ¿Quién cojones te crees para hacerte el héroe?

—Tola, tranquilízate —interviene Nerea, de repente.

—¿Tú también estás detrás de esto?

—Ese cabrón tiene que pagar por lo que te ha hecho —le dice.

—¡Por Dios, no me ha hecho nada! ¡No he hecho nada que yo no quisiera! —dice con lágrimas en los ojos—. Y aunque la realidad fuera otra, no podéis hacer nada. ¿No os dais cuenta de dónde estamos?

Nerea y yo intentamos explicarle de la forma más sencilla y cabal posible el plan que tenemos en mente. Sabemos que podemos hacer justicia tanto con ella como con el asesinato de Aitor. Pero para que todo salga bien, necesitamos primero ir a por Murillo y después a por el Capitán.

—Estáis locos… Este lugar es una dictadura y la tipa que tenemos como Coronel es la más zorra de todas. Sabe lo que ocurre y no se inmuta.

—No es verdad —intervengo—. Escuché cómo le echaba la bronca al Capitán.

—¡Para cubrirse las espaldas! ¿Qué te crees que hará conmigo cuando tenga controlado al Capitán? ¿Por qué te crees que intento tenerlo tan contento? —nos contesta con una frívola sonrisa cargada de dolor—. Se me da bien engañar a la gente. Lo llevo haciendo desde hace años.

—¡Tú, chochona! —grita Dafne a Nerea desde su hoyo—. Déjate de charla y ven a cavar, guapa.

—¡Voy, Dafne! ¡Un segundo! —contesta para después mirar a Tola y ponerle las manos sobre sus hombros—. No estás sola, ¿vale? Juntas podemos acabar con esta mierda. Piénsatelo.

Mi amiga vuelve corriendo a su hoyo antes de que Dafne se ponga histérica y comience a berrear como una niña. Yo me vuelvo a quedar a solas con Tola, quien ha dejado de ocultar las lágrimas y se ha quedado helada en el sitio, aferrada a su pala como si fuera un bastón. Me acuclillo para mirarle al rostro, intentando tratar el asunto con la mayor delicadeza del mundo y, sobre todo, para que confíe en nosotros.

—Todos tenemos nuestras guerras, Tola —le digo—. Y tú aún estás viva para luchar la tuya. Aitor no corrió la misma suerte. No estás sola en esto. Nerea tiene razón: juntos podemos acabar con ellos.

Con esta frase doy por zanjada la conversación, agarro la pala y continúo cavando el hoyo. Mi compañera se queda un rato más en el sitio, como si estuviera asimilando todo, pero segundos después hace exactamente lo mismo que yo y continúa con el trabajo.

En un completo y devastador silencio.

Un soldado es un juguete roto

La sirena de buenos días nos despierta para enfrentarnos a un nuevo capítulo del Semo en este desierto. Procuro ser paciente y no darle vueltas a lo de ayer. No quiero insistirle a Tola ni presionarla con la decisión que tome, pero una parte de mí empieza a pensar en un posible plan alternativo en caso de que esta locura en la que me he metido no funcione.

Después de asearnos un poco y ponernos los uniformes, como es costumbre, procedemos a bajar al comedor para degustar ese asqueroso desayuno del que, después de llevar aquí casi nueve meses, aún no me he acostumbrado.

—Pensé que esto de no ser un retoño iba a tener cosas más divertidas —protesta Nando mientras nos encaminamos juntos por el pasillo—, pero seguro que hoy nos toca seguir plantando los dichosos árboles. ¡Prefiero sacar sirope si me dan a elegir!

—Nerea. Oriol.

Murillo aparece como si fuera un fantasma. Nos quedamos todos mirándolo, aún con la cara de sueño.

—Venid conmigo, tenéis que ayudarme con una cosa —anuncia—. El resto, id a desayunar, que en media hora os quiero en el jeep.

Nerea y yo nos decimos absolutamente todo con la mirada, sin mediar palabra alguna. La cara de terror que tenemos ahora mismo confirma que tememos lo peor. Es mucha casualidad que justamente hoy, después de todo el asunto de la nota y de haber hablado con Tola, nos saque Murillo del grupo para *ayudarlo* con algo. ¿Cuántas veces han sacado a alguien del grupo para un trabajo especial? Solo a Aitor y mira cómo ha acabado…

—Estamos jodidos —murmura Nerea.

Yo no le contesto, pero por dentro le doy la razón. Más aún cuando el furriel nos está llevando a los sótanos, donde están los almacenes y el pozo.

—¿A dónde vamos? —pregunto.

—A por latas de conserva —contesta con indiferencia.

Murillo se limita a caminar y nosotros a seguirlo. Me juego el pescuezo a que se ha relamido los labios para responder a mi pregunta y por dentro está dando palmas por lo que va a venir ahora.

Cuando bajamos las escaleras hacia los sótanos, el ambiente se empieza a cargar y a impregnar de un extraño hedor que mezcla la humedad con el hierro. Me siento como si Murillo fuera Caronte y nos llevara en su barca a las puertas del Tártaro para juzgarnos ante el mismísimo Hades. Nerea y yo apestamos a miedo. Mas aún cuando sabemos que en este maldito lugar se encubren crímenes y el que nos está llevando a los almacenes es un asesino.

Las filas de estanterías llenas de latas de conservas y demás productos se expanden por la sala en la que estamos.

—¿No íbamos a por conservas? —pregunto nervioso.

Murillo no contesta y eso me aterra aún más, así que decido pararme de golpe. Nerea hace lo mismo.

—¿Qué estamos haciendo aquí?

El furriel se gira poco a poco y nos descubre su macabra sonrisa, como si fuera una hiena que va a devorarnos ahí mismo.

—En menudo lío os habéis metido...

Nerea es la primera que se da la vuelta y echa a correr. Murillo no se inmuta y eso es porque nos tienen acorralados. No está solo. Antes de que pueda avisarle que se detenga, una figura corpulenta emerge de entre las sombras y da un fortísimo empujón a mi amiga contra una de las estanterías. Al Capitán parece importarle poco la cantidad de latas que se han caído del estante sobre el cuerpo de la chica.

—¡Nerea! —grito dispuesto a ayudarla.

Pero Murillo me agarra con fuerza por detrás con una llave que me impide avanzar.

—Quieto, héroe —me ordena.

El Capitán se queda en silencio, observando a Nerea, para después girarse lentamente hacia mí. Su rostro permanece sereno y sobrio, como si tuviera muy clara la estrategia que va a seguir. Como si todo lo tuviera bajo control y fuera imposible que las cosas no salieran según lo previsto.

—¿Quién cojones os creéis que sois? —nos dice con un tono de voz casi inexpresivo—. ¿De verdad pensabais que podíais chantajearme? ¿A mí?

Nerea permanece aún en el suelo, como si el golpe la hubiera dejado completamente congelada. No se atreve a mirar al Capitán porque los dos sabemos que, ahora mismo, somos sus presas. Somos dos malditos ratones en una jaula en la que hay un leopardo.

El Capitán se agacha y le agarra con fuerza el rostro, obligando a la chica a mirarlo.

—Puedo hacer lo que me de la gana con vosotros. Yo mando, vosotros obedecéis. No tenéis nada contra mí. Fíjate si tengo el control de la situación que ha sido vuestra propia compañera quien vino ayer a verme para contarme lo que le habíais dicho. ¿Sabes cómo se llama eso? —le dice mientras se acerca a ella y le huele el pelo—. Fidelidad.

Nerea intenta apartar el rostro, pero las enormes manos del Capitán la tienen agarrada.

—¡No la toques! —le ordeno, aún con Murillo inmovilizándome.

El golpe que me propina por la espalda, me provoca un calambre que me sube hasta el cuello y me hace soltar un grito de dolor. El Capitán suelta a Nerea y se vuelve a incorporar, dirigiéndose hacia mí. Camina lentamente, como si fuera un felino, relamiéndose con el miedo. Sin tocarme, el Capitán pone su cara a unos centímetros de la mía.

—¿O qué? —responde.

Vuelvo a sentir cómo la impotencia da paso a la furia. Siento que mis venas se empiezan a hinchar por culpa de la llamada de ese extraño que hay en mí que quiere salir descontrolado.

Pero no me puedo mover. No puedo hacer nada.

—¿Tú has visto dónde estás, chico? —continúa el Capitán soltando una risotada—. Harás lo que me dé la gana. Si quiero que caves, cavas. Si quiero que peles patatas, pelas patatas. Si quiero que respires, respiras. *Sois míos.* Estáis a mi merced. Aquí el que manda soy yo y puedo hacer con vosotros lo que quiera. Y ni tú ni nadie me lo va a impedir. Llevo desde antes de que tú nacieras en este infierno, ¿y vienes a decirme lo que puedo y no puedo hacer?

—No te saldrás con la tuya —le digo entre dientes—. Ninguno de los dos.

—¿Ah, no? —me contesta el Capitán alzando la ceja—. Mire y aprenda, soldado.

El Capitán se da lentamente la vuelta y comienza a caminar de nuevo hacia Nerea. Se cruje los huesos del cuello y los de las manos. Pero lo que me pone los pelos de punta es ver cómo se empieza a quita el cinturón del pantalón.

—¡Corre, Nerea! —grito—. ¡CORRE!

Mi compañera se levanta completamente asustada y empieza a correr por los pasillos de las estanterías. El Capitán no tarda en copiarle el gesto e ir en busca de su presa, como si el juego de caza entre el gato y el ratón hubiera empezado.

El apestoso aliento que suelta Murillo cuando se empieza a reír, me hace aprovechar la ocasión para escabullirme de la llave que me tenía inmóvil y salir corriendo tras el Capitán. El grito de Nerea viene seguido de otro golpe en las estanterías, así como el estruendo que provocan las latas al chocar contra el suelo.

—¡Nerea! ¡Ni se te ocurra to…!

No puedo terminar la frase.

Algo me golpea en la cabeza y todo se vuelve negro.

Despierto con la cara pegada en el frío suelo de hormigón, empapado en mis babas y en un pequeño charco de sangre. La punzada que siento en la nuca es peor que todas las resacas del mundo juntas. Siento como si me hubiesen taladrado el cerebro.

Poco a poco, me incorporo. Me toco la cabeza y siento el corte que me ha hecho la lata de carne que me ha tirado Murillo a la cabeza. Por suerte, la herida no es muy grande y tampoco he sangrado mucho. ¿Cuánto tiempo he estado inconsciente?

Miro a mi alrededor y veo que no está ni Murillo ni el Capitán. Intento levantarme como puedo, agarrándome a una de las estanterías. Empiezo a caminar en dirección a la luz de las escaleras que suben al cuartel, pero me detengo de golpe al ver una figura sentada en el suelo, apoyada en una de las estanterías y rodeada de latas de conserva.

—¡Nerea! —anuncio con un hilo de voz.

Mi amiga y cómplice tiene la mirada perdida y los ojos hinchados por culpa de las lágrimas. Se está abrazando el cuerpo, como si quisiera protegerse del frío.

—Nerea… —digo mientras me acerco a ella y me acuclillo—. ¿Estás…?

No me deja tocarla. Como si una fobia hubiese nacido en ella, el cuerpo de Nerea se ha apartado con terror de mí.

La chica reacciona en cuanto me reconoce y entonces se aferra a mí en un abrazo y comienza a llorar desconsolada en mi hombro. No hace falta que me cuente lo que ha pasado. El Capitán quería demostrar quién manda y nos lo ha dejado bastante claro.

—Tenemos que marcharnos de aquí —le digo mientras ella sigue llorando—. Tenemos que irnos de El Desierto.

Querido Oriol:

Me marcho. No puedo más. Mañana por la noche Nerea y yo nos montaremos en uno de los jeeps y saldremos de este lugar.

Ni a mi peor enemigo le desearía que lo mandaran aquí. Esto no es un castigo. Es un infierno en el que el demonio tiene múltiples formas y personalidades.

No te puedes hacer una idea de cómo estoy, de lo que estoy viviendo. Salir de los límites es una locura, pero quedarse aquí es un suicidio. Prefiero lidiar con los Salvajes y las entrañas de El Desierto que seguir aguantando lo que hay en este cuartel.

Así que... se podría decir que esta es mi última carta.

Quiero que sepas que te perdono, hermano. No te guardo ningún rencor.

Quiero que sepas esto porque, en el caso de que no pueda volver a casa y mi destino sea pasar el resto de mi vida aquí, no me perdonaría jamás haberme enfadado contigo. Creo que es cierto eso de que los gemelos tienen un vínculo especial. Así que, pase lo que pase, voy a estar siempre contigo. Y si... bueno, ya sabes... si mi vida se termina aquí, lo único que tienes que hacer para verme es mirar al cielo por la noche. Estaré al lado de la estrella de la abuela.

No sé cómo voy a volver a casa, Oriol... Pero lo voy a intentar. Aunque tenga que morir en el intento.

Cuida de papá y mamá.

Te quiere tu hermano,
Unai

Un soldado protegido por su Capitán

Doblo la carta por la mitad y la introduzco en el sobre en el que apunto la dirección de casa de mis padres y el nombre de mi hermano. Después me aseguro de que mi petate está preparado para la huida de esta noche. Todavía quedan unas cuantas horas para que empiece nuestro plan evasivo, pero me quedo más tranquilo si voy dejando cosas cerradas.

Antes de que terminara nuestra desagradable visita a los almacenes del cuartel, Nerea y yo aprovechamos para robar todas las latas de conserva y botellas de agua que pudimos. Ella, después de lo que le hizo el Capitán, no estaba muy para la labor de cargar con las provisiones. Aún así, nos hemos llevado lo suficiente como para sobrevivir un par de semanas.

Lo único que nos falta es conseguir las llaves de uno de los jeeps. Esta es la parte más delicada porque solo los furrieles y otros soldados con responsabilidades tienen acceso a ellas. Solamente conocemos a dos personas que podrían conseguirnos el set de llaves, además del Capitán. Una de ellas es Murillo al que, obviamente, descartamos. La otra es Tola.

Nuestra compañera de escuadra se relaciona más con los yayos y furrieles que con nosotros; por no mencionar al Capitán, claro. Nerea me ha insistido en que quiere hablar con ella y convencerla para que nos dé lo que necesitamos.

—¿Estás preparado? —me pregunta Nerea.

Yo asiento, vuelvo a guardar mi petate bajo la cama y salgo con mi compañera del dormitorio en el que, sea como sea, esta noche no vamos a dormir.

Me tomo unos segundos para observar a mi compañera. Es admirable la valentía y fuerza que irradia ahora mismo. No esconde el dolor en su rostro, tampoco en su cuerpo. Como si se hubiese roto en pedazos y aún se estuviera reconstruyendo, Nerea camina con paso firme y decidido.

—¿Qué tal por el almacén? —nos pregunta Dafne cuando nos unimos con el resto de la escuadra—. Ya nos ha dicho Murillo que os han obligado a ordenar estanterías y ver si había latas caducadas. ¿Nos están dando comida caducada?

—Dafne, cierra la boca —le ordena el furriel cuando aparece—. Esta tarde os libráis de seguir cavando hoyos. Os toca sacar sirope.

—¡Bárbaro! —grita Nando—. Prefiero estar con el juguito de árbol que metiendo la pala en la tierra.

Murillo nos lleva andando hasta los árboles de los que vamos a extraer el sirope y nos da a cada uno el pitorro que necesitamos para trabajar. Cuando llega a mí, me agarra la mano y me mira a los ojos.

—No hagas ninguna tontería, Freddy —me dice para después acercarse a mi oído y susurrarme—: Que no te haya hecho nada mientras estabas inconsciente, no significa que no pueda ocurrir.

Lo aparto con brusquedad mientras él me contesta con una sonrisa vacilante de victoria. Intento controlarme. No quiero perder los papeles y darle una excusa para que me encierre en el *Asfixiador* otros tres días.

Aguanta, Unai. Esta noche te largas de aquí, me digo.

—¡A trabajar! —grita Murillo—. En un par de horas quiero ver esos bidones llenos de sirope.

Comenzamos a repartirnos todos por los distintos árboles que hay y empezamos a hacer la extracción. Si ya de por si a mí se me da un poco mal esto, hoy, que tengo la cabeza en otra parte, hago un trabajo bastante desastroso. No dejo de estar pendiente de Nerea, su estado y del momento en el que vaya a hablar con Tola. Estamos todos bastante juntos, así que no tengo ni idea de cómo va a conseguir hablar con ella a solas.

Pasan los minutos y cuando llevamos casi una hora de trabajo, mi amiga se anima finalmente a apartar a Tola del resto para tener una conversación más privada.

—¡Bueno! —dice Nando a Tola—. ¿Te gustan también las mujeres, amiga? ¡Sos la mina perfecta!

—Cállate, Nando —le ordena Nerea.

—No tengo nada que hablar contigo en privado —contesta Tola con una sonrisa.

—De acuerdo… Pues lo hablamos aquí, delante de todo el mundo, ¿quieres, Bartola? —amenaza mi compañera.

A Tola se le queda la sonrisa congelada

—¿Bartola? —dice Nando mientras se ríe—. ¿Te llamás Bartola?

—¡Está bien! —grita quitando su sonrisa de golpe—. Hablemos.

Tola cierra el grifo del árbol que está trabajando, se sacude las manos y acude con paso ligero y cabreada al interior del bosque. Nerea me hace un gesto para que la acompañe.

—¿Tú también? —me pregunta Dafne—. ¿A dónde vais?

Algo que he aprendido en este lugar es a ignorar a la gente, así que me limito a no contestar, ni siquiera me digno a mirarla, y sigo a Nerea al interior del bosque. Cuando vemos que estamos a unos metros del resto, nos centramos en Tola, quien se gira indignada y enfadada a nosotros.

—No hacía falta que dijeras mi nom...

Nerea no le deja terminar la frase y empotra a la chica contra uno de los árboles mientras la agarra de la chaqueta militar.

—Cállate y escúchame. Sé que tienes miedo, ¿vale? Que estás asustada, pero esto... puede parar. Sabemos que le has dicho al Capitán lo que te dijimos y, la verdad, nos has jodido bien, pero...

—¡Vosotros sí que me habéis jodido bien con esa nota! —interrumpe.

—¡Por Dios, Tola! —le dice Nerea—. ¡Son unos monstruos! ¡Solo queríamos ayudarte!

—Os estáis equivocando —dice Tola—. Solo sois unos niñatos enfadados con el mundo que no soportáis hacer lo que no os gusta. El Capitán solo quiere cuidar de nosotros y...

—¡¿Cuidar?! —le interrumpe con lágrimas en los ojos—. Pues que sepas que a mí también me *ha cuidado*. Hace menos de ocho horas. Y lo único que he podido hacer es...

Nerea suelta a Tola y se aparta de nosotros cubriéndose el rostro. Como si quisiera permanecer serena y fría, pero le resulta imposible mantener la calma con esto.

—Nos vamos a ir —confieso a la chica—. Y necesitamos tu ayuda para...

—No... no me mientas, Nerea —interrumpe la chica, ignorando mis palabras y centrándose en la confesión de nuestra compañera.

—¡Despierta, Tola! ¡Abre los ojos! —le contesta Nerea llena de impotencia.

—Si me hubierais hecho caso y…

—¿Y qué? ¿Y nos hubiéramos callado? —digo yo.

—¡Pues sí! —contesta ella—. No podemos hacer nada.

Todos nos quedamos en silencio. Nerea parece haber calmado sus lágrimas, pero la tristeza y la decepción que siente al escuchar las palabras de nuestra compañera son evidentes. Me mira mordiéndose los labios y niega con la cabeza, dándose por vencida. Después suelta un suspiro y, con un tono de voz que intenta ser afable, responde.

—Bueno, Tola. Gracias.

—Si creéis que ahí fuera se está mejor que…

—He dicho que gracias —sentencia mi amiga—. Si cambias de opinión ya sabes dónde estamos. Te pediría que no dijeras nada de nuestras intenciones, pero… Bueno. Ya da igual. Lárgate.

Tola tarda unos segundos en reaccionar y después se marcha con el resto del grupo. Pero, de repente, se detiene unos segundos. Como si estuviera a punto de girarse para decirnos algo. Como si quisiera venir con nosotros. Pero no se da la vuelta. Simplemente, emprende la marcha y regresa a su árbol.

—¿Y ahora qué hacemos? —pregunto.

—El plan sigue adelante —dice ella.

—Pero… ¿sin las llaves?

—No nos hacen falta llaves. Puedo hacer un puente y arrancar el coche que queramos —me confiesa.

—¿Entonces? ¿Qué sentido tiene lo que acabamos de hacer? —pregunto, confundido.

Nerea se acerca a mí, sin dejar de mirar a la dirección en la que se ha ido Tola. Como si estuviera dolida por no poder hacer nada por nuestra compañera.

—Quería hablar con ella para… Bueno, para que abriera los ojos y se viniera con nosotros. Ojalá cambie de opinión.

Ojalá lo haga, subrayo para mis adentros. *Ojalá lo haga antes de esta noche porque después… será demasiado tarde.*

Un soldado nunca se retira

Lo bueno de haber estado subiendo a la azotea a hurtadillas es que ya nos conocemos el cuartel por la noche. No sabíamos si nos íbamos a encontrar a algún soldado haciendo guardia en las cocheras, pero, para nuestra fortuna, el garaje está vacío y libre de vigilancia. ¿Quién va a querer robar un jeep para marcharse de aquí? ¿Quién va a querer escaparse de este sitio teniendo como alternativa el inmenso y mortal Desierto plagado de Salvajes y demás amenazas? Este lugar está hecho para que los de fuera no entren porque dan por sentado que los que estamos aquí dentro tenemos cierta cordura y no nos planteamos salir.

¿A dónde vamos a ir? No lo sé, pero me da igual. Quiero irme de aquí sin importar lo que me vaya a encontrar más allá de la alambrada. Nuestra locura y desesperación se ha convertido en nuestra oportunidad de evasión.

El garaje no es muy distinto a cualquier aparcamiento subterráneo. Los jeeps se refugian entre las columnas que sostienen el techo del diáfano espacio. Mientras que en un extremo tienen una zona transformada en un taller mecánico para el mantenimiento de los vehículos, en el otro lado se encuentra la puerta corredera que da al exterior y que apunta, directamente, a la entrada norte.

—Estás segura de lo que haces, ¿verdad? —pregunto a Nerea intentando esconder mi miedo.

Ella me responde con una mirada en la que no disimula su decepción y desprecio por mi pregunta, decide ignorarla y continúa ajustando las cuerdas del petate. Los dos vamos cargados con nuestras respectivas mochilas militares, llenas de todo lo que pudimos robar del almacén de conservas.

Nerea va directa al taller del garaje y comienza a rebuscar entre las cajas de herramientas que hay, procurando no hacer mucho ruido.

—¿Te puedo ayudar? —le pregunto—. ¿Qué estamos buscando exactamente?

—Algo largo y fino.

Su elaborada respuesta no es que me resuelva mis dudas, pero intento rebuscar algún objeto con las características que dice.

No te voy a engañar: estoy bastante nervioso y asustado. No por salir allí fuera, sino porque nos puedan descubrir en plena huida. Lo único que quiero es que podamos abrir un maldito coche, encenderlo, pisar el acelerador y que el destino haga su juego. Solo espero que esta vez esté de mi parte y me ayude a salir de este infierno.

—¡Lo encontré! —anuncia orgullosa mientras saca un alambre largo.

Nerea va directa a uno de los jeeps y manipula el hierro de tal forma que lo convierte en una especie de gancho. Introduce su improvisada ganzúa por el hueco que hay entre la puerta y la ventanilla del coche y comienza a moverlo de un lado a otro, como si conociera a la perfección la parte del vehículo que va a desbloquear los seguros.

—Joder... Somos idiotas—suelta Nerea, cabreada.

—¿¡Qué pasa?! —pregunto, asustado.

—Nada —contesta mientras saca el alambre de la puerta—. Ya estaba abierto.

Que dejen los jeeps así demuestra que los de arriba están completamente seguros de que nadie va a intentar robarlos por la noche.

Al menos hasta ahora.

Nerea toma la iniciativa y se pone en el asiento del conductor mientras yo comienzo a bordear el vehículo para ir de copiloto. Los dos dejamos los petates en los asientos traseros y nos quedamos sentados durante unos segundos, sin saber qué hacer.

—¿Qué pasa? —pregunto cuando veo que mi compañera no reacciona.

—No creo que sea tan fácil... —se dice para sí misma.

Nerea pulsa el botón de encendido y este se activa sin problemas. Mi cara de felicidad es la misma que la de un niño pequeño el día de Navidad cuando ve los regalos debajo del árbol. Una cara de emoción mezclada con la de asombro porque no se puede creer lo que está viendo.

—¿Tiene suficiente batería? —pregunto.

—Cargada al cien por cien —anuncia ella con una sonrisa—. Ahora solo nos queda abrir eso —sentencia mientras señala a la puerta del garaje.

Nerea se baja del vehículo sin apagarlo y yo le copio el gesto, pero dejo mi puerta abierta. No vaya a ser que se cierre, el coche se apague, ponga sus seguros de forma automática y no podamos volver a entrar.

No tardamos en encontrar la caja en la que se encuentran los botones para manipular nuestra salida.

—Vale. Cuando esto se abra, tenemos que darnos toda la prisa del mundo en subir al coche y salir de aquí, ¿de acuerdo? —dice mi amiga.

Yo asiento con seguridad.

—A la cuenta de tres —anuncia—. Uno, dos… ¡tres!

Nerea pulsa el botón y la puerta comienza a hacer un ruido bastante molesto de subida. Los que estén cerca haciendo guardia, van a saber que alguien ha abierto el garaje, así que la cuenta atrás para salir de aquí ha comenzado.

Corremos hacia el vehículo, como si hubiéramos activado una bomba de la que tenemos que escapar. Sin embargo, justo cuando Nerea abre la puerta del conductor, un ensordecedor estruendo nos hace quedarnos en el sitio.

—¡Quietos! —ordena el Capitán que sostiene en su mano la pistola con la que ha disparado al techo.

Nerea y yo nos giramos despacio, pero no solo nos encontramos con él. Agarra con fuerza a Tola por el pelo, quien tiene además su petate colgado a la espalda.

—¿Con estos te ibas a ir? —le pregunta a la chica—. ¡¿Con estos?!

—Me haces daño —se queja ella.

—¡Suéltala! —grita Nerea.

El Capitán no tarda en apuntarle con el cañón de la pistola.

—Cállate. ¡Y alejaos del coche! Como se os ocurra poner un pie dentro os juro que os mato —nos amenaza para después dirigirse a Tola—. Te he cuidado y dado todo lo que querías, ¿y así me lo pagas?

—¡Lo siento! —dice Tola, asustada y llorando desconsolada—. ¡Ha sido una tontería! No volverá a ocurrir, te lo prometo.

—¿Te crees que soy tonto? ¡¿Tengo cara de tonto?!

—No, no, por favor… —suplica Tola entre lágrimas—. Ellos me obligaron y…

—¿Y has hecho la maleta y todo? —le grita él—. ¡Eres una mentirosa! ¡Como todas!

El Capitán da un tirón al pelo de la chica, colocándole la cara de tal forma que con la otra mano le da un bofetón tan fuerte que la acaba tirando al suelo.

—¡Eres mía! —le grita—. ¡Y vosotros también! Ya os lo dije, idiotas, aquí sois unos mandados. Nadie os quiere. Sois despojos sociales. ¡Parásitos! ¡Por eso estáis aquí!

Tola, que sigue en el suelo llorando, intenta alejarse del Capitán, arrastrándose por el suelo como si fuera un gusano.

—¿Os creéis que a alguien le importa que Murillo haya matado a Aitor? ¿Os creéis que pasaría algo si os pegara un tiro a cada uno? ¡No! ¡Porque nadie se preocupa de vosotros! —continúa gritándonos.

Miro de reojo a Nerea, quien está petrificada en el sitio, mirando con terror a la cara del tipo que hace unas horas ha abusado de ella. Puedo ver el miedo en su rostro, como si temiera que la pesadilla se volviera a repetir.

—¡Tú, mírame cuando te hablo! —me grita—. Ni se te ocurra hacer lo que creo que vas a hacer porque como pongas una mano en…

La frase del Capitán se corta de golpe con el alarido que suelta. El golpe que le ha dado Tola con una barra de metal ha hecho que dispare sin querer el arma varias veces. Sé que las balas nos han rozado porque la ventanilla del conductor ha estallado en pedazos.

—¡Corred! —grita Tola—. ¡Largaos de aquí!

La chica se prepara para dar un nuevo golpe al Capitán, pero él agarra el tubo de metal a tiempo y comienza a forcejear con ella. Yo me giro hacia Nerea para actuar, pero veo que sigue inmóvil, como si se hubiera quedado en estado de shock. Entonces me fijo en como su mano, manchada en sangre, se protege el costado. Sin decir palabra alguna, agarro a mi amiga y la meto en la parte de atrás del coche.

Vuelvo a escuchar varios disparos, consecuencia del forcejeo entre Tola y el Capitán.

Tengo que ayudarla. No puedo dejarla aquí.

Dejo que la rabia me cargue y llene de valor, agarro el primer objeto pesado que tengo a mano y se lo estampo a mi superior en toda la cabeza.

—¡Vámonos! —le grito a Tola.

Empiezo a correr de nuevo hacia el jeep y en un abrir y cerrar de ojos estoy subido en el asiento del conductor, dispuesto a pisar el acelerador. Tola está a punto de bordear el coche cuando veo como el Capitán se vuelve a incorporar y con una mano puesta en la cabeza, apunta a mi compañera con la pistola y descarga la munición en ella.

El tiempo se detiene.

El cuerpo de Tola cae sobre el capó del coche.

Mi mirada se junta con la suya y de sus labios puedo leer una última palabra:

—*Corre.*

El Capitán empieza a cargar el arma y yo piso a fondo el acelerador del jeep. El cuerpo de mi compañera abandona el coche y cae al suelo, completamente inerte. Siento como, aún preso de la adrenalina, las lágrimas de terror, rabia e impotencia empiezan a recorrerme el rostro.

Conduzco a ciegas. Aún no he encendido las luces del coche. Siento que voy por la gravilla de El Desierto por los brincos que da el jeep. No me detengo. No dejo de pisar el acelerador. Voy directo a las luces de las torretas que protegen la entrada norte del cuartel.

Nadie ha dado la alarma.

Nadie nos espera. Porque en este lugar, solo nos preparan para combatir las amenazas de fuera. No las de dentro.

—¡Aguanta, Nerea! —grito—. ¡Ya casi estamos!

Puedo ver con claridad la verja de las puertas de El Desierto. Una verja que crucé aterrado hace unos meses a plena luz del día y que ahora voy a atravesar de noche con un sentimiento tan parecido como distinto.

—¡Agárrate! —advierto a mi malherida compañera.

Intento pisar aún más a fondo el acelerador y aprieto con fuerza el volante para que el coche no se desvíe al embestir la valla con toda su potencia. El impacto provoca que el vehículo dé un fuerte brinco, casi desestabilizándonos, pero consigo mantenerlo firme con toda la fuerza que puedo. La valla se abre como si fuera una cremallera, dejando completamente destrozada la entrada al cuartel.

Enciendo las luces y giro el volante hacia la estación de tren. Lo único que se me ocurre es seguir la vía del Convoy Errante.

—¡Ya está! —grito—. ¡Lo hemos conseguido! ¡Estamos fuera!

Puedo escuchar varios disparos a nuestras espaldas, pero los hemos descubierto de imprevisto y demasiado distraídos. Ya estamos demasiado lejos para que vengan a por nosotros.

Sigo pisando el acelerador todo lo que puedo y manejando el volante que pide a gritos desequilibrarse por el terreno que estamos atravesando. No hay carrera alguna. Solo arena y piedras.

No sé cuanto tiempo ha pasado. Pero no relajo el cuerpo hasta que dejo de ver las luces del cuartel a nuestras espaldas.

—Parece que no nos siguen —digo mientras me giro para ver a Nerea—. ¿Cómo estás?

—Jodida —susurra ella con una sonrisa—, pero libre.

Yo vuelvo a centrarme en la carretera dejando que de mis labios salga la misma sonrisa de victoria.

Lo hemos conseguido.

Hemos salido de El Desierto.

—¡Sí! —grito victorioso dando un golpe al volante.

De repente, las vías del Convoy Errante empiezan a elevarse porque el terreno comienza a transformarse en una pendiente.

¡Pum!

Hemos atropellado algo que hace derrapar por completo al coche. El volante se desestabiliza y no puedo controlar los giros involuntarios que empieza a dar el vehículo hasta el punto de hacernos volcar.

No sé cuántas vueltas de campana damos. Solo sé que caemos por la ladera.

El coche deja de moverse. El cinturón de seguridad me mantiene pegado en el asiento bocabajo. El silencioso motor del jeep se apaga, pero sus luces permanecen encendidas. Y yo, por culpa de la adrenalina y del accidente que acabamos de tener, me convierto en presa del sueño y del mareo.

Un soldado que ya no juega

El sonido de los huesos de Aitor rompiéndose contra las paredes del pozo.

Los gritos de Nerea cuando el Capitán iba hacia ella.

La mirada medio inerte y apagada de Tola junto a un último suspiro con el que me ordena que me vaya.

El apestoso aliento de Murillo mientras me tiene agarrado por el cuello.

Despierto de golpe, buscando una bocanada de aire. Me va a estallar la cabeza. Siento una tremenda presión en las sienes y en la nuca. Noto los labios hinchados y un tremendo picor en los ojos, como si se me hubiera metido serrín en ellos. Me doy cuenta de que todavía sigo dentro del jeep, bocabajo.

No sé cuánto tiempo llevo así, pero creo que se me ha subido la sangre a la cabeza. Llegar al botón del cinturón de seguridad se convierte en un esfuerzo casi imposible. Tengo los brazos tan adormilados por culpa del riego sanguíneo que me cuesta hacer cualquier movimiento, pero a duras penas consigo pulsar el desenganche con la poca fuerza que me queda y caer de golpe contra el techo del vehículo.

Salgo arrastrándome como si fuera una babosa y con cada palmo que doy siento cómo las náuseas vuelven a apoderarse de mí hasta el punto que se me nubla la vista. Como si todos mis sentidos se hubieran quedado en el asiento del conductor.

Me quedo fuera del coche, tumbado en el suelo, sobre la dura y fría gravilla de El Desierto. Aún es de noche, pero por la tenue luz que empieza a presentar el cielo, no creo que tarde mucho en salir el sol.

No me puedo creer que hayamos tenido un accidente tan solo unos minutos después de haber escapado del cuartel. ¿Qué ha pasado? Juraría que tenía el control de todo. Solo me giré para ver a...

—Nerea... —susurro en alto—. ¡Nerea!

Como puedo, me vuelvo a incorporar y voy directo a los asientos traseros del vehículo. Miro por la ventanilla y veo el cuerpo de mi amiga tumbado sobre el techo. Intento abrir la puerta, pero está atascada. Lo vuelvo a intentar con un tirón más fuerte que acompaño con una patada. Se abre.

Con sumo cuidado agarro a mi amiga por las axilas y empiezo a arrastrarla hacia fuera. Su cara está llena de heridas por los cortes de los cristales y los golpes que se ha dado con el accidente, mientras que su vientre sigue cubierto de sangre por la herida de bala que le ha hecho el Capitán.

Una vez que la he dejado tumbada en la gravilla, acerco mi rostro al suyo para ver si respira. Su corazón late de forma débil, pero sus pulmones siguen moviéndose como si fueran un fuelle.

Tranquilo por ver que aún vive mi amiga, regreso al coche para sacar los dos petates y empiezo a buscar en ellos una de las botellas de agua que robamos del almacén. Primero doy un sorbo generoso y después incorporo el rostro de Nerea para que beba un poco. Inmediatamente, empieza a toser.

—Despacio… —le digo.

—¿Qué…? —dice con una voz débil y rota—. ¿Qué ha pasado?

—Hemos volcado… No sé cómo ha ocurrido —contesto con una culpa tremenda—. Me giré un momento para ver cómo estabas, sentí como un pinchazo y…

Me da por estudiar las ruedas del coche y veo que una de ellas está cubierta de alambre de espino, como si hubiéramos cruzado por encima de un cepo policial rudimentario. Como si alguien hubiera puesto trampas en el camino para detenernos. O cazarnos.

—Salvajes… —susurro cuando me doy cuenta de dónde hemos caído—. Tenemos que movernos, Nerea. Tenemos que salir de aquí.

Procuro que el pánico y el miedo no me dominen, pero haber caído en una trampa de los Salvajes no es algo que me tranquilice. ¿Se habrán dado cuenta de que estamos aquí? ¿Estarán de camino? ¿O tal vez nos están observando, escondidos en las colinas, esperando a que nos muramos de hambre?

En un abrir y cerrar de ojos tengo en la espalda tanto mi petate como el de Nerea. Después, vuelvo a abrazar sus axilas para intentar levantarla, pero ella lanza un quejido de dolor que me obliga a dejarla en el suelo de nuevo.

—No… No puedo… —me dice.

—Claro que puedes —insisto—. Agárrate a mi cuello, vamos. ¿Preparada?

Nerea empieza a resoplar como si tuviera contracciones y estuviera a punto de entrar en el paritorio. Hace una esfuerzo monumental por levantarse mientras se cuelga de mí y, finalmente, conseguimos ponernos en pie entre quejidos y resoplidos.

—¿Ves? Sí que puedes.

—Ahora, ¿por dónde vamos? —me pregunta.

—Sigamos la vía del tren.

Empezamos a caminar a paso de tortuga. Nerea tarda en lidiar con el dolor de la herida de bala y yo en acostumbrarme a llevar su peso y el de las mochilas. Tenemos que hacer varias paradas para descansar y lo que habríamos hecho a paso normal en cuestión de treinta minutos, lo conseguimos en más de una hora.

El cielo se empieza a teñir de un azul cobalto con pequeños tintes rosas, anunciando la inminente salida del Sol. El camino es duro y lo único que se me ocurre para hacerlo más ameno es ponerme a cantar como si fuera un scout cansado. Me acuerdo, entonces, de aquella melodía que mi abuelo nos cantaba a mi hermano y a mí cada vez que nos llevaba de paseo por las montañas.

—*Caminando por el campo (la-la la lá) en el suelo vi que había (uu aa uu) una carta ensangrentada (la-la la lá) de cuarenta años hacía (uu aa uu).*

Me concentro en la letra para evitar pensar en la fatiga y el peso que llevo, mecanizando mis movimientos y dejando la mente en blanco. Era algo que también solía hacer de niño en esas marchas con mi abuelo, cuando yo quería parar y él no me dejaba.

—*Era un paracaidista (la-la la lá) de la octava compañía (uu aa uu) que a su madre escribía…*

—*La-la la lá* —continúa Nerea.

—*Y la carta así decía.*

—*Uu aa uu* —cantamos los dos.

—¡Auch! —grita Nerea de dolor—. Para un momento. Necesito descansar.

Nos apoyamos en una roca en lo alto de una colina. A nuestro lado cruza la infinita vía de tren que se pierde entre las montañas, mientras que en frente comienza a brillar con fuerza el gran astro que anuncia el inicio de un nuevo día. Nerea y yo nos quedamos sentados, contemplando el espectáculo natural. Los rayos comienzan a bañar todo El Desierto y a teñir las áridas y rocosas tierras de ese color rojo que lo caracteriza.

Vuelvo a sacar la botella de agua y le ofrezco un trago, ella lo acepta, pero cuando da el primer sorbo, se atraganta y empieza a toser. Los pelos se me ponen de punta cuando veo su mano ensangrentada tras descubrírsela de la boca. No sé qué hacer ni qué decir. El estado de Nerea no es bueno y, siendo realistas, no vamos a aguantar mucho así... Necesitamos un médico. ¡Un maldito médico! ¡Una civilización! ¡Necesitamos salir de aquí!

—¿Qué decía? —me pregunta, interrumpiendo mi cabreo y frustración interior.

—¿Quién? —pregunto confundido.

—La carta de la canción —me dice—. Sigue cantando, porfa —me suplica como una niña pequeña mientras se aferra a mí con un abrazo con el que parece que se va a partir.

Mis brazos la rodean con el mismo cariño y continúo cantando mientras dejo que mi mente se despreocupe de todo durante unos momentos con el espectacular amanecer que nos está regalando El Desierto.

Madre anoche en las trincheras (La-la la lá)

Entre el fuego y la metralla (Uu aa uu)

Vi al enemigo correr (La-la la lá)

La noche estaba cerrada (Uu aa uu)

Apunté con mi fusil (La-la la lá)

Al tiempo que disparaba (Uu aa uu)

Y una luz iluminó (La-la la lá)

El rostro que yo mataba (Uu aa uu)

Era mi amigo José (La-la la lá)

Compañero de la escuela (Uu aa uu)

Con quien tanto yo jugué (La-la la lá)

A soldados y a trincheras (Uu aa uu)

—Qué triste —me interrumpe Nerea.

—Sí... —me lamento—. Es una canción inspirada en la guerra civil española.

—Qué *vintage* —apunta ella con humor, aún estando muy débil—. Y qué acertada para este momento.

Mi amiga vuelve a toser, esta vez con más dolor y fuerza, emitiendo un ruido con el que parece que se le va a romper el pecho. Después empieza a tiritar y yo intento abrazarla aún con más fuerza para que entre en calor.

—Sigue cantando —me suplica castañeteando los dientes.

Yo le hago caso, intentando esconder las lágrimas por la tristeza que siento... Por la responsabilidad con la que cargo... *Todo esto es culpa mía*. Si no hubiera aceptado venir aquí, nada de esto habría pasado.

—Oriol —me dice— Sigue, por favor.

Miro a mi amiga durante unos segundos, estudiando su rostro. Sé que no le queda mucho. Sé que voy a ser la última persona que va a ver en su vida. Nerea es y siempre será mi amiga y no quiero que se marche sin saber la verdad sobre mí.

—Hay algo que tengo que contarte —confieso, con un nudo en la garganta—. No me llamo Oriol. Yo...

—Shhh... —me dice, débil—. No hace falta que me digas nada. Sé quién eres. Aunque no sepa tu nombre de verdad... Sé qué clase de persona eres. El nombre es lo de menos, amigo —sentencia—. Ahora canta.

No puedo evitar que las lágrimas empiecen a salir de mis ojos. Quiero ser fuerte por ella, por Aitor, pero es que me parece tan injusto esto... Tan doloroso... ¿Cómo es posible que me vaya a quedar tan solo en este mundo? ¿Cómo es posible que este lugar sea capaz de arrebatarme todo lo que quiero de una forma tan cruel y rápida? Respiro hondo y continúo con la canción para evitar no derrumbarme más.

Ahora el juego era verdad (La-la la lá)

Y a mi amigo ya lo entierran (Uu aa uu)

Madre yo quiero morir (La-la la lá)

Ya estoy harto de esta guerra (Uu aa uu)

El grave sonido de un cuerno y los gritos y silbidos que se oyen de fondo, me ponen en alerta.

—¡Mierda! —grito mientras me incorporo absorbiendo mis lágrimas—. ¡Salvajes! Tenemos que irnos ya, Nerea.

—No —me ordena ella—. Yo no.

—No pienso dejarte aquí.

—Pero lo vas a hacer —me dice—. Y no pasa nada. Todo está bien. Lo hemos intentado. Lo he intentado… Estamos retrasando lo inevitable y, seamos sinceros, solo conseguiremos que a ti también te atrapen.

—Nerea, no…

—Shhh… —me dice mientras me tapa la boca—. No pasa nada. Eres un valiente y una de las mejores personas que he conocido en mi vida. Entiendo lo que Aitor veía en ti. Entiendo por qué te quería tanto.

El cuerno vuelve a sonar, esta vez más cerca. Yo no sé que hacer. No me quiero ir. No quiero dejar a mi amiga aquí, moribunda y que muera sola.

—Los entretendré —me dice—. Tú corre. Corre y no mires atrás.

Nerea me agarra por última vez la mano.

—Puedes conseguirlo. Hazlo por los dos —sentencia sin dejar de mirarme a los ojos, mientras me regala su última sonrisa.

Yo asiento, me doy la vuelta y empiezo a andar a paso ligero. El dolor, el miedo y la pena vuelven a apoderarse de mí y las lágrimas comienzan a recorrer mi rostro como si un embalse se desbordara. Siento una presión tan grande en el pecho, que lo menos que quiero hacer ahora es ponerme a correr y huir de estas bestias.

—¡Canta, amigo! —grita Nerea a mis espaldas como si me hubiera leído el pensamiento—. ¡Sigue cantando para mí!

Le hago caso.

Madre si vuelvo a escribir (La-la la lá)

Tal vez sea desde el cielo (Uu aa uu)

Donde encontraré a José (La-la la lá)

Y jugaremos de nuevo (Uu aa uu)

Las pisadas y bramidos se oyen cada vez más cerca.

Los alaridos de victoria que dan me hacen pensar que ya han encontrado a Nerea. Puedo escuchar cómo ella les grita algo, pero yo hago por correr aún más deprisa y seguir cantando.

Si mi sangre fuera tinta (La-la la lá)

Y mi corazón tintero (Uu aa uu)

Con la sangre de mis venas (La-la la lá)

Te escribiría «te quiero» (Uu aa uu)

Un soldado siempre va a huir del inframundo

Cada nueva zancada que doy se me hace más dura y costosa. El cansancio físico y emocional empieza a hacer mella en mis músculos. Si a eso le añadimos que el terreno está repleto de rocas y pendientes y que no estoy acostumbrado a correr por él, mi huida está siendo todo un calvario.

Los silbidos y los gritos, el rugido del cuerno que trona con cada soplido, el sonido de la gravilla crujiendo con cada pisada que dan. Todo se escucha cada vez más cerca. ¿Qué habrán hecho con Nerea? ¿Por qué se los llama Salvajes? La cantidad de imágenes que se me pasan ahora mismo por la cabeza no hacen más que aumentar el terror que me tiene completamente dominado. Porque sé que me van a alcanzar. Sé que esto es cuestión de minutos… ¿Qué harán conmigo cuando me atrapen?

Intento no correr a lo loco y procuro seguir la dirección de la vía del Convoy Errante. Sé que soy presa del pánico, pero la poca cordura que me queda me hace avanzar en la dirección correcta. Al menos, es la única dirección que conozco para volver a casa.

La pendiente que estoy subiendo es cada vez más empinada. Cada paso que doy me cuesta un mundo y sé que los Salvajes están pisándome los talones porque cada vez los escucho más cerca.

Pero me aterra girarme.

Me da mucho miedo darme la vuelta y que, al ver a las bestias, me convierta en piedra. Así que sigo subiendo, dando los pasos más grandes que puedo, cargando con los dos petates y concentrándome en mi respiración para no cansarme.

¿Cuántos serán? ¿Cómo son? ¿Les llevaré mucha ventaja? ¿Irán armados? ¿Qué pasa si llevan arcos y flechas? Todas estas preguntas hacen que, cuando corono la cima de la colina, me arme de valor y mire a mis captores. Las sombras del amanecer no son todavía muy pronunciadas, así que lo único que distingo son varias siluetas que comienzan a subir los faldones de la colina.

Vuelvo a centrarme en mi camino y empiezo a bajar de forma vertiginosa por la ladera, dejando que mi peso y el de los petates me arrastre colina abajo. Pero no doy ni cuatro zancadas cuando, de repente, siento como mis pies me fallan y resbalan por culpa de la tierra. El equilibro me abandona y me hace caer de bruces al suelo por el que comienzo a rodar como una pelota. El polvo me empieza a cubrir, el terreno me araña como si fuera un animal vivo que se siente amenazado por mi presencia, la arena y la gravilla se empiezan a meter en el interior de mi ropa.

Yo, simplemente, me dejo caer. Siento cómo uno de los petates sale a volandas, mientras que el otro intenta escapar. Trato de detenerme, pero mi cuerpo ha alcanzado tal velocidad que me resulta imposible parar por mucho que quiera hacerlo con las manos sin que estas se raspen.

Aminora la marcha y mi cuerpo frena de golpe. No sé cuantas vueltas he dado, ni la distancia que he recorrido. Todo a mi alrededor se mueve. Parece que acabo de salir del centrifugado de una lavadora. Como puedo, me levanto y empiezo a correr de nuevo. No me preocupo por ver si voy en la dirección correcta.

Simplemente corro.

Procuro mantener el equilibro, algo que me resulta una odisea por lo mareado que estoy. La vista se me empieza a nublar, así que cierro los ojos y sigo corriendo. Me da igual si hay piedras en el camino. Me da igual el petate con las provisiones que he dejado atrás. Corro.

Corro como nunca lo he hecho en mi vida.

Hasta que me doy cuenta de que no puedo continuar.

En frente mío se alza una enorme pared de tierra de unos diez metros de altura. La inestabilidad de la piedra y de la arena que la forma me impiden escalarla. No tengo más remedio que girarme y ver cómo esas sombras que me persiguen se iluminan en lo alto de la colina por la luz del sol.

Una.

Dos.

De repente son cuatro.

Luego siete.

Me han visto. Y me señalan. Y echan a correr colina abajo.

Yo intento buscar desesperado una vía de escape. No me queda más remedio que avanzar por uno de los laterales, así que vuelvo a correr hacia donde se encuentra la vía ferroviaria que atraviesa el desnivel de la colina gracias a un puente.

Escucho los gritos más cerca que nunca.

Los aullidos más ensordecedores.

El cuerno más potente. Como si yo fuera una libre y ellos los zorros.

Siento un punzante dolor en el tobillo que me impide alcanzar la velocidad que quiero. Posiblemente, me haya hecho algo en mi estúpida y aparatosa caída. Pero yo sigo corriendo, aunque cojee.

Con el rabillo del ojo puedo ver cómo los Salvajes han llegado al faldón de la colina. La sombra, esa a la que yo ahora pertenezco, los vuelve a engullir mientras vienen hacia mí. Cada paso me consume aún más. Siento que el tobillo se me va a partir en cualquier momento. Me resulta inevitable aguantar los suspiros de dolor.

El paso se me corta unos metros más adelante cuando veo que dos figuras se interponen en mi camino. Me giro instintivamente y veo que por la otra salida también vienen más. Me han acorralado. Estoy completamente rodeado.

Apoyo mi espalda contra la enorme pared de la montaña, como si le suplicara que me dejara pasar, que se abriera una puerta mágica como en *Alí Baba y los cuarenta ladrones*. Pero El Desierto me ignora y me deja a merced de sus Salvajes. Y ellos saben que soy suyo porque han aminorado la marcha. Tan solo están a unos pocos metros de mí.

Harapos mugrientos. Ropas roídas por el paso del tiempo. Algunos llevan bufanda, otros gorros. Sus cabellos están completamente desaliñados. No distingo hombres de mujeres. Pero no es el deleznable atuendo que llevan lo que me aterroriza. Es su aspecto.

Los Salvajes están completamente deformes. Sus rostros presentan diferentes atrocidades, como si la madre naturaleza hubiese querido desterrar aquí a los despojos de su creación. Algunos tienen la frente hinchada, otros parecen tener bolas de billar en vez de cejas. Unos presentan la mitad del rostro con la piel colgante, como si el calor de este lugar les derritiera. Otros carecen de alguna extremidad y, en su lugar, han puesto improvisadas prótesis hechas con chatarra. Sus bocas, completamente mutiladas y deformadas, me sonríen con cada paso que dan. Algunos se frotan las manos, otros se relamen como si pudieran degustar mi tierna y joven carne.

Con las pocas fuerzas que me quedan, agarro unas piedras del suelto y las alzo en alto.

—¡Atrás! —los amenazo, como si eso fuera a servir de algo.

Ellos empiezan a reírse del ridículo que estoy haciendo.

Los tengo a tan solo unos metros. Puedo oler su fétido aliento, su apestoso olor corporal que mezcla el sudor con la putrefacción.

—¡ATRÁS! —vuelvo a insistir.

Ignorado completamente por las bestias, lanzo una primera piedra al que tengo más cerca. El Salvaje se cubre el rostro con las manos como si fueran un escudo y detienen el golpe del pedrusco. Entonces lanzan un rugido y todos comienzan a correr hacia mí como locos.

Me apoyo contra la pared, rendido.

Se acabó.

Es el fin.

Cierro los ojos, a esperas de sentir el primer golpe o mordisco.

—STOP!

El grito de uno de ellos los detiene por completo. Yo no me atrevo a abrir los ojos. Siento su respiración a tan solo un par de metros. No quiero verlos de cerca. Pero cuando empiezo a escuchar cómo alguien empieza a caminar hacia mí, atravesando el grupo de Salvajes, me obligo a abrir los ojos para ver qué ocurre.

La figura avanza entre los seres deformes que me rodean, abriéndose paso entre ellos sin que estos muevan un solo músculo.

Y cuando veo su rostro se me para el corazón de golpe.

Porque es alguien que luce este maldito uniforme amarillo.

Alguien que creía muerto.

Aitor aparece de entre la multitud y se pone a tan solo unos centímetros de mí.

¿Me he vuelto loco?

O quizás…

¿Me he muerto y estoy viendo un fantasma?

Un soldado (llamado Aitor) que cayó por un pozo (y vivió para contarlo)

Cierra los ojos. Respira. ¿Preparado? Uno, dos, tres, cuatro…
¡Siete!

Cuando abrí los ojos, seguía sin ver nada. Desperté en una nueva oscuridad húmeda, sin saber aún si estaba vivo o muerto. Solo recordaba el empujón que me había dado Murillo y cómo mi cuerpo caía de forma vertiginosa por el pozo, engullido por la oscuridad de aquella garganta que parecía infinita, de la que solo sentía los golpes que me propinaban sus duras y rasposas paredes.

Entonces se apagó todo. Aquel golpe en la cabeza me desconectó del mundo real como si fuera un maldito juguete. Dicen que cuando vas a morir ves pasar toda tu vida por delante de tus ojos. Quizás, por esto mismo, yo no llegué a ver tal cosa. Solo recuerdos y fragmentos antes de sentir a mi hermana, de ver su rostro en aquella extraña luz.

Cuando conté hasta siete, desperté sumergido en una oscuridad en la que no podía respirar. Había caído al agua, pero no fui consciente del impacto porque aquel golpe en la cabeza me hizo perder el conocimiento durante un tiempo. Desconozco si segundos o minutos. El caso es que volví a recuperar la consciencia a tiempo y conseguí nadar hasta la superficie de aquel lago subterráneo.

Sentir la primera bocanada de oxígeno en mis pulmones me hizo toser por culpa del tiempo que había estado sin respirar. A pesar de percibir el aire, mis ojos seguían sin ver nada. La oscuridad era completa en aquella caverna en la que había caído. Durante unos minutos decidí quedarme flotando en la superficie. La claustrofobia iba a apoderándose de mí y aquello era algo que no me podía permitir porque, entonces, volvería a poner mi vida en peligro.

Comencé a moverme, nadando a ciegas. Poco a poco, mis ojos se fueron acostumbrando a la oscuridad y pude ver una tenue luz en el techo que dibujaba una apertura en la caverna a unos cuantos metros de altura. Deduje que aquello tenía que ser el pozo por el que había caído. Menos mal que las paredes de este me frenaron y que había suficiente agua para zambullirme porque, si no, sí que habría muerto con aquella caída.

Distinguí también las tuberías que subían por la garganta del pozo hasta el cuartel, como si fuera un esófago gigante. Una parte de mí se planteó regresar por ahí, pero lo descarté inmediatamente porque no sabía la altura ni el estado en el que había dejado el hoyo. ¿Y si en el ascenso me resbalaba y volvía a caer? Era un suicidio, pero también la única opción que conocía.

Decidí tantear si había alguna zona en la que pudiera hacer pie. Así que me puse a nadar, dando brazadas tranquilas. No sé cuánto tiempo estuve viajando por las entrañas de la caverna. Solo sé que, de repente, sentí varias rocas en mis pies y la orilla no tardó en aparecer. Volver a sentir suelo firme después del tiempo que había pasado en el agua era lo más parecido a un sueño. Me quedé tumbando, recobrando el aire. Los golpes que me había dado en mi caída comenzaban a hacer mella. El dolor empezaba a aparecer. Grité y pedí auxilio, pero mi voz se perdía con mi propio eco. Así que volví a cerrar los ojos y me quedé dormido por culpa del cansancio y de la adrenalina.

Desperté en varias ocasiones por culpa del dolor que sentía en todo el cuerpo. Mis sentidos se habían acostumbrado a aquella perfecta oscuridad y se habían agudizado: los olores a tierra húmeda se mezclaban con el metal de la tubería que se introducía en las aguas subterráneas, el sonido del goteo procedente del techo se juntaba con el ruido que hacían algunos desprendimientos de pequeñas rocas y arena, mis manos sentían el frío y viscoso barro que se mezclaba con la dura y áspera roca de El Desierto; podía hasta saborear aquella atmósfera cerrada que sabía a tierra y agua estancada.

Por eso reaccioné enseguida cuando vi la primera luz. Uno de los extremos de la caverna se empezó a iluminar con un tono amarillo, cada vez más potente. Y fue entonces cuando en aquella perfecta oscuridad, apareció una figura humana, sujetando una fuente de luz en alto.

Por primera vez pude ver lo inmensa que era aquella caverna. Mis ojos, acostumbrados a la oscuridad, distinguieron con facilidad el enorme lago que se encontraba bajo las arenas de El Desierto, protegido por una cúpula de piedra llena de estalactitas, paredes rocosas con distintas formas y recovecos. Por uno de ellos apareció esta figura que, a mis ojos, era diminuta.

Me volví a plantear que había desfallecido ahí abajo por culpa de los golpes o del agua, pero entonces grité como pude, implorando auxilio. La figura me escuchó, pero se asustó y se marchó por donde vino.

—¡No te vayas! —supliqué con la voz rota.

Intenté moverme, avanzando por el suelo de la maldita caverna. Pero con la misma rapidez con la que la luz llegó, desapareció.

Derrotado, me abracé a la tierra y comencé a llorar. Tenía un miedo atroz porque, posiblemente, iba a morir solo en aquella caverna. ¿Había sobrevivido a la maldita caída y no iba a ser capaz de salir de ahí? Me armé de valor e intenté levantarme, pero resultaba inútil avanzar en aquella perfecta oscuridad. Así que desistí y me volví a dejar caer al suelo, siendo otra vez presa del sueño.

Lo siento, Erika. No puedo. Lo he intentado, pero no puedo salir de aquí. Deberías haberme dejado morir en el fondo de este lago. Siempre has tenido demasiada fe en mí, en mi inexistente fuerza y valentía.

—Aitor.

Escuché mi nombre, pero no en boca de mi hermana.

—Ayúdame.

Cuando reconocí la voz de Unai, la luz volvió a invadir toda la caverna y sentí cómo varias manos me agarraban por mis extremidades. Unas personas estaban llevándome a cuestas por el terreno desigual. No sabía quiénes eran, ni qué iban a hacer conmigo. Estaba tan cansado que no puse resistencia alguna y antes de volver a ser presa del sueño y de cerrar los ojos, vi el rostro deforme e inocente de una niña que no dejaba de mirarme con fascinación y ternura.

—¿Quiénes sois? —pregunté.

La niña se puso el dedo índice en los labios, ordenando que me callara.

Le hice caso y cerré los ojos. Aún no sabía que mis salvadores eran aquellas bestias a las que temíamos tanto ahí arriba y a los que conocíamos como Salvajes.

Dos soldados
llamados
Aitor y Unai

Los soldados vuelven de entre los muertos
-UNAI-

Está vivo.

Aitor está vivo. Lo tengo justo frente a mí.

A tan solo unos metros.

No me atrevo a alzar la vista y mirarlo por miedo a que todo esto sea un sueño. Una parte de mí sigue pensando que los Salvajes me han matado y que estoy alucinando en el purgatorio, a esperas de que aparezca la famosa luz blanca que me lleve al más allá.

—No puedo creer que estés vivo —confieso—. No sé ni qué decir.

Aitor permanece callado en el extremo de la tienda de campaña en la que estamos. Una tienda que ha sido su hogar durante los últimos meses. Mientras que yo estoy sentado en el jergón de paja en el que ha estado durmiendo todo este tiempo, él se mantiene en pie a una distancia prudencial con los brazos cruzados y mordiéndose las uñas.

Asumí la muerte de Aitor y todas mis esperanzas se focalizaron en hacer justicia. Pero de haber imaginado un reencuentro, jamás habría pensado que fuera tan frío y distante. Desde que nos hemos visto, Aitor no me ha abrazado. Ni siquiera me ha tocado. Como si tuviéramos alguna clase de enfermedad mortal contagiosa. Como si fuera peligroso que nuestros cuerpos entraran en contacto.

—¿Por qué no dices nada? —pregunto, intentando romper el silencio.

—Yo… —habla por fin con la duda en su boca—. Tampoco sé qué decir. No pensé que te volvería a ver. No ahora, al menos

¿Cómo que no pensó que volvería a verme? Él es quien, supuestamente, ha muerto. Si hay alguien sorprendido aquí, soy yo. Al menos él sabía dónde buscarme, sabía cómo volver a mí. A no ser que…

—¿No tenías pensado regresar?

El miedo que emana de esas cuatro palabras es tan palpable que la voz se me ha quebrado al hacerle la pregunta.

—¡Claro que sí! —responde con efusividad mientras se acerca, por fin, a mí, acuclillándose a mi altura—. Pero estaba esperando al momento adecuado.

Cuando pone sus manos sobre mis rodillas y siento su tacto, mi cuerpo responde con un respingo involuntario. Como si mis huesos y músculos todavía creyeran que estoy hablando con un fantasma. Mi reacción lo asusta y enseguida las vuelve a apartar, quedándose cabizbajo y acuclillado en el sitio.

Tengo demasiadas preguntas a las que ansío dar respuesta, pero me aterra escucharlas. No porque me cuente lo que ha estado haciendo aquí y lo que haya podido pasar. Lo que me da miedo de verdad es saber los motivos por los que no ha decidido volver al cuartel a buscarme. No sé qué habría hecho yo en su lugar, pero mi primer impulso hubiera sido hacerle saber que estaba bien. Que seguía vivo.

—Han pasado… ¿cuánto? ¿Más de tres meses? —pregunto—. ¿Y todo este tiempo has estado aquí? ¿Con ellos?

Aitor se levanta y comienza a pasearse por la precaria tienda de campaña. Vuelve a morderse las uñas, como si estuviera buscando la mejor forma de explicarme las cosas. Siento que me está leyendo el pensamiento, que sabe el motivo de mis reacciones. Y de la misma forma que a mí me aterra conocer las respuestas, a él le asusta dármelas.

—Después de que me rescataran de la caverna, me dieron techo y comida sin que yo les pidiera nada. Tardé varias semanas en recuperarme de la caída, del golpe en la cabeza… Tanto física como mentalmente. En ese tiempo me di cuenta de que aquellos a los que llamaba Salvajes son personas, como tú y como yo, abandonadas por su país, por su patria, por su gente —relata—. ¿Sabes de dónde vienen?

Niego con la cabeza, con cierta desgana. No es que no me importe la historia de esta gente, pero lo que quiero escuchar ahora mismo es otra cosa.

—¡De Estados Unidos! Son… Son americanos, Unai. Personas que mandaron aquí a hacer exactamente lo mismo que a nosotros. Esta gente son los hijos, nietos y bisnietos de la primera generación que enviaron a El Desierto.

En otras circunstancias, esta revelación me habría impactado más. Pero ahora mismo lo único que me interesa conocer es una cosa:

—¿Y por qué te quedaste aquí con ellos? —pregunto— ¿Por qué no…?

Hago una pausa antes de terminar la frase, preparándome para enfrentarme al posible dolor que suponga conocer la respuesta

—¿Por qué no volviste a buscarme?

La pregunta se la hago mirándolo a los ojos y en ellos puedo ver cómo se manifiesta el miedo, como si sus temores hubieran llegado.

—Porque me mataron —contesta con dolor—. Murillo me empujó por ese pozo y sabía que si volvía a aparecer por ahí…

—Te hubieran vuelto a matar —sentencio.

—Y te juro que quería volver —continúa mientras se vuelve a acuclillar en frente de mí—. ¡No iba a quedarme toda la vida aquí! Simplemente, tenía que esperar el momento adecuado.

Ya, pero ¿qué momento, Aitor? ¡No tenemos ninguna forma de salir de aquí! La única forma es a través de…

—El Convoy Errante… —suelto, terminando de formular mi pensamiento en voz alta.

—Exacto. Nuestro billete de salida se presenta cada tres meses. Mi plan es volver ahí en dos días, subirnos al maldito tren y salir de aquí para siempre.

Subirnos al maldito tren.

De repente, me doy cuenta de que habla en plural. Aitor lleva esperando varias semanas a que llegue el nuevo Convoy Errante para volver a casa. ¿Qué habría pasado si no nos hubiéramos encontrado en El Desierto? ¿Me habría venido a buscar dentro de dos días al cuartel? ¿Habría arriesgado la posibilidad de huir de aquí para hacerlo conmigo? Aunque ahora hable en plural, una parte de mí permanece reticente.

—¿Y yo estaba en ese plan? —le pregunto aterrado y cabizbajo, sin levantar la vista del suelo.

Aitor busca mi mano y la envuelve con la suya. Después siento cómo con la otra me toca el mentón y me obliga a levantar el rostro del suelo para mirarlo a los ojos.

Esos ojos verdes de ciencia ficción que me tienen completamente hechizado. Su perfecto rostro, marcado ahora por las heridas cicatrizadas que se hizo, posiblemente, con la caída del pozo. La tímida sonrisa que emana de sus labios hace que todo se detenga y que, durante unos segundos, solo importemos él y yo.

Nada más.

—¿Tú que crees? —contesta con esa mirada que me vuelve loco—. No puedo irme de aquí sin lo mejor que me ha dado este lugar.

Cuando Aitor me acaricia la mejilla con la rugosa palma de su mano y siento el calor de su cuerpo, me deshincho como si fuera un globo.

Es real.

Está vivo.

La alegría me invade porque siento que una parte de mí que creía muerta vuelve a latir con fuerza. Las lágrimas empiezan a recorrer mis mejillas para acabar en la comisura de mis labios que dibujan una sonrisa de felicidad. De paz.

Aitor se incorpora y me lleva hacia él para volvernos a fundir en un abrazo. Yo le contesto aferrándome como nunca, refugiándome en su espalda, su calor. Necesito volver a sentirlo. Necesito cerciorarme de que está vivo. Volver a sentir su cuerpo me llena de vida. Aitor tiene el poder de hacer que todo desaparezca y de cargarme las pilas como nadie antes lo había hecho. Y lo más curioso de esto es que siento que es recíproco. Como si con nuestros abrazos no nos hiciera falta hablar porque con ellos nos decimos todo. Nos sentimos el uno dentro del otro.

—*Your friend*…

Aitor se desprende de mí despacio para girarse a la niña que acaba de entrar en la tienda. Al igual que el resto de Salvajes, tiene el rostro deforme y luce unos trapos que, posiblemente, usó su madre cuando tenía su edad.

La chiquilla permanece medio escondida detrás de la tela que sirve como puerta a la tienda, como si tuviera vergüenza de lo que podría ver o miedo a mi presencia. A pesar de que su cara esté hinchada y su dentadura destrozada, la niña me transmite paz e inocencia con sus ojos azules y su rubio cabello.

Aitor se vuelve a mí después de hablar con ella.

—Es Nerea —me explica Aitor con la misma cara de preocupación que tiene la muchacha—. Dicen que será mejor que vayamos a verla…

Los soldados también aman

-AITOR-

El campamento de los Salvajes es una especie de vertedero en mitad de un llano refugiado entre las laderas de dos colinas. Aquí no solo tienen improvisadas tiendas de campaña, también hay contenedores de carga en los que guardan sus reservas, coches que han transformado en hogares, montones de chatarra que forman habitáculos con sus paredes y su techo. La rudimentaria bomba de agua que corona el centro del campamento sacia la sed de los Salvajes. Imagino que estará conectada a algún manantial subterráneo, porque, al igual que ocurría en el cuartel, su agua es oscura por culpa del barro.

Unos metros más allá del campamento, en otro espacio aislado, se encuentra una parcela en la que hay varios árboles plantados. No son arces, como los del cuartel, sino pequeños olivos. No hay muchos, la mayoría están secos y solo unos pocos sobreviven a las duras condiciones de este lugar.

Al igual que hacen los Salvajes con sus difuntos, el cuerpo de Nerea se ha enterrado en esa parcela junto a un puñado de semillas de olivo con la esperanza de que, con el tiempo, crezca un tallo que dé frutos.

Nuestra amiga nos ha dejado para siempre hace unas horas. Ni siquiera hemos podido despedirnos de ella porque después de que la encontrara junto a los Salvajes, cayó inconsciente por los esfuerzos que hizo por entretenernos para dar tiempo a Unai en su huida. Lo único que me consuela es que, al menos, el último rostro que vio antes de desvanecerse fue el de un amigo. Aunque, seguramente, una parte de ella pensó que estaba alucinando y que mi figura iba a ser la encargada de guiarla en su transición al más allá.

—Es la segunda persona que veo morir en menos de veinticuatro horas —me confiesa Unai cuando me siento a su lado en lo alto de la colina.

El crepúsculo del día anuncia su llegada. Las sombras empiezan a invadir poco a poco el terreno y los colores comienzan a tornarse en los tonos fríos y rosados que tanto caracterizan a este sitio con la caída del sol.

—Y han muerto por mi culpa —me dice con lágrimas en los ojos—. Si no hubiera intentado escaparme, no habrían…

—No —lo interrumpo—. No pienso dejar que te culpes por esto, ¿me oyes? Ven aquí —le ordeno mientras lo refugio en mis brazos.

Unai esconde su rostro en mi pecho y deja que las lágrimas y el dolor se apoderen de él. Su llanto, desconsolado, hace que yo también me rompa por dentro. No soporto verlo así, pero sé que necesita estallar y desahogarse, dejando que la impotencia y la tristeza salgan.

—No es culpa tuya —le insisto con un nudo en la garganta.

No sé cuánto tiempo me quedo acariciándole la cabeza, enredando mis dedos en el rizado pelo que tiene. Los sollozos de ambos no cesan hasta que el sol comienza a esconderse por el horizonte. Es entonces cuando alza el rostro y nuestros ojos se vuelven a encontrar.

Unai tiene el poder de detener mi tiempo. Mi mundo. Podría pasarme la vida entera observando las marcas de despigmentación que hacen brillar aún más esas pecas que adornan sus mejillas. Esos ojos marrones que ahora están más claros por culpa de las lágrimas y de los últimos rayos de sol. Esa mirada tan pura e inocente que me ha roto los esquemas y vuelto completamente loco.

—Lo siento —me dice.

—¿Qué sientes? —pregunto.

—Todo esto —confiesa—. Si no me hubiera hecho pasar por mi hermano, no habría venido a este lugar y no…

—Y no nos habríamos conocido —lo interrumpo—. ¿De verdad me estás pidiendo perdón por eso?

Unai se queda en silencio, volviendo su rostro hacia el horizonte para ver los últimos vestigios de luz que quedan. Yo le copio el gesto y, después de meditar mis pensamientos unos segundos, comienzo a hablar.

—¿Sabes en lo pensaba cuando caía por el pozo? —le pregunto—. No podía dejar de imaginarte en la azotea, solo. Esperando a que llegara. Supliqué a quien maneja los hilos de la vida que me diera otra oportunidad, que no me dejara morir ahí. Porque te había hecho una promesa y tenía que cumplirla. Lo único que quería hacer era abrazarte y decirte que me has cambiado la vida. Supliqué una oportunidad para volver a verte y decirte lo mucho que te quiero.

Vuelvo a apartar el rostro del horizonte para mirarlo y me doy cuenta de que él lleva tiempo observándome mientras hablo.

—Enamorarme de ti me ha salvado la vida, Unai.

Y es entonces cuando, con el sol como único testigo, él me acaricia la nuca y yo abrazo con mis manos su rostro. Volvemos a hacer que se detenga el tiempo acercando nuestros labios y juntándolos en un beso que supone un paso más allá de nuestros abrazos. Una unión más intima y fuerte. La pasión se mezcla con el amor. El deseo se fusiona con el cariño. El miedo se transforma en valor. Lo que antes me prohibía sentir, ahora me permito hacerlo. Cada uno se aferra al otro como si fuéramos dos imanes que se han soltado de golpe y se han juntado por una indestructible fuerza magnética.

Todo a nuestro alrededor vuelve a desaparecer. No importa nada. No nos preocupa nada. Porque sabemos que, por muy malo y difícil que sea todo, nos tenemos el uno al otro.

Cuando me separo de él, se me escapa una sonrisa tímida e inocente porque me siento como un chiquillo que acaba de dar su primer beso. En el fondo, es así. Es la primera vez que siento los labios carnosos de un hombre junto a los míos, el tacto rugoso de su barba incipiente, sus robustas manos rodeando mi cuello y mi rostro. Pero todo esto queda en un segundo plano cuando asimilo las emociones con las que he tenido que lidiar todo este tiempo, cuando entiendo los confusos y contradictorios sentimientos que esta persona ha despertado en mí.

Ver en la mirada de Unai el mismo deseo y excitación que siento yo ahora mismo me hace querer besarlo de nuevo. Así que esta vez soy yo el que toma la iniciativa y nos fundimos de nuevo juntando nuestras bocas, disfrutando de la tremenda complicidad que tenemos. Como si nuestros movimientos fueran un perfecto baile en el que él me da lo que busco y yo le doy lo que pide. Porque, de la misma forma que con un abrazo nos decimos todo, con un beso somos capaces de introducirnos el uno dentro del otro.

El sol ha decidido darnos intimidad, escondiéndose al completo detrás de las montañas. El cielo aún está bañado por ese color rosado que, poco a poco, se va apagando y transformando en azul cobalto. El frío comienza a cobrar protagonismo, aunque ninguno de los dos parece sentirlo por el calor que emana de nuestros cuerpos.

Nuestros abrazos son nuestro refugio.

Y en ellos le damos la bienvenida a la noche, a los sueños y a las utopías.

Los soldados se dan calor
-UNAI-

Despierto en mitad de la noche. La cara más gélida de El Desierto nos azota sin mesura, aunque Aitor todavía no es consciente porque sigue sumergido en un profundo sueño. Nos hemos quedado dormidos en lo alto de esta colina, entre besos y abrazos. Todavía no me creo que esté pasando esto, que esté viviendo esta aventura al lado de esta persona.

Sobre nosotros se encuentra el cielo y las estrellas que han sido testigos de toda nuestra historia. Decido observar a Aitor. Es la primera vez que lo veo dormir a mi lado. Permanece acurrucado, hecho un ovillo. Me resulta adorable verlo tan indefenso, tan frágil. Se nota que está disfrutando del sueño. Me da la extraña sensación de que, aún dormido, sabe que estoy aquí con él, velándolo y protegiéndolo. Quizás por eso sueña de una forma tan plácida, quizás por eso la comisura de sus labios dibujan una tenue sonrisa.

De repente, su rostro se endurece y cambia. Sus mandíbulas empiezan a chirriar, su cuerpo se pone tan tenso que parece que se está preparando para recibir un golpe. Entonces empieza a temblar y a tiritar. De su boca empieza a salir vaho de forma constante.

—Ey —le digo mientras me acerco a él.

Mis brazos lo refugian y mi cuerpo se amolda a la curvatura de su espalda, como si fuéramos dos piezas de un puzzle que encajan a la perfección. Si hace un momento sentía el calor de su cuerpo, ahora noto cómo su temperatura ha bajado considerablemente, como si su propio sol se hubiera escondido.

—Unai… —susurra aún dormido y castañeteando los dientes.

—Tranquilo —le contesto mientras pego mi boca a su oído—. Estoy aquí.

El tembleque de Aitor comienza a mermar. Froto mis brazos con los suyos y me concentro para intentar traspasarle todo el calor que puedo.

—Aitor —le susurro de nuevo mientras le acaricio el pelo—. Te estás quedando helado.

Él despierta de golpe. Durante un segundo, puedo ver en sus ojos un extraño miedo. Como si acabara de abandonar la pesadilla contra la que estaba luchando. Pero cuando me ve, aún somnoliento, respira tranquilo. Como si fuera un niño que se siente protegido. Adoro esta sensación porque siempre me ha dado la impresión de que Aitor se imponía mucho el rol de protector y de salvador. O, mejor dicho, se lo imponían. Ver este lado tan frágil me produce una ternura inimaginable, pero también un sentimiento de protección que me genera mucha paz.

—¿Qué? —me pregunta con sus ojos medio cerrados y legañosos, como si no hubiera entendido lo que le he dicho.

—Hace frío —le repito, aún susurrando—. Deberíamos de ir a la tienda.

Él vuelve a cerrar los ojos y se acurruca aún más en mí. Yo lo abrazo con más fuerza y le doy un beso en la mejilla.

—Solo cinco minutos más —me pide.

Sonrío y le hago caso, pero nos volvemos a quedar dormidos.

No vamos a la tienda hasta que las primeras luces del alba empiezan a teñir el cielo con ese color rosado que tanto caracteriza a El Desierto.

Los soldados guían, el enemigo sigue

-AITOR-

La pequeña Mila aparece corriendo entre el desigual terreno de El Desierto. La niña es una auténtica comadreja: rápida y escurridiza. A veces, invisible. Sus dotes camaleónicos para esconderse entre las rocas o en una pequeña grieta son los principales motivos por los que se le ha encomendado la misión de avisarnos cuando vea llegar al Convoy Errante.

El sol está en el punto más alto del día. A esta hora, las sombras en la tierra apenas existen porque sus rayos alumbran todo como si fuera un perfecto foco.

—Tan puntual como las últimas veces —dice Unai, refiriéndose al tren.

Junto a nosotros, se encuentra el grupo de salvajes preparados para empezar la táctica invasiva. Hice un pacto con ellos a cambio del cobijo que me han proporcionado este tiempo: ayudarlos a entrar en el interior del cuartel, siempre y cuando me dejaran marchar en el Convoy Errante.

Después de haber pasado varios meses en el Semo, sé a la perfección las rutinas diarias que tienen. Por eso mismo les propuse atacar a plena luz del día, justo con la llegada del Convoy Errante. La mayor parte de los soldados estarán repartidos entre los hoyos y la estación. Unos cavando y otros recibiendo a los nuevos reclutas y despidiendo a los yayos.

—Deberías ir con el segundo grupo —le digo a Unai—. No sé si quiero que vuelvas a entrar ahí. Y menos por el pozo.

—Estás loco si crees que voy a separarme de ti —me contesta.

Yo me limito a responderle con una sonrisa y volver a darle un beso en la frente.

—Va a salir bien —digo, convencido.

—Lo sé —contesta.

Uno de los líderes de los Salvajes viene a buscarme para empezar el camino hacia los túneles subterráneos. Nuestra cuadrilla está formada por dos docenas de hombres y mujeres que avanzaremos por las entrañas de la tierra, escalaremos el pozo por el que Murillo me tiró e invadiremos el cuartel sin que se enteren.

Todos ellos van vestidos con los trapos que los caracterizan, pero además han ideado unas armaduras de chatarra para protegerse el pecho y la espalda de los disparos que los puedan alcanzar. Las rudimentarias armas que llevan se limitan a mazas con clavos y lanzas oxidadas. Uno de ellos lleva un tirachinas que ha cargado con bolas de hierro puntiagudas que, lanzadas a la velocidad correcta, podrían ser mortales.

No sé si conseguirán hacerse con el cuartel. Hay muchos más soldados haciendo el Semo que Salvajes, pero son gente empeñada en recuperar las tierras que, supuestamente, les pertenecen. Porque, aunque fueron abandonados por su patria, ellos llegaron antes que nosotros.

Esto no deja de ser una lucha territorial en mitad de la nada.

Comenzamos la marcha hacia el cañón por el que días atrás Unai casi despeña el jeep con Murillo y Dafne dentro. Visto desde arriba, parece una enorme incisión que abre la entrañas de El Desierto y en estas se encuentran las cuevas que conforman los túneles subterráneos. Yo no tengo ni idea de cuál es el camino hasta la caverna en la que me encontraron, pero ellos parecen haber recorrido este laberinto de cuevas varias veces. Como si fueran gusanos y hormigas que han ido explorando el subsuelo de El Desierto. Que Mila descubriera aquel lugar justo cuando yo caí en sus entrañas hace que crea en el destino, en la suerte.

Descender por el cañón e introducirnos en las cuevas no ha sido tan difícil como me esperaba. Ahora mismo me agobia más la claustrofobia que me provocan estos túneles naturales que se forjaron hace millones de años. Posiblemente, cuando el agua cubría todo esto y El Desierto era, simplemente, un enorme océano.

Las tenues antorchas que llevamos iluminan el camino. Todos permanecemos en silencio. Lo único que lo rompen son los pies que pisan y arrastran la gravilla de las cuevas. Nuestro viaje pasa por numerosas estancias. Algunas de ellas también tienen agua, pero ni punto de comparación con la gran caverna en la que caí.

Con cada metro que avanzamos, la temperatura va descendiendo y en el ambiente se puede palpar la humedad del agua. El suelo es cada vez más resbaladizo por culpa de la arena. Incluso el ambiente se siente más cargado, como si el oxígeno aquí abajo escaseara con tantas personas y antorchas. Tenemos que hacer varias paradas para descansar y reponer fuerzas, refrescándonos y saciando nuestra sed con algunas charcas que nos encontramos.

Al cabo de dos horas, desembocamos en una impresionante estancia que ni el fuego que llevamos es capaz de iluminar. Los recuerdos que tenía de este lugar parecen otros en comparación con lo que ahora tengo delante de mí. La caverna con el lago subterráneo que abastece al cuartel tendrá el tamaño de un par de campos de futbol, pero no todo su interior está cubierto de agua. Hay varias isletas, así como curiosas formas en el techo como estalactitas y demás formaciones rocosas. No tiene una enorme cúpula, sino que su irregular techo presenta partes más altas y otras más bajas.

—*You*. —Me señala el líder de los Salvajes mientras me da la antorcha.

—¿Qué pasa? —me pregunta Unai.

—Creo que me toca cumplir mi parte del trato —digo mientras agarro el palo con fuego.

Intento situarme. La estancia es tan grande y el techo es tan irregular que me cuesta localizar el pozo por el que caí. Pregunto dónde me encontró la niña y el grupo de hombres no tarda en llevarme a la isleta en la que yacía medio inconsciente. Intento alumbrar alrededor del pedrusco en el que estamos, buscando en el techo alguna apertura o signo de luz que me descubra el pozo. Pero no veo nada. ¿Lo habrán tapiado? Espero que no porque, de ser así, todo este plan se irá a la mierda y nuestra oportunidad para abandonar El Desierto se irá a pique.

—¿Te ubicas? —me pregunta Unai.

—No mucho —confieso—. Recuerdo este islote, pero estaba demasiado atontado… Intento recordar por dónde vine, pero entre que mis recuerdos están algo difuminados y que nadé en la más completa oscuridad…

—¿Dónde te encontraron exactamente?

Los Salvajes le enseñan a Unai el sitio en el que yací medio muerto. Él comienza a mirar el suelo y a palpar la roca.

—Efectivamente, aquí hay signos de un cuerpo arrastrándose. Fíjate en estas marcas y en cómo están colocadas esas piedras —me explica—. Lo cual quiere decir que… —continúa mientras sigue el rastro—. Viniste nadando desde allí.

Unai señala a una masa de agua en la que no hay absolutamente nada. Si queremos ver qué hay más allá, tendremos que meternos en el agua y explorar.

—¡Auch! —me quejo cuando me meto en el agua—. Está helada. No la recordaba tan fría.

Mientras que con una mano intento nadar, con la otra mantengo en alto la antorcha. Comienzo a avanzar en la dirección en la que me ha dicho Unai. Recorro varios metros en los que no dejo de mirar alrededor y al techo.

—Tendríamos que ver las tuberías en cualquier momento —anuncia Unai.

—Esto es un puto laberinto —respondo algo cansado—. Estamos buscando una aguja en un pajar.

—*Shh…* Calla un momento —me ordena mientras hace como si intentara escuchar algo.

Yo me quedo en silencio y le copio el gesto, agudizando el oído.

—No oigo nada.

—Calla —me vuelve a ordenar—. Hay como un zumbido.

—¿Un zumbido?

—Sí, grave —me dice mientras emprende de nuevo la marcha y se adelanta.

—¿Estás seguro?

—Hazme caso —insiste.

Y menos mal que lo sigo y confío en él. Porque a los pocos minutos, Unai encuentra las tuberías que se introducen en el agua de la caverna y justo encima de nuestras cabezas la apertura por la que caí.

—¡Eres un crack! —le digo mientras lo abrazo—. Menos mal que estás aquí porque de ser por mí… ¡Esta gente no habría encontrado esto!

—Ahora solo queda subir hasta allí —me dice Unai mientras alza la vista y señala un tenue punto de luz.

—*Solo...* —sentencio con ironía soltando un suspiro cansado.

Los soldados tienen que hacer lo correcto
-UNAI-

Tardamos otro par de horas en subir por la garganta del pozo. Una vez que conseguimos llegar a la apertura, no fue tan difícil hacerse con el ritmo de subida. Al ser estrecho y con paredes irregulares, la subida fue agotadora, pero bastante orgánica. Aún así, me sigue poniendo los pelos de punta que Aitor se haya despeñado por esa garganta… Es un milagro que esté vivo.

Los primeros en ascender hemos sido él y yo junto a un par de fornidos Salvajes, expertos en el arte de la escalada. Cuando llegamos arriba, lanzamos una cuerda para que el resto de la cuadrilla fuera subiendo.

—¿Y ahora qué? —pregunto—. Ahora mismo tienen que estar entrando los yayos al Convoy. Tenemos que darnos prisa.

—Quieren que los lleve hasta la Coronel… —me dice Aitor.

—¡La Coronel esté posiblemente en la estación!

Aitor les explica la situación con un inglés bastante patoso y entrecortado, pero con el que los Salvajes consiguen entenderle. Ellos le advierten que saldrán en completo silencio guiados por él y que, en caso de que sean descubiertos, comenzarán a atacar sin piedad.

—¿*Ok?* —le dice el líder salvaje.

—¿Te has enterado de algo de lo que te ha dicho? —le pregunto yo por lo bajo al ver que no sabe qué responder.

—No —susurra él.

—Dios, no sé cómo has podido sobrevivir con esta gente tantos días seguidos —sentencio para después traducirle lo que ha dicho el Salvaje.

—¡Ok! —responde Aitor con efusividad alzando el dedo pulgar al líder—. No te separes de mí, porfa —me pide.

—No lo haré —le digo mientras le agarro la mano con fuerza.

Como era de esperar, no hay nadie entre los pasillos del almacén que forman las estanterías con latas de conservas y demás productos que se expanden a lo largo del diáfano espacio. Un escalofrío me recorre la espalda al recordar lo que ocurrió aquí abajo hace unos días. Soy consciente de que jamás voy a olvidar los gritos de Nerea y que, por mucho que quiera evitarlo, estos van a protagonizar muchas de mis pesadillas.

Por la hora que es, la mayoría de la gente estará haciendo sus quehaceres en los hoyos o en las cocinas, mientras que los oficiales estarán dando la bienvenida a los nuevos reclutas y despidiendo a los más veteranos que abandonan El Desierto.

Cuando subimos las escaleras que dan a los pasillos del cuartel, Aitor y yo extremamos la precaución para no toparnos con nadie. Pero llevar a un grupo de más de veinte personas detrás, cubiertos de trapos, con deformidades y rudimentarias armas, no es algo que pase desapercibido y se pueda esconder. Tanto él como yo somos perfectamente conscientes de que es cuestión de tiempo que nos descubran y den la alarma. Así que intentamos ir lo más rápido posible en nuestra sigilosa maniobra de invasión.

—Tenemos que llegar cuanto antes al tren —dice Aitor mientras señala el reloj del pasillo—. La clausura del Semo tiene que estar a punto de terminar.

—Sabes que cuando salgamos al exterior y empecemos a caminar hacia la estación, nos van a atrapar, ¿verdad?

—Caminar no —me corrige él—. *Correr*. Nos vamos a pegar la carrera de nuestra vida. Deberíamos decirles que lo que tenemos que hacer cuando salgamos de aquí es *correr*.

Yo alzo la ceja y le sonrío con cierta vacilación.

—¿Con *deberíamos* te refieres a que *yo* se lo diga?

Aitor fuerza una sonrisa de niño bueno con la que no puedo negarme a hacer de intérprete entre él y los Salvajes. Me giro hacia el líder y le cuento lo que hemos hablado. Él se queda pensativo unos segundos para después asentir y girarse hacia un par de sus hombres.

—¿Qué van a hacer? —me pregunta Aitor al ver cómo empiezan a bloquear las salidas.

—No lo sé —contesto asustado—. No pinta nada bien.

Rápidamente, el grupo de Salvajes que se va a quedar en el edificio ha comenzado a repartirse por los pasillos del cuartel, obstaculizando las salidas al exterior que ven. Su líder y la otra mitad de la cuadrilla se giran a nosotros esperando que retomemos la marcha.

—Vámonos de aquí —le digo nervioso.

—¿Y vamos a dejar que masacren a todo el mundo? —me contesta—. Hay… hay gente buena aquí dentro.

—¿Y qué quieres hacer, Aitor? —le respondo a la defensiva—. ¿Qué esperabas que iban a hacer metiéndolos aquí? ¿Tomar rehenes?

—No esperaba una masacre —confiesa.

—¡Nuestro billete de salida está a unos metros! —le digo—. No podemos salvarlos.

—Los hemos condenado, que es distinto —me reprocha.

—¿Ahora me sales con esto? ¡Fuiste tú el que dijo que en este sitio había que sobrevivir! ¡Que la ley que reinaba era la del más fuerte!

—Unai, esto es una táctica de ataque que va a acabar masacrando a nuestros compañeros.

—¡Nuestros compañeros están muertos! —le grito.

La cara de confusión con la que me mira ahora mismo Aitor también muestra cierto grado de terror y decepción. Como si, de repente, me hubiese convertido en un extraño para él.

—No… No sabes lo que han sido estos tres meses aquí —le digo más calmado, intentando justificarme.

Un Salvaje nos llama la atención chistándonos para que espabilemos y nos pongamos en marcha de una vez. Aitor se gira y les pide un momento para terminar la conservación conmigo.

—Es cierto que El Desierto cambia a las personas —me dice mientras se acerca a mí—. Pero no a ti, Unai. Tú… Tú eres un buen tío. No quiero que dejes que este lugar te corrompa de esta manera. Tenemos que hacer lo *correcto*. ¡Sabes que tenemos que hacer lo *correcto*! —insiste.

—Lo único que sé es que quiero salir de aquí. Contigo —confieso—. Lo demás, me da absolutamente igual.

—¿Oriol?

La voz familiar que me llama por el nombre de mi hermano hace que Aitor y yo nos giremos y descubramos a Dafne quieta en el pasillo que hace esquina.

—¿Dónde…? ¿Aitor? —pregunta, mientras se acerca forzando la vista—. Pero ¿qué estáis haciendo aquí? ¿No estabais…?

Mi primer impulso es dar un par de zancadas hasta Dafne y ponerle la mano en la boca mientras la empotro contra la pared contigua para que ni ella vea a los Salvajes ni estos la descubran.

—*Shhh…* —le ordeno con una mirada desafiante—. No digas ni una palabra. Ni grites. Asiente si lo has entendido.

Dafne, confusa y asustada, afirma con la cabeza. Yo, poco a poco, quito la mano de su boca y al ver que me hace caso, me giro hacia Aitor. Puedo ver cómo con su mirada me está pidiendo que recapacite, que no cometa ninguna locura de la que me pueda arrepentir. Siento que el extraño que hay en mí se ha apoderado de mi cuerpo y, ahora, ni yo mismo me reconozco. ¿Qué pretendo? ¿Matar a Dafne? ¿Que aniquilen a todos los nuevos chavales que acaban de llegar en ese tren? Aitor tiene razón: tenemos que hacer lo correcto.

—Sabes lo que tenemos que hacer —me repite él, como si me hubiera leído la mente.

Asiento y me tomo unos segundos para relajarme y pensar en nuestras opciones. Vuelvo a estudiar el rostro de Dafne, quien sigue mirándonos confusa y aterrada, como si fuéramos dos fantasmas. Entonces, después de un profundo suspiro, comienzo a hablar.

—Imagino que tendrás muchas preguntas. No te voy a dar las respuestas porque no tenemos tiempo. Así que escucha con atención: detrás de esta esquina hay un grupo de doce Salvajes dispuestos a hacerse con el cuartel.

—¿Cómo que Salvajes? —pregunta.

—Dafne, por favor, cállate y escucha. Si quieres vivir es muy importante, ¿me entiendes?

Ella asiente.

—Voy a entretenerlos —anuncia Aitor mientras desaparece por el borde del pasillo.

Dafne vuelve a mirarme aún con más confusión. Obviamente, no entiende qué hace Aitor vivo y mucho menos por qué se va directo a los Salvajes.

—Tienes que dar la alarma de emergencia, ¿vale? Nosotros sacaremos a ese grupo de Salvajes de aquí, pero otros andan pululando por todo el edificio.

—Bueno, Oriol, ya basta con la bromita —me contesta mientras saca su tono de barriobajera.

Desesperado por que me crea, la aprieto aún más fuerte contra la pared.

—¡No es ninguna broma, joder! —le contesto—. ¿Te parece una broma que Aitor esté vivo? Hay muchas cosas que no sabes, que no entiendes. Cosas que no te voy a explicar. Te estoy dando la oportunidad de salvarte y de salir de aquí. —Me tomo unos segundos para tranquilizarme y volver a mirar a mi compañera—. Da la alarma. Y después... Después corre. Corre hasta el tren.

El empujón que le doy a Dafne por el pasillo por el que ha venido hace que ella, por inercia, se marche. No sé si me hará caso y dará la alarma. Quiero pensar que sí. De ella depende que esta gente tenga una oportunidad para vivir.

Aitor aparece por la esquina con el grupo de Salvajes, dispuestos a salir del edificio y empezar la guerra contra los nuestros. No tardamos en cruzar las puertas que dan al exterior y empezar a correr hacia la muchedumbre que está a varios cientos de metros de distancia.

Cada pisada que damos contra el suelo de El Desierto levanta una nube de polvo que se va volviendo más y más densa. Los soldados comienzan a girarse hacia el revuelo que se les viene encima. Algunos de ellos están subiéndose al Convoy Errante. Otros no tardan en descubrir lo que está ocurriendo.

Sus sospechas se confirman cuando uno de los Salvajes sopla el cuerno de guerra y, segundos después, empiezan a sonar las sirenas de la alarma de emergencia.

Los soldados van a filas cuando se les llama
-AITOR-

Los únicos fusiles que hay en la estación son los que llevan los soldados que custodian el Convoy Errante, así que el combate entre Salvajes y militares se convierte en una lucha cuerpo a cuerpo. Unai y yo dejamos que el grupo de Salvajes lidere la marcha para poder escabullirnos entre el resto de soldados y meternos en el tren. Al menos eso es lo que pretendemos.

Pero con la llegada del primer golpe, el caos se desata en todo el lugar. Mientras que los deformes comienzan a dar golpes a diestro y siniestro con sus rudimentarias (pero eficaces) armas, los más de treinta yayos que estaban a punto de subirse al tren tardan en reaccionar. Algunos, presas del pánico, intentan acceder al Convoy, otros obedecen a la llamada de los oficiales y se ponen a luchar.

Los pocos que tienen fusiles intentan disparar al enemigo, pero los Salvajes están tan mezclados con el resto de soldados que sería un peligro ponerse a pegar tiros. Eso sí, la lucha enzarzada mano a mano está siendo una auténtica carnicería. Mientras que unos se defienden con sus puños y hacen lo que pueden por evitar los golpes de los Salvajes, estos se limitan a embestir sus herramientas contra los soldados.

Escucho un grito de dolor de un soldado al que le han clavado una lanza en el hombro. Veo cómo varios chorros de sangre salen a volandas después de que el mazo con clavos desgarre la cara de un oficial. Puedo oír cómo cruje el brazo de un Salvaje cuando el soldado le da una patada que le parte el hueso de golpe.

—¡Luchad!

Los gritos del Capitán se escuchan desde el fondo de la cantina, ordenando a todos sus soldados a enfrentarse a la amenaza salvaje.

—¡¿Dónde están esos soldados?! —añade la Coronel refiriéndose a la ayuda que no llega.

No me quiero imaginar lo que tiene que estar ocurriendo dentro del cuartel. Si lo de aquí es una carnicería, lo de allí tiene que ser una matanza. Los hemos descubierto totalmente desarmados y de imprevisto. Y cada una de las muertes que se produzcan en este lugar es, en el fondo, responsabilidad mía. Yo he sido quien los ha metido aquí dentro, confiando en que no fueran a empezar otra guerra.

¡Maldito ingenuo!

—¡Aitor, cuidado!

Unai intenta advertirme del cuerpo que se me abalanza encima, tirándome al suelo de golpe. Sobre mí yace medio moribundo un soldado. No consigo verle la cara, pero sé que está malherido porque su sangre mancha ahora mismo mis manos. Lo intento apartar con todas mis fuerzas, pero cuando veo que tiene la nariz completamente destrozada y ensangrentada, me quedo en estado de shock.

—¡Vamos! —me dice Unai mientras me ayuda a quitarme el cuerpo del soldado de encima.

Y entonces lo veo. Allí, a unos metros. Y él me ve a mí. El Capitán y yo nos quedamos mirándonos, como si los dos acabáramos de ver un fantasma. ¿Qué le pasará por la cabeza en estos instantes? ¿Me habrá reconocido? Mis preguntas obtienen su respuesta cuando veo cómo su gesto de sorpresa cambia por completo al de la cordura, la rabia y el enfado. Al Capitán no le han hecho falta más que unos pocos segundos para entender el ataque sorpresa de los Salvajes y por qué estoy vivo.

—¡Matadlos a todos! —grita mientras viene hacia mi posición.

Unai me agarra de la pechera y me arrastra hacia el Convoy Errante. Comenzamos a correr, esquivando a nuestros compañeros que no dudan en defender el tren y atacar a los Salvajes, mientras que el Capitán está cada vez está más cerca de nosotros.

No lo vamos a conseguir. Me va a matar con sus propias manos y después acabará con Unai.

—¡Traidor! —me grita.

Escuchar esa palabra de su boca, con ese tono de voz tan imponente que tiene, me pone los pelos de punta. El tipo que quería convertirme en un héroe ahora quiere acabar conmigo.

Estamos a unos pocos metros de llegar al Convoy Errante cuando, de repente, se escucha un nuevo cuerno soplar al otro lado del tren. Una nueva docena de Salvajes aparece de la nada, dispuestos a ayudar a los suyos para hacerse con el control del lugar.

—¡Arrancad el Convoy! —grita la Coronel mientras se sube a él—. ¡Arrancadlo ya!

Cuando solo faltan un par de pasos para llegar a uno de los vagones, siento una fuerte envestida contra mí. El cuerpo del Capitán me tira al suelo, apresándome como si fuera una anaconda que me va a ahogar para después ser devorado.

—Mira quién ha regresado de entre los muertos —me dice.

El golpe que le da Unai en la cabeza al Capitán Orduña no lo afecta lo más mínimo. En un abrir y cerrar de ojos, lo ha agarrado por la pechera y lo ha lanzado contra una de las paredes del tren como si fuera un muñeco de trapo.

—¡Ahora me encargo de ti! —le dice para después volver a centrarse en mí—. ¿Sabes? Reconozco que me enfadé con Murillo cuando supe que te tiró por el pozo. Ahora lamento que no te haya matado.

—¡Orduña! —el grito de la Coronel lo vuelve a desconcertar—. ¿Qué haces?

—¿¡Qué haces tú?! —le grita rabioso—. ¡Huyendo del campo de batalla! ¡Cobarde! ¡Pienso dar parte de todo esto! ¡Las mujeres no valéis para estar aquí!

—¡Si este tren no llega a su destino, el trabajo que hacemos aquí no estará sirviendo de nada!

—¡Qué te jodan! —grita—. ¡Yo debería ser el coronel! ¡Yo debería estar al mando! ¡Mira lo que has hecho! ¡Mira lo que has conseguido! ¡Mira cómo has…!

El disparo que oigo va acompañado de una lluvia de gotas rojas que me bañan todo el rostro. Las extremidades del Capitán se aflojan y siento cómo su cuerpo se echa para atrás por la fuerza del disparo. Cuando me levanto, veo que Unai sujeta un fusil que no tengo ni idea de dónde ha sacado. Su cara de concentración se transforma, de repente, en terror y suelta el arma de golpe. Lo único que me sale es correr a abrazarlo. La Coronel, que ha sido testigo de todo, nos observa durante unos segundos y después se sube al Convoy, ignorando lo ocurrido.

—¡Arrancad este trasto de una vez! —ordena.

Ahora el que está en estado de shock es Unai. Así que soy yo el que agarra de nuevo el fusil del suelo y lo arrastro al interior del vagón almacén antes de que las ruedas del Convoy Errante se empiecen a mover.

Una horda de soldados aterrados e idefensos intentan subirse al tren, pero el pitido que me hace viajar mentalmente a mi primer día en este lugar, se lo impide.

La alarma del Convoy Errante activa el mecanismo de seguridad que tiene y comienza a blindar todo el tren con las persianas de acero. En cuestión de segundos, todo se ha vuelto oscuro. Solo escucho cómo Unai respira de forma ajetreada, los gritos de fuera, los golpes contra el tren, la clemencia de los soldados para que los dejen pasar.

El Convoy empieza a moverse cada vez más rápido. El suelo vibra por culpa de las vías que recorre. Unai y yo permanecemos en su interior en silencio, escuchando cómo ese terrorífico barullo de muerte y terror se va quedando atrás.

—Sabéis que no os voy a poder dejar pasar cuando lleguemos, ¿verdad?

La profunda voz de la Coronel me pone automáticamente en alerta en la más completa oscuridad. Como si volviera a enfrentarme a la muerte, pero esta vez quien habla fuera el mismísimo diablo.

—Tú has muerto en un accidente y Oriol... O, mejor dicho, Unai, a manos de los Salvajes. No vais a poder volver nunca a casa.

—No vas a poder encubrir todo lo que está pasando. Hay una maldita guerra ahí y...

—Oh, por favor, ¿te crees que es la primera vez? Hace cinco años ocurrió algo parecido y se ha convertido en una anécdota más del Semo. Al mundo le importáis una mierda. Lo que hacemos en este lugar es tan importante como cruel. Por eso la gente lo ignora y mira para otro lado. Incluso si consiguierais volver a casa y le contarais a todo el mundo lo que habéis vivido... Les daría igual. Somos peones de un tablero de ajedrez tan grande que somos incapaces de comprender. Y tú, Aitor, que has pasado tanto tiempo con esos Salvajes, deberías comprenderlo mejor que nadie. Porque los habéis traído vosotros, ¿verdad?

Ninguno de los dos contesta, pero eso no significa que la Coronel no tenga su respuesta. La malvada risa que suelta nos lo demuestra.

—¿Sabéis por qué tienen ese aspecto? Por la radiación. Las pruebas con bombas termonucleares que hicieron los americanos hace años dejaron los niveles de radiación de este infierno por las nubes. De ahí que abandonaran el proyecto y a su gente. Esos de ahí son las consecuencias de lo que iba a ser el nuevo sueño americano —nos cuenta mientras vuelve a soltar una risotada irónica—. Y después llegamos nosotros y... Aquí estamos. Al menos consiguieron hacer habitable esto. Nosotros solo nos encargarnos de mantenerlo y llevarnos nuestra pieza del pastel.

El silencio vuelve a gobernar la estancia. Unai es el único que se atreve a romperlo.

—Déjanos intentar escapar, al menos —suplica.

—¿Y soltar a un par de soldados que no solo han traicionado a su país, sino que también han matado a varios soldados y a uno de los capitanes?

—Esto te viene tan bien como a nosotros —insiste Unai—. Orduña era un grano en el culo. No hacía más que darte problemas. Te hemos hecho un favor.

La mujer se queda en silencio, como si en su cabeza estuviera sopesando lo que podría ocurrir. De repente, un sonido metálico hace que las persianas del tren vuelvan a levantarse, comenzando a inundar de luz toda la estancia. La Coronel permanece quieta en la puerta del vagón contiguo, observándonos como si fuéramos un par de corderos que van de camino al matadero.

—Puede ser. ¿Sabéis cuál era la diferencia entre él y yo? —nos pregunta—. Que mientras que Orduña quería dirigir esto para construir su propio imperio, yo me limito a cumplir las órdenes de arriba y hacer lo que se nos manda: cavar, plantar y recolectar —contesta mientras se da la vuelta y abre la puerta—. Tened cuidado con las muestras de arce. Es lo único que importa de toda esta mierda.

El golpetazo con el que cierra pone punto final a nuestra conversación.

Unai y yo nos acurrucamos en una de las esquinas del vagón de carga en el que estamos. No sabemos si la Coronel va a decir algo de nuestra presencia, tampoco sabemos si vamos a poder llegar a casa. De momento, lo único que tenemos claro a ciencia cierta es que hemos conseguido subir al maldito Convoy Errante.

Y estamos dejando este infierno llamado El Desierto.

Los soldados tienen que cumplir con su deber

-AITOR-

Un fuerte bache me despierta de golpe. Unai todavía sigue dormido, abrazado a mi pecho. Le doy un suave beso en su pelo rizado, agradecido porque esté a mi lado. Si alguien hace un año me hubiese contado lo que iba a vivir estos meses, no le habría creído. Hacer el Semo en El Desierto, sobrevivir a un intento de asesinato, escapar en medio del caos...

Enamorarme de un chico. Y no de uno cualquiera. De la mejor persona que ha pisado este maldito lugar. De la cosa más bonita del mundo. Es curioso lo caprichoso y enrevesado que es el destino. Llevo varias semanas dándole vueltas en la cabeza a todo esto. ¿Por qué me ha ocurrido aquí? ¿Es que nunca en mi vida se ha cruzado la persona adecuada? ¿Acaso con todos esos buenos amigos que he tenido en el instituto no he sentido nada? ¿Por qué ahora? Me veo incapaz de dar respuesta a todo esto. Y, en el fondo, me es indiferente hacerlo. Solo con verlo y tenerlo entre mis brazos, obtengo las respuestas que quiero.

El sonido de carga de un fusil me saca de mis pensamientos. Me doy cuenta de que el arma con el que Unai ha disparado al Capitán no está a nuestro lado, como la dejé antes de caer dormidos. Mi mirada busca la fuente del sonido hasta que lo veo a él, a unos metros de nosotros, apuntándonos con el cañón del rifle.

—Y al tercer día resucitó de entre los muertos —me dice Murillo en cuanto mis ojos lo encuentran.

Unai se espabila con el movimiento que hago, incorporándose de golpe al reconocer al furriel.

—Buenos días, Romeo y... Romeo. Por fin os despertáis. He estado tentado de pegaros un tiro a alguno de los dos mientras dormíais, pero solo queda una bala así que... Vamos a tener que echarlo a suertes.

—¿Qué quieres? ¿Qué haces aquí? —pregunto.

—¿Que qué hago...? —Murillo se empieza a reír—. ¡Debería ser yo quien os preguntara eso! Se supone que los dos estáis *muertos*.

—¿También te has colado en el tren? —pregunta Unai.

—¿Acaso me ves con pinta de colarme en los sitios? —contesta sin dejar de apuntarnos—. No. Hice un pacto con la Coronel. Mi silencio a cambio de un billete de vuelta a casa. Total... solo me perdonan seis meses y he hecho más que suficiente en este puto servicio militar. Ahora, vosotros. ¿Qué hacéis aquí?

—Dar un paseo —respondo, irónico.

—¡Oh, vamos, Aitor! ¿De verdad creíais que os podíais colar en la lanzadera y volver a casa como si nada? —dice Murillo riéndose—. Con lo listos que sois para unas cosas y lo ingenuos que sois para otras.

—¿Crees que cuando nos vean llegar van a meternos de nuevo en el tren y mandarlo de vuelta? No van a gastar todo ese carbón por un par de reclutas que se les han colado —contesto— Nos meterán en la lanzadera. Seguro.

—O bien os dejarán aquí, tirados. Pero bueno, sí, supongamos que conseguís meteros en la lanzadera y volver a casa. La multa que tendrán que pagar vuestros padres los endeudará de por vida. ¡Qué hijos más malos! —nos espeta con un tono burlón—. Vuestro plan para salir de aquí no tiene ni pies ni cabeza… ¡Arriba! —nos ordena apuntándonos con el fusil.

Murillo se levanta a la vez que nosotros sin dejar de señalarnos con el arma. Poco a poco se acerca a la pared del tren y pulsa un botón que abre de golpe un par de puertas de carga en los extremos del vagón.

—¡Muy bien! ¿Quién se pide la muerte rápida y quién la lenta? —nos anuncia.

—¡Que te jodan! —le grito.

—Bueno, pues si no os ponéis de acuerdo vosotros, lo echaremos a suertes —dice esbozando una sonrisa—. Pinto, pinto. Gorgorito.

Murillo canta la rima mientras va apuntando el fusil de Unai a mí. Puedo ver cómo está disfrutando de este momento. Cómo una parte de él da gracias porque haya sobrevivido a la caída para rematarme ahora de esta manera.

—Pin pon fuera. Tú te vas y tú… —sentencia mientras me apunta— te quedas.

Murillo aprieta el gatillo, pero este se queda atascado. Unai aprovecha el momento para lanzarse contra él. Los dos caen al suelo, mientras que el arma rueda a mitad del vagón. Yo decido ir corriendo a hacerme con el fusil, pero cuando lo tengo cargado y consigo apuntar a Murillo, veo que este tiene agarrado a Unai de la pechera, a punto de lanzarlo fuera del tren.

—Dispárame y él caerá —me dice.

—¡Suéltalo! —le ordeno.

—¿Seguro? —me dice mientras afloja un poco el agarre y Unai hace por permanecer dentro del tren.

Murillo empieza a reírse con la nariz ensangrentada.

—Sois un puñetero grano en el culo. ¡Lo habéis arruinado todo! —nos grita.

—¡Estás loco! ¡Déjalo ya, Murillo! —le insisto.

—¿Loco? ¡¡Loco?! —contesta volviéndose a reír—. Unai, pregúntame qué hice para que me mandaran a El Desierto —le ordena sin obtener respuesta—. ¡Pregúntamelo!

—¿Qué hiciste para acabar aquí? —pregunta él, sin soltar el brazo del furriel para no caerse fuera del tren.

—Estudiar. Sacar buenas notas. Cumplir con mis obligaciones como ciudadano —confiesa—. *El Desierto es para los criminales,* dicen. *Si te portas bien jamás acabarás en él.* Pues, ¿sabéis qué? ¡Soy de ese 0,01% que ha acabado aquí por sorteo! Mi número solo estaba tres veces en la lotería. ¡Tres! Aún pidiendo la prórroga, el puto sistema volvió a meterme aquí. Así que me dije, bueno... Esto no es cosa de probabilidad ni de estadística. Esto es cosa del destino y de la vida. ¡Mi futuro estará en El Desierto! Con sus arces, sus proyectos de terraformación. Veía al Capitán y me decía a mí mismo: *Murillo, has nacido para esto. Si estás aquí es para convertirte en el mandamás de este lugar* —explica con una triste sonrisa—. Hasta que apareciste *tú* —me dice con una rabia que ya conozco—. Y mandaste todo a la mierda.

—Creo que el único que ha mandado las cosas a la mierda, has sido tú —le digo apuntándolo con el arma.

Murillo se vuelve a reír.

—Aitor, Aitor... Creo que sigues sin saber cómo funciona esto. Suelta el arma, anda —me ordena.

Yo me contengo durante unos segundos, ignorándolo y sin dejar de apuntarle con el fusil.

—¡Te he dicho que la sueltes! —me dice mientras zarandea de nuevo a Unai.

—¡Vale! —digo alzando las manos y tirando el fusil al suelo.

—¿Sabes? —continúa—. Toda mi vida me han enseñado que las cosas se consiguen con lucha, paciencia y perseverancia. ¿Sabes lo que me ha enseñado El Desierto? —me dice mientras hace una pausa y se centra en Unai—. Que la vida es una putada y a veces, por mucho que luches, las cosas no salen como tú quieres.

Murillo suelta de golpe a Unai y este cae del tren en marcha.

El tiempo se detiene.

Puedo ver cómo la persona que más quiero, la misma que me salvó la vida, desaparece del vagón en un abrir y cerrar de ojos. Como si una fuerza invisible lo atrapara y lo volviera a engullir a las entrañas de El Desierto.

Murillo se abalanza sobre el arma, pero yo consigo tirarlo de nuevo al suelo antes de que la dispare contra mí. Los dos comenzamos a forcejear, luchando por hacernos con el rifle para acabar con la vida del otro.

¿Cómo soy tan tonto? ¿Por qué he permitido que haya tirado a Unai del tren? Dejo que la rabia se apodere de mí y comienzo a propinarle varias patadas y cabezazos, haciendo lo imposible para que suelte el fusil. Murillo utiliza sus dientes para morderme en el brazo y yo, con un grito de dolor, consigo zafarme de él con un empujón.

El arma vuelve a rodar, esta vez hasta la puerta por la que se ha caído Unai. Me arrastro a cuatro patas hasta él, lo agarro y me levanto para apuntarle. Cuando me doy la vuelta, me encuentro a Murillo en frente de mí.

Él me propina una patada que me expulsa fuera del vagón.

Y es en ese milisegundo en el aire cuando yo aprieto el gatillo y siento cómo la fuerza del disparo me empuja más hacia El Desierto.

La bala sale del fusil y se introduce en el pecho del furriel.

Y mientras que yo ruedo por el suelo de gravilla, arena y roca, el Convoy Errante sigue su camino sin ser consciente de que viaja con un muerto y dos pasajeros menos.

Los soldados siempre vuelven a casa
-UNAI-

Aún no he asimilado que Murillo me ha tirado del tren cuando veo que sale otro cuerpo del vagón. Cruzo los dedos para que no sea Aitor. Rezo a todos los dioses existentes para que haya sido él quien se ha quedado ahí dentro. Tan convencido estoy de ello, que agarro la primera piedra que veo para poder estampársela al furriel en la cabeza, en caso de que no esté muerto.

—¡Unai!

Pero el grito y la voz que me llaman por mi nombre me dejan tan helado que no puedo hacer otra cosa que soltar la piedra y caer al suelo arrodillado.

—¿Estás bien? —me dice mientras me toca y comprueba que no me he hecho ningún rasguño—. ¿Te has hecho algo?

Yo no sé qué decir. Solo me limito a abrazarlo de nuevo y sentir su cuerpo vivo.

—Tranquilo —me dice—. Estoy bien. Todo está bien.

—¡No! —le grito, apartándolo—. ¡Míranos! ¡Estamos en mitad de la nada y el único salvavidas que teníamos era ese maldito tren!

Me dejo caer en el suelo, al pie de la vía. Intento asimilar que esto se ha acabado, que no tiene solución...

—Murillo tiene razón —digo—. Jamás volveremos a casa.

—Ven aquí —me dice él mientras se sienta a mi lado y me refugia de nuevo en sus brazos—. Mi madre siempre me decía que el hogar está allá donde esté el corazón.

Sé que Aitor quiere ser positivo. Sé que quiere cargarme de optimismo ante la inminente desgracia de habernos quedado aquí tirados, pero las circunstancias son tan duras que ahora mismo todo me parece utópico.

Aunque, se podría decir, que vivimos en una miserable utopía desde que el país decidió mandarnos a este lugar.

Porque El Desierto está muy lejos. Demasiado. No lo llamamos por su nombre de verdad porque está tan lejos de casa que duele.

El Desierto es un lugar que bautizaron la generación de mis abuelos como tal porque, precisamente, no hay absolutamente nada en él. Solo la utopía de construir una nueva civilización, la eterna carrera de conquistar un nuevo territorio.

Mi abuelo me decía que era bastante irónico que los romanos bautizaran al dios de la guerra con su nombre real.

Marte.

Porque eso es lo que hay en este lugar: una guerra territorial. Una carrera por terraformar este sitio y que nuestra querida patria se haga cuanto antes con la porción que le corresponde.

Colón descubrió América, pero no la conquistó. Es curioso que los americanos hayan descubierto y pisado por primera vez este lugar y seamos nosotros quienes estemos haciendo todo por conquistarlo.

Ellos recurrieron a la fuerza y lanzaron varias bombas termonucleares para activar la atmósfera marciana. Y funcionó: el planeta se calentó y los lagos subterráneos se descongelaron. Pero la polémica que hubo por los niveles de radiación que surgieron en el territorio marciano americano, hizo que estos aparcaran el proyecto de terraformación y dejaran a su gente aquí, abandonados. Aunque siguieron investigando y probando cosas. Como ese satélite que ha permitido cambiar el campo magnético de Marte para protegerlo de los rayos solares.

Los nuestros aprovecharon la ocasión para asentarse en una zona libre de veneno y comenzaron su lenta estrategia utilizando a la propia población como peones de batalla. Porque esta guerra no se libra con armas, sino con picos y palas.

Por eso plantamos árboles.

Por eso creamos vida.

El país necesitaba que sus ciudadanos cumplieran con la obligación de defender a su patria y por eso reactivó el Servicio Militar Obligatorio. El hogar que tenemos a más de doscientos millones de kilómetros se está muriendo y nos hace falta construir una segunda casa para después volver a destruirla.

—¿Qué vamos a hacer ahora? —le pregunto consciente de que no hay casa a la que volver.

Aitor se queda callado durante unos segundos y levanta los hombros con indiferencia.

—No lo sé. Algo se nos ocurrirá —me dice mientras me da un beso.

Y yo, no sé por qué, le creo.

Quizás porque, llegados a este punto, me da igual todo. Quizás porque a su lado me siento completo, porque es lo único que me queda. Somos un buen equipo, somos unos buenos soldados de plomo. Y estando juntos me da absolutamente igual todo lo que me rodee.

Comenzamos a caminar sin rumbo fijo.

No tenemos ni agua ni comida.

Ni una brújula.

Ni siquiera sabemos si en este desierto rojo hay más sitios como el cuartel o más tribus como la de los Salvajes.

Así que andamos hasta que se hace de noche, abrazados el uno al otro y sin importarnos lo que nos pueda pasar. Caminando bajo ese manto de estrellas sin luna que ha sido testigo de toda nuestra historia. Mirando ese punto azul en el cielo que, durante mucho tiempo, fue nuestro hogar.

Carta al lector

Querido lector:

El viaje ha terminado. Gracias por haber llegado hasta aquí. Escribir *Cartas desde El Desierto* ha sido una maravillosa experiencia que espero que hayas disfrutado tanto como yo. Ahora, si me lo permites, me gustaría compartir contigo algunos secretos de este viaje tan especial.

Siempre ha habido un cuento clásico que me ha llamado mucho la atención desde que era pequeñito. Una historia de amor entre un soldado de plomo desvalido y una bailarina de madera. Un relato trágico en el que su protagonista muere a mitad de la narración para después regresar de entre los muertos y encontrarse con el amor de su vida. Un precioso y triste cuento en el que los amantes, para estar juntos, acaban fundiéndose en el fuego. *El soldadito de plomo* es, sin duda, una de esas lecturas que me fascinaba en mi niñez. Así que, de alguna forma, quería hacerle un homenaje a mi manera.

Mezclar este cuento con una historia de descubrimiento y amor entre dos chicos, dentro de un marco de ciencia ficción tan futurista como real, son los principales ingredientes de *Cartas desde El Desierto*. Y para que dentro de mi imaginativo quedara una historia lo más realista posible, me hice dos preguntas.

Con la primera de ellas planteaba qué pasaría si volviera en España la conocida Mili, el Servicio Militar Obligatorio. ¿Qué sentido tendría ponerla ahora mismo? ¿Quién la haría? ¿Por qué? ¿Cómo unos chavales que están acostumbrados a la libertad lidiarían con unas normas impuestas? Leí multitud de testimonios y documentos sobre la Mili, hablé no solo con mis mayores, sino con más gente que me contó su experiencia en aquellos años. Algunas bonitas, otras horribles. Sin embargo, la mayoría de ellas repetían dos palabras: disciplina y amistad. Muchos de los testimonios que han inspirado a este relato son historias de amistad y madurez que, de alguna manera, he querido plasmar en estas páginas. Si a tus padres o abuelos les preguntas por el significado de *bisa* o *peluso*, verás que no dista mucho del *yayo* y el *retoño*.

Por otro lado, siempre me ha fascinado la carrera espacial marciana. No tengo un tatuaje del planeta rojo por casualidad. Marte no solo representa el creer en imposibles para mí. Simboliza también un objetivo, una meta. Así que dentro de este discurso me planteé cómo sería la conquista del territorio marciano. ¿Quién la empezaría? ¿Qué papel jugaríamos? ¿Se distribuiría entre todas las naciones de la Tierra como si fuera un trozo de pizza, al igual que hicieron con Antártida? Comencé entonces a estudiar el proceso de terraformación. Hablé con astrónomos, me documenté sobre los locos proyectos que se estaban planteando para darle a Marte una atmósfera: desde bombardear el planeta con bombas termonucleares para calentarlo y producir el CO_2 que le dé la atmósfera habitable, hasta la creación de satélites que pueden cambiar el campo magnético marciano para proteger al planeta de los letales rayos solares. Estudié también la geología del planeta, los supuestos lagos congelados que hay bajo sus suelos. Marte es un auténtico misterio y muchas de las teorías y proyectos que hay sobre él parecen ciencia ficción. Así que, con permiso de todos los estudiosos que están dedicando su vida a él, decidí crear mi propio universo marciano gracias a sus investigaciones.

Por último, te quiero pedir una cosa: guarda las sorpresas de este libro como si fueran un secreto. No sé si te he conseguido sorprender con los giros finales, pero te pido, por favor, que no desveles nada de ellos a otros lectores que aún no se han terminado el libro.

Ojalá te haya gustado este viaje y quieras recomendárselo a tus seres queridos.

Ojalá guardes a Aitor, a Unai y al resto de personajes en un lugar de tu corazón.

Ojalá seas tan valiente como ellos y no tengas miedo a sentir, a abrazar.

Querer es una de las cosas más bonitas de este mundo y es un derecho que tenemos todos los seres de este maravilloso universo. Pero para hacerlo hay que, primero, quererse a uno mismo.

Nos vemos pronto. En Marte o en la Tierra.

Con amor,

Manu

Agradecimientos

Gracias, Leo, por llamar a mi puerta y querer trabajar conmigo, escuchar mis ideas y dejarme escribir esta arriesgada historia de amor. (¡Y por enseñarme cómo habla un buen argentino!).

Gracias a todo el equipo de Urano, tanto de España como de Latinoamérica, en especial a los responsables del sello Puck, por el cariño y el refugio.

Gracias, Ramón, por darle el mejor hogar a mis historias.

Gracias, Lola, por esta maravillosa portada. Tienes un don.

Gracias, Laura, por esa sesión de fotos.

Gracias a todos los marcianos y marcianas que me han enseñado los secretos (y locos proyectos) del planeta rojo.

Gracias a todas las personas que han compartido conmigo su testimonio personal de La Mili. Familiares, padres y abuelos de amigos, gente de foros… Sin vuestros relatos, jamás habría sido capaz de plasmar el espíritu de La Mili que hicisteis.

Gracias a mi familia, que me ha enseñado el significado de la palabra amor. A mis amigos, los de verdad, que no hace falta mencionar, por su infinito afecto y apoyo. Gracias por nuestras confidencias, paseos, cenas, brindis, tardes de juegos y noches de astronomía.

Gracias, feo, por atreverte a quererme y dejarme quererte.

Y gracias a ti, que has leído estas páginas y confiado en esta historia. Espero que nos veamos pronto entre páginas, pantallas y ondas de sonido.

¿TE GUSTÓ ESTE LIBRO?

Escríbenos a

puck@edicionesurano.com

y cuéntanos tu opinión.

ESPAÑA ⟩ f /MundoPuck 🐦 /Puck_Ed 📷 /Puck.Ed

LATINOAMÉRICA ⟩ f 🐦 📷 /PuckLatam

📷 /PuckEditorial

¡Gracias por vivir otra
#EXPERIENCIAPUCK!

ECOSISTEMA
DIGITAL
NUESTRO PUNTO DE ENCUENTRO
www.edicionesurano.com
2 AMABOOK
Disfruta de tu rincón de lectura y accede a todas nuestras novedades en modo compra.
www.amabook.com
3 SUSCRIBOOKS
El límite lo pones tú, lectura sin freno, en modo suscripción.
www.suscribooks.com
DISFRUTA DE 1 MES DE LECTURA GRATIS
1 REDES SOCIALES:
Amplio abanico de redes para que participes activamente.
4 APPS Y DESCARGAS
Apps que te permitirán leer e interactuar con otros lectores.
iOS

31901066023112